舟

北方領土で起きた日本人とロシア人の物語

ウラジミール・エフィメンコに心から感謝の意を表したい。
氏の助力がなければ、難しい状況で本を書き上げ、
ガリーナ・ニキーチチナ・ラーピナを探し出すことはできなかった。

著者

まえがき

人は生きていても、その世界のほとんどを見ることも聞くことも理解することもできない。また、否応なく導かれる「運命」の仕組みも理解できない。しかし、もしその人が生きている間に「死ぬ」こと、つまり、この大きな未知の世界に溶け込み、自分がその一部であることを感じて、木や鳥や水や石と同じ運命の糸につながれていると感じることができたら、宇宙はその声を聞き、運命の歯車を軌道修正することだろう。

十二年前、僕はウラジオストク出身のアンドレイ・ラクーノフと知り合った。

アンドレイは、一九四七年にクリル諸島（千島列島）のある島から日本人が強制送還される日、悪天候の中で海岸沖に遭難したロシアの子どもたちを助けた日本人の話を聞かせてくれた。もう二度と会えない可能性があったにも関わらず、北海道に向かう引き揚げ船に乗る自分の家族に別れを告げ、ロシア人の子どもたちを救うために島に残ったという。救われた子どものひとりがアンドレイの母親で、アンドレイはこの日本人を見つけると母に誓った。何度か北海道に足を運んだものの、見つけ出すことはできなかった。

僕はこの話をもとに脚本を書き、映画を製作しようと決意した。しかし、いまのロシアでは「クリル（千島）」という言葉を見たとたんに、政治状況がもっと好転するまで待つほうがいい、と誰もが提案する。しかし、この物語は「領土」の話ではなく、ひとりの人間の運命と人生における決断の物語なのだ。そこで僕は、プロデューサーやスポンサー、大金がなくてもできること、つまり、せめて本を書こうと思ったのだ。

物語を書いたが、アンドレイは三年前に亡くなってしまった。しかしおそらく、どこか遠いところから、僕が取りかかった仕事を完成させるよう助けてくれたのだろう。アンドレイが他界してひと月後に僕は偶然、樫本真奈美と知り合ったのだから。この本を日本語に翻訳し、読者に届ける手助けをしてくれたのである。

二〇二四年一月　　マイケル・ヤング

目次

―北方四島―

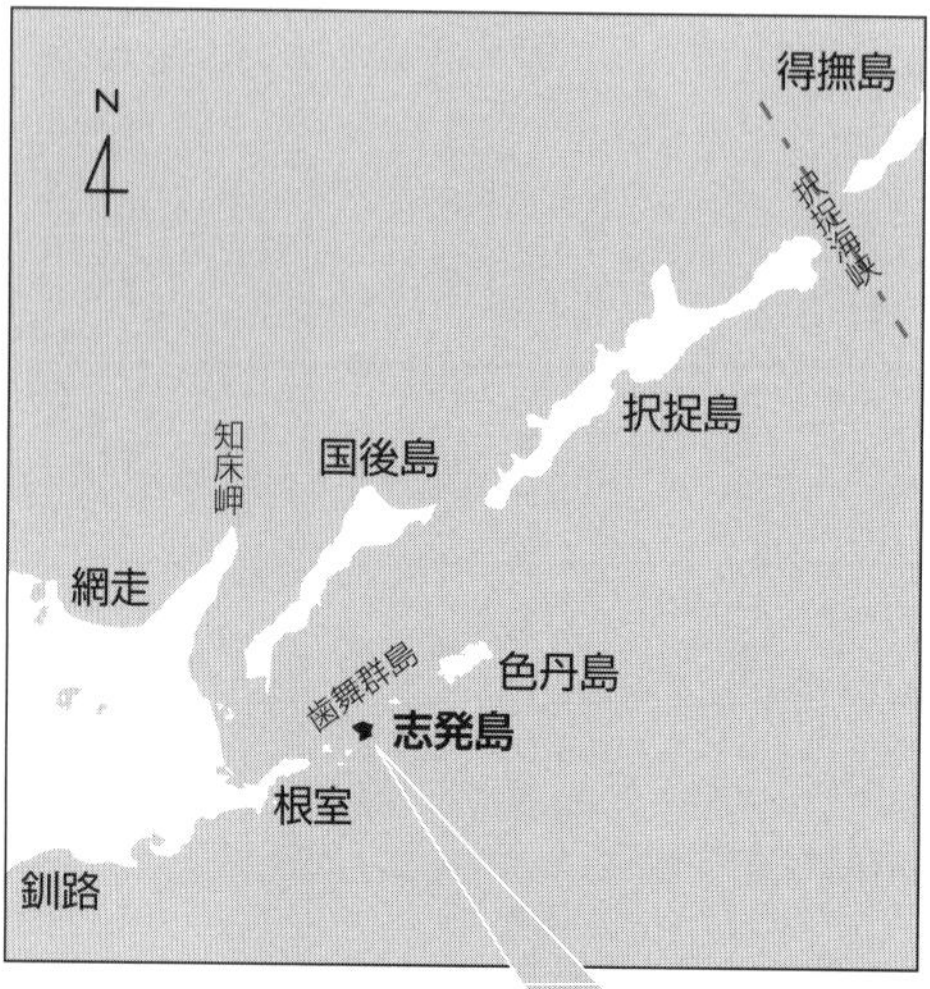
N
得撫島
択捉海峡
択捉島
知床岬
国後島
網走
色丹島
歯舞群島
志発島
根室
釧路

―志発島―

N
トッカリ崎
三角崎
北浦
東前
相泊崎
相泊
志発島
西浦泊
シラリウス崎
西前
トマリ崎

舟

北方領土で起きた日本人とロシア人の物語

原作　マイケル・ヤング
翻訳　樫本真奈美

登場人物

内山浩　主人公　志発島の漁師
勇夫　浩の息子。ロシア人のカーチャに恋する少年
喜美子　浩の妻
五郎　浩の友人　漁師
圭　浩の友人　漁師
朝日　多楽島の漁師。強制送還の際に志発島に移された。
竹内一郎　志発島の商店で勤務していたが、商店閉鎖にともない無職になった。

カジン　ウラジオストク出身のロシア人、日本語通訳。
フロロフ　内務人民委員部（ソ連秘密警察）の幹部
ニコライ　第二次世界大戦後に志発島に入植したロシア人。木工職人
カーチャ　ニコライの娘
ステパン　第二次世界大戦後に志発島に入植したロシア人。戦時中はスナイパーとして従軍した。
ヴェーラ・グラゾワ　日本語を話すロシア人女性教師
イワン（愛称ワーニャ）　カーチャの友達
パーヴェル　カーチャの友達
ヴェーラ　カーチャの友達

一九九二年　極東ロシア

1

人が死ぬと、それまでは生気なく人生の余計な飾りのように見えたものが、その人のまわりでよみがえる。

今、車の助手席にほぼ無我の境地で座っていると、エンジン音がうるさいにもかかわらず、半分開いた窓から鳥のさえずりのほか、あちこちからささやき声が聞こえてくる。そのささやき声は最初、タイヤが踏む砂利の音とほとんど溶け合って静かに聞こえた。

しかし、その声はしだいに大きくはっきりと聞こえるようになった。そして何より、砂利の音やカーステレオのうるさい音楽、加えて自分自身の荒い息づかいとは別のものとして聞こえてきた。一瞬、アンドレイは自分が話しかけられていると思ったものの、この奇妙な言葉がどうしてもわからなかった。

古いホンダは、道路会社ではなく、木こりが作ったとしか思えないデコボコ道を順調に走っていた。アンドレイの目には、林道の両脇にある松林が巨大なボストンバッグの口のように、今にも閉じて狭い空を飲み込んでしまいそうに映ったが、そこは普通の林道だった。永遠に続くかのような林道。西に向かって車を走らせていると、狭い空に夕日が沈み、カーブを曲がる時に夕焼けがアンドレイの目に直接当たることもあった。焼け付くような光はアンドレイを奮い立たせ、まるでやり残したことを思い出させてくれるようだった。約束したからには、やらなければならない！

車は悪路をうまく走りこなしていたが、木材運搬トラックのせいでガタガタになった「舗装道路」は、「前世」を日本で過ごしたホンダにとっては、自動車が夢を見るとすれば、悪夢だっただろう。しかし、この車の安全マージンはしっかりしていた。

いっぽう、三日前まで健康だった三十五歳の男アンドレイは、思い通りにならない身体をシートベルトで固定していただけなので、安全マージンはなかった。

アンドレイは死にかけていた。

ダニに咬まれた痕をすっかり見落としていたのだ。ウスリースク密林《タイガ》には何種類の噛みつき生物がいて、生温かい血を餌にするのだろうか？　アンドレイとパーヴェルは大気中のブヨや足元の蛇のほうが心配だった。ふたりはアンドレイの母親の葬儀からそのまま人里離れた密林《タイガ》の僻地に行き、一週間ほど釣りをした。

噛まれるとすぐに体のあちこちが痒くなったが、密林《タイガ》生活二日目にもなれば気にならなくなった。ふたりは最初、アンドレイの目眩と嘔吐を食中毒と勘違いし（アンドレイが貰った肉の缶詰が腐っていたのではないかと思った）、そのうえ蛇に咬まれたのではないかと気を揉んだ。ちょうどその日はテントを張ったささやかなキャンプ場所に蛇が何匹か這ってきたからだ。

しかし、体に蛇に咬まれた痕はなく、その時に初めて、耳の後ろに痒みを伴う赤い斑点に気づき、マダニに噛まれたとわかった。ふたりは車に飛び乗り、医者を求めて近くの村に駆けつけた。

ミハル・ミハルィチは背の低い禿げた元軍医で、定年退職後は予備役として地区の中心部から百二十キロ離れたわびしい故郷に戻った。これが数年後だったら、なんとかしてふたりを助けることができただろう。しかし、一九九二年当時、国はモノ不足の危機に瀕し、ごく簡単な薬でさえ無かったので、ダニ用の抗生剤など言うまでもなく手に入らなかった。ミハル・ミハルィチはお手上げ状態で肩をすくめ、「家に帰って家族に別れを告げるように」と忠告した。彼は皮肉屋で、長年にわたって兵士たちのあらゆる病気をヴィシュネフスキー軟膏で治療してきたが、正直者だった。どう見てもダニ媒介脳炎だった。耳の後ろを噛まれるというのはおそらく、この状況で起こりうる最悪の事態であり、ましてや致命傷の応急措置をするには遅すぎた。

アンドレイに障害が残るのは確実だった。病人として生きていけるのかもわからなかったが、家までどのくらい時間がかかるのかを知り、そこで再びミハルィチは肩をすくめて「時間を無駄にしないように」と忠告した。

道が少しずつ平らになり、パーヴェルはスピードを上げた。

「一体どうなってんだ!?」

パーヴェルの声がアンドレイの耳に届いた。アンドレイは仲間にも謎めいたささやき声が聞こえた

のかと思い、尋ねてみる。しかし少し目を開けてみると、車から百メートル以上離れたところに、道路脇の茂みからゆっくりと車道に出てくる小さな生き物が見えた。車が近づくと、その生き物は足をちょこちょこと動かし、あっという間に道路の真ん中に来て……止まった。パーヴェルは何度かクラクションを鳴らすが、微動だにしない。

その後、アンドレイはその様子をスローモーションのように見ていた。パーヴェルは罵声を浴びせながらブレーキを踏んだが、遅かった。車が鳥に近づくと（それが大きな鳥であることは、もうわかった）、鳥は動かずこちらにゆっくりと顔を向け、アンドレイを真っすぐに見ている

……トスン！

目を閉じ、アンドレイはシートにもたれかかった。ドアの開く音を聞いて目を開くと、パーヴェ

ルが道路の鳥を捕まえて車のそばを歩いている。後ろでトランクの開く音が聞こえた。トランクがバタンと閉まり、パーヴェルが車に乗り込んだ。

「ライチョウだよ……。止まって、こっちを見てた……。見た?」

パーヴェルはアンドレイのほうを向いて言った。

「見たよ」

アンドレイは弱々しくうなずき、目を閉じた。「さあ、行こう」

そして再びささやき声を聞く。そう、あの声だ! たくさんの声が聞こえ、そのなかでひとつだけがアンドレイに話しかけていた。静かな優しい声が何かを訴えていた。言葉の意味はわからないものの、何を訴えているのかはどこかで理解していた。アンドレイは頭を垂れ、それに応えてうなずいた。

2

アパートのドアを開けたまま、パーヴェルはアンドレイの元妻と静かに話をした。元妻は子どもたちと暮らしている。その後ろに立ち、階段の手すりに手をかけたアンドレイは、パーヴェルが手に持つライチョウの死骸が入ったビニール袋を見つめていた。パーヴェルはビニール袋を持つ手を上げ、戸惑う女性に見せた。手を下すとアンドレイの方に横向きになり、リタにアンドレイの姿が見えるようにした。

アンドレイとリタは互いに顔を見合わせた。リタはわずかに後ずさりし、アンドレイは背中で手すりを押し離れ、よろよろと3歩進み、敷居をまたいでゆく。リタとすれ違いながら、アンドレイは息も絶え絶えに言った。

「スープを作ってくれ」

その後のことはぼんやりとしか覚えていない。ベッドに横たわるアンドレイを倒れないように抱きかかえて座らせ、スープを飲ませる。

子どもたちの顔、妻の顔、また子ども……。そして気を失った。

志発島（歯舞群島）にて　一九四七年

3

舟が海に出るたびに、少年はその遊びをした。

栈橋の向こう側にある背の高い家を頭を動かさずに見つめ、島が航海するように遠ざかっていく様子を見る。

舟をこぐ度に櫓の水かきが水面から同じ高さに持ちあがり、空中で後方を仰ぐ。すると左右の海岸沿いにある家々が少年の固定された視線の中にどんどん入っていく。そして高い家を見つめながら、その視界が島全体を網羅し、最初はぼやけていた右端と左端の箇所がはっきりとした建物や木に見えたところで、舟を止めるのだ。

ここは魚がとれる場所だ。

肌寒く、少年は一陣の風に身をすくめた。海から吹く夏の風はいつも涼しかったが、初秋の今、その風はいつもより重く、濃く、一段とまとわりつくように感じた。何か強くて暖かいものの後ろに隠れて風から身を隠したいと思った。

勇夫は想像した。海岸から二本目の通りにある、慎ましくも頑丈で快適な家の中にいることを。家には母と妹の陽子がいる。妹は思いついたことや目にしたことをすぐに何でも勇夫にたずねる。兄はもう十歳で身体も大きく学校に通っているので、陽子は兄が何でも知っていると確信していた。妹の質問の半分も答えられず、勇夫はいつも答えをひねり出した。

家の中は快適で、風もそれほど嫌な感じでなくなってきた。そして、足元がわずかに揺れた時に、自分がまだ舟の中にいて、岸辺を眺めていることに気づいた。

夏になると、海辺にはいつも海水浴をする子どもたちの小さな姿が見える。子どもたちの声が時折風に乗って漁船まで聞こえてくる。同じ船に乗る漁師の中には、桟橋のすぐそばで子どもたちと一緒に泳ぐ勇夫と妹の声を聞いた人がいるのではないだろうか。ふたりの声はほとんど区別がつかず、ましてや言葉を聞き取るのはさらに難しかったが、いずれにせよ声は聞こえるのだ。一方、船の漁師たちの話声が風に乗って海辺に届いたとしても、勇夫は覚えていなかった。大人たちはそれぞれの人生を生きている。少年とはかけ離れた、よくわからない人生を。


今、浜辺には誰もおらず、勇夫は父親の浩と舟に乗っている。

勇夫の右側にある櫓はほとんど音もたてず水面から上がり、ゆっくりと後方の水の中へ姿を消した。少年は舟の脇に少し移動して、冷たい水に手のひらを浸した。

これから秋がきて、それから長い冬が続き、待ちに待った春が来る。海辺の水が日に日に温まり、ようやく夏になると陽子や近所の子どもたちと泳いだり、カニを捕ったりできるようになる。

舟のすぐ近くの水面に数羽のカモメが浮かんでいた。晴れた日にはカモメが低空飛行をして水面によく降りてくる、という父の言葉を思い出した。父はその理由を語らなかったが、たとえ少しでも波が立つと、カモメも水面に座るのに難儀するんだろう、と勇夫は思った。

勇夫は「白い翼」を思い出した。

これまで少年は島でいつも見かける鳥にあまり関心がなかった。しかし一年ほど前のある日、船のすぐ近くに浮かぶカモメの中に目を引くカモメがいた。真っ白なカモメだった。見る限り、他のカモメの羽は暗い灰色だったが、このカモメは真っ白で、黒い斑点ひとつなかった。そのカモメ（少年は「白い翼」と名付けた）は他の鳥と同じように、危険を察知したのか落ち着きなく首を振り、飛び立とうとせんばかりに羽をばたつかせたが、そのまま水面に留まり、それからくちばしを鋭くして水中に飛び込んでいった……。遅かれ早かれ、鳥はくちばしで獲物をくわえてくる、と少年は思った。おそらく勇夫の父のように、白い翼も魚がよく獲れる場所を知っているのだろう。

それ以来、白いカモメは姿を見せなかった。きっと遠くに住んでいて、たまたま自分たちの船の近くに飛んできたのだろう。父と一緒に海に出る時はもちろん、海辺でも、空を飛ぶ鳥を見る時も、どこからか聞こえてくるカモメの鳴き声を聞いた時も、勇夫はなぜかよく白い翼を思い出していた。

勇夫は短い人生の中で数年前のことを思い出す瞬間が時々あったが、それはいつも命に直接関係のあることに結びついていた。

五歳の時、父親のナイフで遊んでいて足を切ったことがあった。驚いたことにその一年後の誕生日に、父がそのナイフを勇夫にプレゼントしてくれたのだ。母がこのプレゼントを気に入らないことに気づいていたが、母は何も言わなかった。しばらくして、このナイフで小さな木彫りの人形を彫る息子を見て、母は勇夫を褒め、気持ちが収まったようだった。

勇夫は陽子が生まれた時の、あの晴れた日を思い出した。その時に初めて父が海に連れて行ってくれた。血が出るほどの本格的な喧嘩を初めてした日のことを覚えているが、なぜその日のことを覚えているのかは理解できた。でも、なぜ……。突然、勇夫は父に聞いてみたくなった。今すぐに。なぜ白いカモメのことを思い出すのか？　しかし、次の瞬間に自分の声でまったく違う言葉が聞こえてきた……。

「僕と陽子が海に入るとき、『水を掻く』と言うのはなぜだろう……」

櫓の調子に合わせて少年は手のひらで水を掻いてみる……。櫓をもうひと掻きすると、子どもの手のひらがそれに合わせてもうひと漕ぎする。

「どうして大人たちは、『海をゆく』と言うんだろう？」

勇夫の右側で水の中から再び櫓の水かきが現れ、まるで少年の質問に考えを巡らせるかのように止まった。

背後から男の声が聞こえてきた。

「おそらく、海にいる水夫は甲板を歩くからだろう。だから、海を「ゆく」と言うんだよ……」

少年は水の中にある櫓を見る。舟が完全に止まるまでしばらくそのままだ。勇夫はそれがわかっていた。栈橋の向こう側にある家を見ると、島の両端がはっきりと見えるほどに小さくなっていたからだ。

カモメたちは大儀そうに羽ばたき、ゆっくりと水面から上昇した。次にどこに飛ぶべきか命令を待つように空中浮揚し、旋回しながら鋭い鳴き声を響かせている。

「ゆくぞ、ゆくぞ……。俺にとっちゃあ、海に出るのは店に食べ物を買いに行くのと同じで簡単なことさ。俺たちのご先祖さま四世代は、この海のおかげで飯を食ってこられたんだよ」父が言った。

少年は舟の縁から身を乗り出し、水面を見つめている。

「ということは、海は優しいんだね？」

少年がさらに身を乗り出すと、そこには今にも襲いかかってきそうな怪物の口が開いていた……。

「あっ！」

少年は慌ててのけ反り、舟の縁から離れ身をこわばらせた。父の方を向き叫んだ。

「あそこに何か変なのがいる！」

父親は波打つ滑らかな水面に視線を向け、数秒見つめてから肩をすくめた。

「絶対に善いものも絶対に悪いものもないんだよ。海もそうさ。袋をおくれ」

少年はすくっと立ち上がり、座っていた腰掛に足をかけ、怪物が見えた水中に目をやると、よろめき倒れそうになりながら必死にバランスをとった。勇夫は叫んだ。

「船乗りは甲板を歩くもんだ！　でも俺たちの舟に甲板なんてありゃしない！　どうやってここを歩けって!? 前はエンジン付きの大きなポンポン船で釣りをしたのに、何で今はこんな木箱みたいな舟なんだよ?」

少年は「舟」を見回した。タールを塗った大きな木箱だ。腰をかがめて、父に釣具の入った袋を手渡した。

父の顔が曇った。息子の手から黙って袋を受け取り、腰を下ろして地平線上に現れた何かの点を見つめている。古い双眼鏡を目に当てて言った。

「状況が変わって、俺たちの暮らしも変わってしまった。今はこうして暮してゆくのさ」

「また変わることがあるの？　それとももう変わらないの?」

双眼鏡を覗くと、島に向かう貨物船の輪郭が見えた。

「誰にも自分の運命はわからないんだよ……」

4

内務人民委員部のフロロフ少佐は、停泊する貨物船の甲板に立っている。風に身を震わせながら煙草をくわえ、海辺をのぞき込むと、わずかに日差しの色が見える透明な空気の中にはっきりと家屋が見えた。

「よろしいですか？」

フロロフが顔を向けると、合服のコートに身を包んだ男が近づいてくるのがわかった。少佐は男から目をそらし、再び海辺の方を見る。

「何かあったのか？　カジン？」

「いや、ただ……お隣でしばらくご一緒しようと思いまして」

フロロフは再びカジンに目を向けた。

「船の縁にひとりで立つのは恐ろしいですね。落っこちてしまいそうだ……あっちに」カジンはあごで軽く海の方を差し示した。

フロロフは笑いながら目をそらす。

「船酔いをしたことがないのかね？」

カジンは少し歩き、船縁に寄り掛かった。少佐とは目と鼻の先だ。

「あります」

「嫁さんや子どもと一緒に家にいればよかったのに」

「第一課〔旧ソ連諸国の特務機関において、秘密文書の管理・保護を担当する極秘部隊〕に呼ばれました。党の責任ある任務だと言われました」カジンは手でよくわからない仕草をして、「だから断らないことにしたんです。妻と子どもは……子どもの成長ぶりは見たいですけどね」とこわばった笑みを浮かべて言った。

「大げさに考えすぎるな。誰がお前を必要としてるんだ?」フロロフが言った。

「私がお役に立つことがわかったんです! だって、日本語がわかる者が誰もいない時、どうやってあの島で意思疎通を図るんですか?」カジンが尋ねる。

「いるさ。専任の通訳がいるし、司令官自身も軍の元通訳だよ。あと女性教師がひとりいる……彼女も日本語ができる」何かを思い出してフロロフの顔が曇ったようだった。「もしかしたら、他にも誰かいるかもしれない。ところで、お前を個人的に必要としているのは私だ」フロロフは楽しそうにタバコをふかしながら言った。

フロロフは顔の向きを変えずに、うつむいたカジンを一瞥して言った。「皆、話はしているよ……そう、主に子どもを通してね。子どもたちは同じ学校に通っている。主要集落に住む人も、別の集落に住む人も、ここから数キロの距離だ。人はなんとかしてすぐにお互いを理解し始める」

「なんとまあ、同じ学校で生活……」

「まずいんだけどな……ただ、他に適当な建物がなかったんだよ」

5

浩と勇夫が乗る箱舟は、潮の流れに身を任せて浜辺に向かっていた。少年は、父がいつも干潮時に出かけ満潮時に帰ってくることを知っていた。勇夫は朝から父と釣りに行くのが好きだったが、干潮と満潮は一日に二回起こるので、釣りができるのは学校が休みの時だけだった。休みの日でも、いつもできるとはかぎらない！　というのも、学校の授業も休日も何か特定の日や時間に縛られているし、満潮と干潮の時刻は毎日半時間から一時間ほどずれるからだ。

浩が櫓で何度か漕ぐと、はっきりと見える島の部分が再び近づき、桟橋の向こうの高い家とその両脇にある数件の家屋まで見えるようになった。

勇夫が桟橋に箱舟を結ぶ間、父が獲物と釣具を降ろした。桟橋はロシア文字の「T」の形をしており、左手百歩先にもひとつ、右手にふたつあった。勇夫はこの三つの桟橋のところに別のロシア文字を想像し単語全体を読んで微笑んだ。そして、その最後の文字の桟橋から左側に歩いてゆくふたりの男に気づいた。

6

男たちはすでに桟橋から降りて、海辺の道を歩いていた。ふたりとも手には釣具と網かごを持っている。

ひとりは痩せ型で小柄な圭だ。歩くのが早く、時折立ち止まっては遅れて歩く五郎を待っていた。五郎はがっちりとしたずんぐり体形で、圭は進んでは立ち止まりながら、五郎にもっと早く歩くよう急かすしぐさを見せた。すると五郎は早歩きをするものの、それも圭に追いつくまでだった。

男たちは栈橋から歩いてくる浩と勇夫をすでに追い越し、立ち止まって待っていた。それを見た浩が勇夫に何かを言うと、少年は釣具を持って村に向かって走り出した。

男たちは浩を待ち、三人はゆっくりと少年の後を歩いてゆく。

「釣りを終えて家に帰るお前たちの姿を見るたびに思うんだよ。五郎は陸の上にいるより水の中にいるほうが居心地がいいだろうね」浩が言った。

「水の中で生きるのが定めの者が、魚として生まれる。五郎は魚に生まれるべきだったね！　どこかのサメに食われなけりゃ、海で泳いで暮らすんだ」圭が言った。

浩は不敵な笑みを浮かべて「五郎の家にはサメがいるから、本当はそこに戻りたくないんだな？」と言った。

圭は笑った。

「おまえさんたちはいいよな。いい嫁さんで。俺んとこは……」五郎が言った。

男たちは通りに出て、家並みに沿って歩いていく。圭が地平線を指差し「錨地に停まっている貨物船を見たか？」と言った。

浩がうなずいた「見たよ」

「また、島に人を連れてきたんだろう？」五郎が言う。

「もしかしたら、俺たちを捕まえに？」圭が言う。

「なんで錨地に停めとく必要があるんだ？　もし俺たちを連れていくんなら、すぐに接岸するだろうに」

五郎が言う。

「人を連れてきたのなら、あそこに留まる理由もないよな」浩が言う。

「あんなに大きな国なのに……そもそもなんで奴らはこんなところに人を連れてくるんだ？」五郎が言う。

「わかりきったことだよ。今やこの島は奴らの国のもんだからな。だからここに住む人が要るってわけさ。でもさ、なんでこいつら自分からわざわざここに来るんだ？　わからんよ。魚もろくに釣れん奴ばっかりじゃないか！」圭が言う。

「いまお前の船に乗っているステパンって男は、大陸で何をやってた奴なんだ？」五郎が尋ねる。

「猟師だよ。山の中でさ。アルタイかどっかの山だよ」浩が答える。

「だったら、そのまま狩りを続ければいいのにな！」五郎が言う。

「戦争の時はスナイパーだったんだってさ。でも今はリスも撃てないと悟ったらしい」浩が言う。

男たちは黙って歩き続ける。

圭が網かごの中で痙攣する魚を見つめて言う。「魚のことも可哀そうなのかな？　リスを見たことがあるけど、小さくてふわふわして、まるで子どものおもちゃだよ。でもそのリスの松ぼっくりをとろうとすると、こーんな歯をした凶暴なネズミに豹変するんだ」と、空いた手で歯の大きさを示した。「魚だって自分より小さい魚を見つけるまではおとなしいもんさ」

五郎は網かごの中の獲物を見つめる。「これ以上小さい魚がどこにいるんだい！　かあちゃんの文句が目に浮かぶよ。獲物をぜんぶ入れても鍋ひとつで事足りるってな」

浩は首を振り、「じきに……女っていうのは、今日は何も問題がなくても、明日のために心配の種をあらかじめ作りだすのさ」と言った。

「そうだな。今年はいい年だ！　あとひと月はたんまり魚が獲れるけど、うちの樽はもうぜんぶ一杯になっちまった」圭が五郎のほうを向いて、「樽をふたつくれる約束だったじゃないか！」と言った。

「そうだけど、一体誰が樽で魚を塩漬けにするんだい!?」五郎が尋ねる。

「俺だよ！　お前が樽をふたつくれるって言っただろ！」圭が言う。

五郎はうなずいて「約束したさ……でもひとつだけやるよ。もうひとつの樽にかあちゃんを春まで入れとくよ。それとも俺がかあちゃんから隠れるために入っとこうかな」と言った。

男たちは笑った。浩は手ぶりで別れを告げるしぐさをして、少し前に息子の姿が消えた路地に向かった。

7

白い翼は、捕まえた魚をくちばしにくわえて水上を低空飛行した。冷たい水と太陽で暖まった空気で上昇気流が起こらず、穏やかな晴天の方が悪天候よりもやや飛びにくかった。

自然は一斉に無数の楽器で交響曲を奏でるが、人々はそのうちのひとつかふたつの楽器を聞いただけで、水面に座るカモメを見ながら天気を「予測」した。実際、このような天気では、昆虫は水蒸気で重くなった羽に引きずられて水のすぐ上を飛び、魚は暖かい水の層を水面近くまで上がってくるなど、人間の目では気づかないことがたくさんある。そのような日は、他の鳥のように長い間空中浮揚をする。海面に時々浮かんでくる魚の群れを探すよりも、獲物を見つけやすかった。

カモメは、勇夫が住む村から数キロ離れた岩の上に巣を作っていた。そこは島から切り離された狭い砂地で、満潮時にはすっかり水没する場所だった。白い翼が崖に向かって飛んでいくと、カモメたちが不安げに周囲を見回しているのが見えた。白い翼を待っていたのは、何十もある巣のうちのひとつで、その横にいる一羽のカモメと、巣の中でうずくまる小さな二匹の雛だった。

8

小柄でがっしりとした男が、屋根の下にある作業台のところで道具を持って立っていた。年齢は四十歳ほどだ。そこは二階建ての掘っ立て小屋の庭で、数世帯のアパートになっており、壁は日焼けも風化もしておらずきれいなままだ。つい最近建てられたようだ。

斧に軽く触れながら、紙やすりでほぼ完ぺきな表面を磨いていく。男は斧についたかすかに見える削りかすを吹き飛ばし、手のひらで斧をなでた。

ニコライは、家具などの木製品を作るたびに、注文した人がどのように使うのかを想像しようとした。そうすると、彼の手にかかる製品がまるで将来の持ち主にぴったり合うように、自然と特別なものになっていく。そして今、その斧を見ると、斧には命が吹き込まれ、近所に住むのっぽのヴィクトルの手にすっぽりと収まるのがわかった。

この斧はヴィクトルの身長に合わせたので、ニコライが他の人のために作ったものよりも長い。柄も、音楽家のように長くて異様に細い指を持つヴィクトルの大きな手の平にぴったりと収まるように作った。

「お、噂をすれば影だ!」

ヴィクトルが足を少し引きずりながら柵の前を歩いている。手を振り「来いよ! 出来上がったぞ!」とニコライが声をかけた。

ヴィクトルは立ち止まり、驚いてうなずき、門から入って来る。

ニコライはそばに置いてある作ったばかりの腰掛椅子の上に斧を置いた。

「持っていけよ!」

ヴィクトルがニコライに歩み寄り、男たちは握手を交わした。ヴィクトルは椅子の上の斧を見つめ、

「おお、おまえは大した奴だな! いつ出来たんだ? たまたま横を通っただけなのに……まさか今日に限って完成とは!」両手を広げて言った。

ニコライは肩をすくめた。

「そんなに時間はかからないさ。四時間で出来たさ」

「さすが、職人だねえ! 名人だな。こんなのどこにも売ってないよ! 家のまわりの柵も作って、たちまち家らしくなったしな」ヴィクトルは家の前の庭を手でぐるりと回して示した。「それなのに俺

ときたら、万年工場働きさ」と、悔しそうに手を振り「で、戦争の時は工兵さ」両手を開いて周囲を見回し、「でもさ、こんな島で爆破するものなんてないだろ!?」と言った。

「まあ、お前だって今はハンドルを握ってるじゃないか！　運転手さ！　ガジック（ジープ）が支給されたんだろ？　何が気に入らないんだ？」ニコライが言う。

「こんな島で誰をどこに乗せて行くってんだ？　島の端から端まで十キロ程度だ。しかもほとんど皆が一か所に住んでる。俺たちだけが少し離れたところに住んでる。三十人だけね」ヴィクトルが言う。

「行き場がないのが一番いいのかもしれないよ？　島からどこに行くってさ？　水に囲まれていればなんだか落ち着いて、こんな狭いところでも暮らしていけるかもしれないよ……しかも、もうすぐここで大きな建設計画があるじゃないか。そうなりゃ、お前のガジックも大活躍さ。嫌というほど乗り回すことになるぜ」ニコライが言った。

皿を持った女の子が玄関口に入ってきた。犬小屋に向かって走り出す。

「こんにちは、ヴィーチャおじさん」カーチャが挨拶をする。

「やあ、カーチャ、えらいね！」ヴィクトルが応えた。

カーチャは恥ずかしそうに笑いながら背を向け、皿の中の骨を犬に与えた。

「ワーニャから聞いたよ、三年生のクラスでお前さんだけオール五を取るんだってね」

ヴィクトルはそう言ってポケットからお金を出して数え、ニコライに渡した。

「本土を離れる前に、近所の人から船用の古いモーターを買ったんだ……。お前さんなら船ぐらいすぐに作れるようになるだろ。日本人の職人のところに行ったのかい？」

「行ったよ」ニコライは後頭部を掻きながら、ヴィクトルの怪訝そうな視線を受けて、無言で肩をすくめた。

「それなら、一艘だけ作ってくれよ。モーターをつけて釣りをしよう。ともかく、これでつべこべ言うのはおわりにするよ。そうさ、ここはこういう場所。海、船、魚……」

ヴィクトルはそう言って腰掛椅子と斧を手に取り、門に向かって歩いていった。

「パパ、ママが夕飯に呼んでいるわよ!!」カーチャが叫んだ。

9

一年前、東洋学院（現在の極東連邦大学日本学科）のために著者不明の冊子を翻訳した時、カジンは次のような主張に出会った。人は、自分の行動ではなく、その行動の理由となっている思考（およびそれに関連する気持ちや感情）を分析することで、自分自身のことをより深く知ることができる。もっと正確に言うと、こうした考えが頭の中でどのように生じるのか、ということだった。

通常、それは単純だった。理由は結果のすぐそばに、あと一歩のところか、数秒、もうひと言のところにある。しかし、通りすがりの自転車を見かけることで、または若き日のスポーツへの情熱、彼女との原因不明の喧嘩、予期せぬ運命のいたずらなどを経て、突然、本を書き上げようと決意するまでの連鎖をたどることは、とても難しいことでもあった。

時々、カジンが解いた鎖が彼の中にいくつもの独立した人格の存在を認めざるを得ないような結果をもたらした。その人格は他の誰にも頼らず生きようとし、それによってカジン（彼が想像するところの）を大いに悩ませた。

特に、妻や子どもとの関係、そのゲーム（カジンはそれをゲームとみなしていた）はカジンにとって必ずしも面白くもなく適切なものでもなかった。しかし、このゲームに病みつきになってしまい、今も貨物船から島に向かう小舟の中で、海岸の輪郭を眺めながら、カジンはしばらくの間、血管が膨らむように自分を満たしている苛立ちの原因を理解したいという誘惑と戦っていた。

今回はすべてがわかりやすかった。フロロフが何らかの理由で貨物船を錨地に停泊させ、夕暮れを待って手漕ぎボートの出航を命じた。三時間前に下船できたはずなのに、最低でもあと四十分は波に揺られていなければならない。四人の乗組員がオールを漕ぐたびに小舟は岸辺に近づくものの、あまりにも遅い！

太陽の円盤は不自然な速さで地平線に沈み、さらに五十メートルがんに近づくと、貨物船から見た時と同じような海岸線の風景がぼやけて見えた。海岸線には建物や桟橋、まばらに生える低木がある。だんだんと近づいてくる風景に細部は見えず、急速に濃くなる夕暮れでぼやけてしまった……。

しかしカジンは細部が知りたかった！　島の生活にまつわるものすべてに興味があった。衣食住、日常生活や生活習慣の細部に至るまで。カジンは海に浮かぶこの島の住人について本を書こうとしていたが、自分とはまったく違う人たちを読者に想像してもらいたかった。

そして、最初に知る細部は、貨物船か小舟に乗って島に近づいた時に見えるもののはずだった。この瞬間をどれだけ待ち望んだことか！　しかし、薄明かりはますます霧のように島を覆い、何か言葉になりそうなもの……失望以外のものを目に留めることができなくなっていた。

そう、それは苛立ちではなく失望だった。人生に侵入してきた、自分にはどうすることもできない、今直面する無意味なものに対する失望だったのだ。貨物船ではなく小舟、本の材料ではなくオールを漕ぐ船員の顔。これがカジンにとって何の意味があるだろう？　カジンは、隣に座っているフロロフを見た。

「さきほど貨物船にいた時」カジンはあごで前方を差し示しながら言った。「あなたは何か日本人の船のことを話そうとしていましたよね」

「奴らの船を全部没収したよ」フロロフが答えた。

「ええ、そうですね。聞きました。いま日本人はどうしているんですか？」

「補佐役としてロシア人と一緒なら、自分が持っていた船で海に出られるよ。小舟もエンジン付きの船も含めて日本人が船を操縦するのは禁止だ。だから……」手の平を空にかざし曖昧な仕草をしながら「……日本人はタールを塗った大きな箱に乗って魚を釣っているのさ。以前はその箱をロープで船に繋いで、そこに魚を入れていたんだ」フロロフが言う。

「波が立つと保つのが大変じゃないんですか？」言葉に合わせてカジンが手振りで示す「まっ平な底じゃ

あ……波がきたらすぐにひっくり返っちまうよ！」

「まだ誰も溺れてないさ。奴ら、箱の底に竜骨のようなものをつけているんだ。大丈夫だよ。沈まないさ。日本人から没収した船なんだが、とても丈夫だ。あれなら日本にも簡単に行けるさ。ここと北海道は目と鼻の先だしな」フロロフが言う。

カジンは肩をすくめて「行きたいだろうなあ、もっと早くに行けばよかったのに」と言った。

「以前は奴らの個人的問題だったが、今は我々の問題だ。こんな海で日本人をひとりずつ捕まえる時間はない。逃げたから船を没収したんだ。十人だよ。もうちょっといたかな。夜中に国境警備隊をすり抜けてね……」フロロフは空中でよくわからない仕草を見せて言った。

「犠牲になるのはいつも庶民なんだよな……」フロロフの視線に気づき、カジンは口をつぐんだ。

フロロフは黙っている。カジンが少佐のほうをちらっと見ると、厳しく睨みつけられていることに気づき、すぐさま目を伏せた。

「言葉には気をつけたまえ、カジン。さもないと、偶然海に落ちて後悔することになるかもしれないよ」

オールをひと振り、また一振り……と、カジンは舟底を覆う油性の防水シートに薄暗い月明かりが反射する様子を見つめた。一瞬、膜の下には舟底はなく、重苦しく波打つ未知の不安感が何十メートルもの深さに広がっているように思った。寒さで縮こまり、座っているベンチの下にとっさに足を入れた。足元の水から寒さが浸透してくるようだった。フロロフはすでに背を向けており、カジンは顔を上げた。海岸に何か変化があった。そうだった！　自分たちが目指す桟橋から人が去っていったのだ。

二十分前にも十分前にも、海岸線を覗きながら、カジンはその人を見ていた。しかしその時は、遠くから見ると、何かの柱か廃墟の一部だと思った。この人物がその場で動かずにじっと立っていたからだ。立ったまま海を見て、小舟か貨物船を見ていたが、今や桟橋から歩きだしていた。帽子をかぶった日本人だということだけは、カジンにもはっきりわかった。なぜ日本人なのか？　カジンはすぐ傍にいる船員を見て、岸辺を去ってゆく人に見立てて想像を試みた。夕方のこの時間に岸辺に立つ女性が、岸辺に近づく船を見て、到着を待たずに去っていく姿を想像する。カジンはそれを想像することができたが、岸辺から去ってゆくのは男だった。そして、それは日本人だとカジンはなぜか確信していた。再び岸辺に目をやると、帽子をかぶった男の姿は見えなかった。

10

ニコライとカーチャが家に入るやいなや、カーチャはすぐに父の袖を引っ張り、子ども部屋に連れていく。

「こっちに来て、見せたいものがあるの！」

部屋の中で少女が棚に歩み寄ると、そこには本と並んで木製の小物がいくつか置いてある。カーチャはそのうちのひとつを手に取り、父に見せる。

「ほら見て！　勇夫が今日くれたの！　ねえ、すごいでしょ!?」

ニコライは女の子の姿をした木彫りの人形を手に取り、まじまじと見つめた。

「勇夫がナイフで掘ったのよ。その後はパパもよくやるように、やすりで磨くの」

ニコライは感心してうなずき「あの少年、大したもんだな！　姿形が面白いねえ！　日本の昔話か何かに出てくるものかい？」と言った。

「そうよ。勇夫から聞いたわ。もう一年もロシア語を勉強しているのよ！　学校じゃなくて、独学でね。それでね、勇夫が私に話してくれる伝説というか、物語があるのよ。あるサムライの娘が、自分が仕える殿様のお姫様と一緒に誘拐されたという話なの。この殿様はね、自分の娘を誰にも見せなかったの。城が盗賊に襲われた時、そこにはほかに何人もお姫様の友達の女の子がいて、盗賊たちは間違えないように全員を連れ去って、どの娘が目当ての領主の娘なのかを調べようとしたの。その中には、サムライの娘もいた。そこで、サムライは娘たちを救けに出た。そして、娘たちがどこに連れて行かれたのか、長い時間をかけて探した。そういうお話……。まだその先は教えてくれないの。というのも、勇夫が話すのは、出来上がった人形が出てくる物語のところだけだから。

カーチャはニコライが手にしている人形を指して、「それは殿様の娘よ」と言って棚から人形を取り出し、ひとつひとつ順番に父親に見せては元に戻す。「これが殿様で……、これがサムライ……。そして、このふたりが盗賊。盗賊を送り込んで領主の娘とサムライの娘を誘拐させた大悪党は勇夫がいま作っているの」

ニコライは少女の人形を慎重に棚に戻す。棚の上に置いてある馬の人形を見て、

「この馬は、うちのディンカに似ているね。明日はディンカに乗って学校に送ってあげるよ。帰りは……まだわからないな。お友達と一緒に帰っておいで」と言った。

「やったー！」

少女はそう叫んで部屋のドアに向かう。

「ディン・ディン・ディンカ！　馬だ、馬だ！　ディン・ディンカ！」

少女が部屋を飛び出すと、「馬に乗れる！」という声が聞こえた。

11

ニコライが娘の後を追って部屋を出ると、カーチャはもう食卓につき、自分のお皿を手前に置いていた。妻のナージャは背の低い亜麻色の髪をした女性で、娘にスープを注ぎ、テーブルを一瞥した後、鍋を手に台所に戻っていく。振り返って肩にかけたタオルで手を拭き、食卓につく夫と娘を見て言った。

「学校までなんて遠いの。毎日よ！」

「わかっているだろう、ナージャ。学校のすぐ近くの空き家はないし、日本人と一緒に暮らすのは僕たちが嫌がったんじゃないか。誰かが立ち去らない限り仕方ないよ」ニコライが言う。

「そんなことないよ……。そんなに遠くないよ！　どうして日本人が出て行かなくちゃいけないの！」

カーチャが言った。

「誰だって？　日本人が？　パパは日本人が出て行くべきだとは言っていないよ。ここが気に入らなければロシア人がロシア本土に帰ればいいんだから」と言って微笑んだ。「なぜ日本人だと思ったんだい？」

ナージャは、夫に理解を求める視線を送りつつ、

「そうね、日本人がいなくなったら、誰が私たちのかわいい娘に人形をくれるのかしら？」と言った。

カーチャは思わず吹き出し、スプーンをテーブルに投げつけ、両手で顔を覆った。

「もうっ！　パパとママったら！」

12

浜辺から三本目の通りに建つ校舎は、通りに平行ではなく垂直に建っていた。これは決して偶然ではない。建物の囲いによって、一年中同じ方向に吹く風から校庭は守られた。そのため、校庭は静かな港のようだった。朝は子どもたちの声が充満し、夜は遅くまで明かりの灯る家々の窓から漏れる、ぼんやりとした長方形の光と、その中に時折現れる人影で満たされていた。

校庭の中央に生える白樺の木の横に、建物の二階の窓際で立ち止まる歪んだ人影が現れた。その人影は髪を直すために手を動かし、すぐにまた同じ動作をする……。間違いなく女性だ。放課後に生徒のひとりに勉強を教えている教師だった。そして、彼女の視線は校庭ではなく、生徒に向けられていた。

しかし、教師のヴェーラ・グラゾワの目線は、ロシア語が書かれたノートを見つめて固まっている

少女の明子ではなく、少女の少し後ろの席に座って本を読む日本人男性に向けられていた。

その男は誠という名前で、明子の父親だった。ヴェーラは誠がこの島でどのように暮らしているのかよく知っていた。妻と娘の明子と末娘との暮らしぶり、若い時に巨大なサメを釣ったこと、読書が好きなことなど。ヴェーラは、男の名前と、彼が読書好きであることだけわかればよかったのに、と自分に言い聞かせた。あとは、忘れるんだ……忘れるのみ。

少女は考え込み、一杯に書き尽くされたノートのページを見つめている。一方、女性教師は男が顔をあげて自分に目を向けてくれるのを待つかのように男性を見ている。彼女の視線に脇目で気づいているはずなのに、男は何事もなかったかのように読書を続けている。

ヴェーラはかすかに微笑むと、少女の隣の席に座った。男が少女の隣に座る女性に目をやったのは、ページをめくって数秒後のことだった。目を離さずにヴェーラを見つめていると、しだいに先ほどヴェーラの顔に浮かんだのと同じような微かな笑みが顔に浮かんだ。女は軽く髪を直し、男は気を取り直したように再び読書に没頭した。

ヴェーラは日本語で「同じような文章を前にも作りましたよ。どうすればいいのか、思い出してね」と言った。

まるで、ノートのページに思いがけないものを見てしまったかのように、少女の顔がしかめ面になった。少しの間身体を強ばらせたが、ペンの羽ペンをインク壺に浸し、書き始める。

男が再びヴェーラに視線を戻した。彼女が掛け時計を見ていることに気づき、視線を追った。ヴェーラが少しだけ顔を向けると、ふたりの視線が合った。

一瞬、ふたりはじっと見つめ合ってから、ヴェーラが席から立ちあがった。

「本はどうですか？　面白いですか？」

誠はかすかに笑みを浮かべてうなずき、「はい」と答えた。

「私もその本を読みたかったのですが、読む時間がないんです」

少女はおそるおそる教師を見て、静かに言った。

「もし私たちに算数を教えなければ、本を読む時間が増えますね」

ヴェーラは必死で笑いをこらえ、すでに目を伏せている少女を見た。

「そうですね、あなたが算数が嫌いなことはお父さんから聞いていますよ。でも、教師が足りませんからね。私がロシア語と算数と地理を教えないといけないんですよ。これが私の仕事なんですよ！」

「それはヴェーラさんの義務だよ、明子。何しろ、彼女は学校の先生なんだから」誠が言う。

「どうして自分の好きなことやしたいことよりも、義務のほうが大事なの？」明子が尋ねる。

誠はピシャっと本を閉じ、手の平を本の上に置いて言う。「読み終わった」

「明子さんは練習問題をやっておいてね。その間に職員室でお父さんに新しい本を渡します。職員室に校長室も図書室もあるんですよ」ヴェーラが立ち上って言った。「新しい校舎が建てば、大きな図書室ができるんですよ。ロシア語の本も日本語の本も置くことになるでしょう」

「大人になったら、司書の仕事ができるかな？」明子が言う。

すでにドアに向かって歩き出しているヴェーラは、肩をすくめた。

「それなら算数を勉強しなくてもいいのよね？」明子が続けた。

「勉強はしなくちゃダメだよ、明子。図書室に何冊の本があるのか、いつも頭に入れておく必要があるからね。練習問題をやってしまいなさい。すぐに戻ってくるから。それから家に帰ろう」誠が言った。

ヴェーラと誠の背後でドアが閉まった。明子は思った。

「どうして数える必要があるの？　島に住んでいるのに、どこに無くなるっていうのよ？」

明子は女性教師の机の上にある、千島列島が載った地球儀の方に顔を向けた。

13

地球儀の表面が少しずつ回転すると同時に、森の緑を裂く茶色い山の線が濃くなる部分に卓上ランプの光が移動し、その茶色い線のひとつに山の高さを表す数字が現れた。子どもの手が地球儀を右へ左へと軽快に回し、指で山や森を優しくなぞり、かすかに判別できる珍しい地名の文字で立ち止まる。

「どこだろう？　アルタイって？」

床に座る四つくらいの女の子が、兄の疑問を耳にして顔を上げた。しかし、少年が尋ねたのは妹ではなく、隣のちゃぶ台の前に座る父親だった。父親はなんでも知っているが、なぜか急いで息子に答えようとはしない。黙って地球儀に指を置き、地球儀を息子の方に少しだけ回して指した場所を見せた。

少女は目をそらし、人形の乱れた髪から落ちそうな帽子を整える。

「ここだよ」浩はアルタイという名前のところに指を走らせた。

「それは遠いよね？　すごく遠い？」

「歩いていくなら、遠いね」

「じゃあ、汽車で行ったらどうだろう？」

「汽車なら二週間ぐらいかな」と浩は肩をすくめて言った。「たぶんね……わからんよ。汽車でなんか行ったことないし」

「カーチャがね、最初は汽車に乗るのが楽しかったけど、あんまり長い距離を走るもんだから飽きてしまって、その時になって初めて日にちを数えたり、通過する街を覚えたりするようになったんだって。それから石炭を運んでいた貨物船に乗って志発島に来たらしいけど、カーチャの頭の中では、何日移動をしたのか、どこを通ったのか、ぜんぶごちゃごちゃになってるんだ……」

「カーチャって誰だい？」

女性の声がドアから聞こえてくる。

「同じ学年の女の子よ、覚えている？　あなたはその子に会ったことがあるわよ！」

喜美子は戸口に立ち、かすかに微笑んでいる。

「どうやらあの娘はうちの子をとても……」

勇夫は母に最後まで言わせずに、「今日は海の中で怪物を見たよ！」と言った。

貴美子と浩はわかりきったように顔を見合わせた。

「どこで?」と貴美子が尋ねる。

「水中だよ。舟のすぐ近く……」

「まあ。生きて家にいるのなら、そんなにひどい怪物ではなかったということね……」

14

誠が家で妻を愛する時は、妻はいつも目を閉じていた。そんな時はいつも、妻は自分の代わりに誰かを想像しているのではないかと思った。いや、それは他の男ではなく、自分のあるべき姿、そうなるべき誠自身の姿だと。

しかし、理想の自分にはなれなかった。結局のところ、妻も他の女性と同じように、理想の王子様に出逢いたいと思っていた。王子様でなくても、新しい別の人生に誘ってくれる男性に出逢いたいと。そして、その特別な人生が子どもたちに引き継がれることも(それがいちばん大切なことかもしれない!)。しかし、要するに誠はそのような男性になれなかったのであり、妻は他の多くの女性と同じで、平凡な男性のそばで一生暮らすことに甘んじなければならない。

妻とは違って、ヴェーラの目は開いていた。服を脱ぐ時も、愛し合っている時も、誠を見ていた。今日の教室のように人前で感情を表に出せないときでも、ヴェーラが時々自分を見ていることを誠は知っていた。

ある日、誠はヴェーラに尋ねた。どうして彼女がそんなに自分を見つめるのか。誠は自分がハンサムではないことを知っていたし、容姿を褒められることもなかったからだ。ヴェーラは「よく家で絵を描くのよ」と答えた。物や人の顔を描くので、誠の顔も描こうとしている、と。ところが、目の前でポーズをとってもらうことができないし、彼女は視覚的な記憶力がいい。だから、顔を覚えるために何度も見る羽目になる、と。

そして今、図書室の低いテーブルの上にヴェーラが仰向けになって目の前に横たわり、冷えた膝を両手で抱きしめている時、誠はヴェーラの目に映る自分の顔を見て、ふたりの恋愛や秘密、そしてヴェーラが娘と補習をした日の逢引よりも、何となく心惹かれ魅了されていた。小さな村では、誰の家に行っても翌日には皆に知られてしまうので、これが唯一のデートの機会だった。

ふたりはまだ別々の体で、運命的に与えられた時間の中で絡み合っていた。しかし、誠の手が彼女の膝を抱く回数が増え、何度も何度も繰り返す度に未知の縄が突然ふたりを包み込み、ひとつに引き上げる瞬間が近づいた。

15

血管のもつれがほどけるように、不本意ながらもゆっくりと一体感が崩れていく。もっともそれは、ヴェーラの場合はそうだった。ヴェーラと横に並んで服を整えるのは、誠にとっても違和感があるはずだ。しかし、ヴェーラは誠のほうを見なくてもわかっていた。いつもは一分もたたないうちにやすやすと着替える彼が、まるで彼女と同時に最後のボタンを留める瞬間を待つように、確実にゆっくりと、とてもゆっくりとすべての動作を行っていることを。

「ここでふたりきりでいると、いつも他人のものを盗るような気分になります。私のものではないものを」と誠を一瞥してヴェーラが言う。

「あいつは僕を愛していないさ……」と誠が短く首を横に振る。「まったくね」かすかな笑みを浮かべて「あいつに要らないものは君が取ればいいさ」と言った。

「女性は口に出して言わないかもしれないけれど、本当は……」ヴェーラが言う。

誠はさらに決意を新たにして首を振り、「いやいや、あいつは僕のことが許せないだけで……」と、手を振ってあいまいな身振りをした。

ヴェーラは驚きの笑顔でハッとして、「ちょっと、あなた!? 過去にも誰かいたんですか？ あなたと私のように……」と、誠の視線を受け止め、絶句した。

「いやいや、違うよ。僕が別の人と結婚したかったことを妻は知っているんだ。僕の両親が、みのりと僕の結婚を望んだんだ。でも僕には別の恋人がいた。だからみのりとは結婚したくなかった。本当は結婚したくなかったことを、みのりは知っているのさ」

誠が黙って窓の外を見ると、村の家々の灯りがちらほら燃えている。

「あいつは子どもがとても好きなんだ」と肩をすくめた。「そのために、僕たちは一緒にいるんだ」

ふたりはすでに服を着て、ドアに向かって歩いていく。ヴェーラが急に立ち止まった。「あ！　本は？」

誠が笑顔でうなずく。ヴェーラは本棚のところへ行き、手に本を持って戻ると、それを誠に差し出した。誠は受け取った本の表紙を見た。

「父がロシア語に翻訳したものです。そして、父は日本のスパイであることがわかりました。そして、私は人民の敵の娘になった」

驚く誠に気付いたヴェーラは、笑いながら小さく首を振った。「もちろん、スパイではありませんでしたよ」

「そんなこと、今まで言わなかったじゃないか」誠は本を開き、翻訳者の名前を見る。

「私は、こうしたいろんな噂話や疑念から逃れてここに来たんです。なぜだと思いますか？　ここでは誰も私を知らない。どうして私が日本語の本をこんなに持っているのか、誰にも説明しなくていいもの。ここでは気分がいいのです。そして、思いもよらないことばっかりで……」ヴェーラは自分に向けられた誠の鋭い視線を受け、おちゃめな笑顔で付け加えた。「しかも、まさか自分が地上の果てで教師になって、ロシア語好きの女の子の父親に日本語の本を貸すことになるとは思いませんでした。ところであなたは、何を考えているの？」

誠はヴェーラに近づき、彼女の頬に手を当て、大きく盛り上がった頬骨を指でなぞる……。

「君は日本の女の子みたいだ」

「私は前世で日本人だったに違いない……きっとそうだわ！　でもあなたは私との結婚を望まなかったのですね。だからいま、こうして尻ぬぐいしてるのね！」ヴェーラは嬉しそうに笑った。「明子のところに戻りましょう！」

ヴェーラは部屋の出口に向かって歩き、誠もそれに続く。

「ちなみに、明子の言うとおりです。明子には、あんな方程式はまったく必要ありません。彼女には素晴らしい語学の才能があります」

ヴェーラと誠は図書室を出て廊下を歩いてゆく。

「ロシアの子どもたちと遊ぶようになって一年で」ヴェーラは一瞬言葉につまって黙り込んだが、「私のところにも勉強に来るようになって……明子はもうロシア語をほとんど自由に話せるようになりましたね」と言った。

16

男は森の中を走りながらきょろきょろと見回す……夕暮れの中をすり抜ける影を見逃さないよう茂みを進んでゆく……男は月明かりに照らされた茂みを出て走り出すが、月は頭上にはなく、走る影が見える前方のどこかにあった。また走る。

男は誰かに追いつこうとする。見失い、立ち止まり、またあたりを鋭く見回す……木の後ろに揺らめく影が見える……再び走り出すものの、前方には震える円盤状の月が見えるだけだ。即座に立ち止まった。

視線を右に……左に……また前に走り出す。月が見える前方に向かって。月はなぜか地平線と重なりそうな、あるいはもっと高い位置にある。つまずき、顔から地面に倒れ込み、大きくため息をつく。「ステパン！」という誰かの声が聞こえて、ゆっくりと横を向く……。

窓に降り注ぐ夜明け前の薄暗い光が、半分開いた目にまつげの間から差し込み、隣に横たわる体の輪郭を包み込む。「スヴェータ……」頭の中で妻の名前が聞こえる。まるで別の誰かが言ったかのように。もちろん、妻の名を呼んだのはステパン自身だった！　しかし、その見知らぬ人物のことを不思議に思っていたら、目が覚めた。妻を起こさないように、慎重にベッドから出る。

窓のほうに歩み寄った。海を眺め、波間に揺れる舟に視線を向けた。小舟は桟橋に泊めてあったが、ずいぶん遠くにあるため、静止しているように見えた。

ステパンの背後で、ベッドのかすかなきしみと静かな足音が聞こえた。女性の手が彼の肩に置かれ、その片方の手にスヴェトラーナが視線を伏せた。

「また走る夢を見たの？」

「ああ。誰かを探してた。または、何か、かな？　それは、いつも近くにいるようでいて、最後の最後でどこかに消えてしまう。あるいは、追いつきたかったのか……。月が変なんだ。低かったり高かったり。どこかに行けなくなるのがやたらと怖いんだ……どこだろう？」ステパンは肩をすくめた。

「私は夢なんて見ないわ」

「よかったね。見る必要はないさ。そして、走る必要もない。急ぐことも。お前にはすべてのことが時間通りに起こるのがいい」

「もしかしたら、その人たちはすぐに出ていかないのではないかしら？　以前、この家に住んでいた人たちのこと？」

「奴らは自分で出ていった。逃げて行ったんだ。ここでは自分たちが不利になると判断したのだろう。危険を冒してでも、留まるより逃げた方がいいと思ったんだ。俺たちは、奴らがそのリスクを取ってくれて運がよかったよ。さもなければ俺たちはいまだに日本人と同居していただろう」

「ええ。ただ、何だか日本人はいなくなったかのようで、そうではないようにも思えるの。夢は見ないけれど、日中は夢の中で暮らしているみたいなの」

「それが今のお前の状態なんだよ。あらゆるものが想像の中に現れるんだ……」

窓辺に立つ男女は、まるで精巧に作られたふたりの身体の彫像のようで、女の体は巨大な腹で男の体に釘付けにされているかのようだった。

ステパンは変わらず小舟を見つめながら、妻のお腹に手を当てて、岸に打ち寄せる波に目を奪われた。ステパンには、異質なこの海と波が、毎日、毎時、毎分、毎秒、まるで未知の時計の針を数えるかのように浜辺に打ち寄せているように思えた。「一、二、三、四、……」と数える音も聞こえるような気がしたが、刻まれた数字はどこか奇妙で不均等だった。ステパンはハッとした。妻のお腹の中にいる、もうすぐ生まれる小さな子のかすかな震えを自分の手のひらで受け止めていることに気づいたからだった。

　つまり、必ずまた海に出なければならないということだ。

「お前は気づいたかい？　ここは空が低いって気づいていたかい？」

「そうかしら？　わからないわ。雲が低いところにあるんじゃないの？」

「ああ。でも、雲はいつもとても低く、とても速い。空は常に変化しているんだ。一時間ごとに、まるで時間の流れが違うように、大陸よりも早く感じる。でも、そんなことあるわけないよな？」

「なぜないといえるの？　だってここは東よ、地上で朝が始まる場所。そして、朝はいつもあっという間に過ぎていき、気がついたら昼が終わっていて、すぐに夕方になってしまうわ」

　夫の肩から頭を離し、スヴェトラーナは微笑みながら濃い灰色をした初秋の空を見つめた。空で雲が素早く離れ、濁った水に浮かぶインクの染みのようだった。

「よくもまあ、答えをひねり出したもんだね」ステパンは苦笑して言う。「でもここでは星の位置も低いようだな。以前住んでいたアルタイの山の中のほうが空や雲が低く見えるはずなのに。でも、違う。芝生の上に仰向けに寝て見上げると、太陽や星がもっと高いところにあったのを覚えているよ。すごく気持ちよかったなあ……」

　灰色の湿った空に雲の塊が浮かび、星を隠した。ステパンは、過去のことや、なぜ自分たちがこの世界の果てに来ようと思ったのか、考えるのをやめなければならないと感じた。今何が起こっているのか、明日何が起こるのかを考えなければならない。ひと月もしないうちに家族は三人になり、生まれた子はこの低い空の下で、急激に変化する空の下で、ただひたすら生きていくのだから。

17

朝、勇夫はいつもよりゆっくりと歩いて学校に向かった。夜に起こったことを考えていた。

夜中にまた地震が起こった。とても弱い揺れだったため、その起こった瞬間にぐっすり眠っていたらまったく気づかなかっただろう。だが、寝返りを打ちつつ眠りに落ちる時にちょうど揺れたのでわかった。動けなかった……。そして、完全な静けさの中で最初は自分の心臓の音が聞こえ、その後もう一度揺れがきた。思わず天井にかかる電灯に目を向けた。月明かりでよく見えた。

勇夫は地球がなぜ揺れるのかわからなかった。そのことを学校で先生に尋ねた時、先生がいまから説明することを理解するには、もう少し勉強が必要だと言われた。

その後、地震はどこでも起こるわけでないことを父から教わった。大陸で地震が起こるのは極めて稀で、自分たちの住む島は母国日本と同じで、ほとんど毎日起こり、一日に数回起こったりもする！弱い揺れには人が気づかないだけだ。そしてそれは、大陸や小さな島などのあらゆる大地は船のように海に浮かんでいるからなんだ、と勇夫は決めつけた。大陸は大きな船で、水に波が起きてもまったく気づかない。一方、小さな島々は小舟だ。小さな波でも、勇夫が父と乗って釣りをする箱舟を揺ら

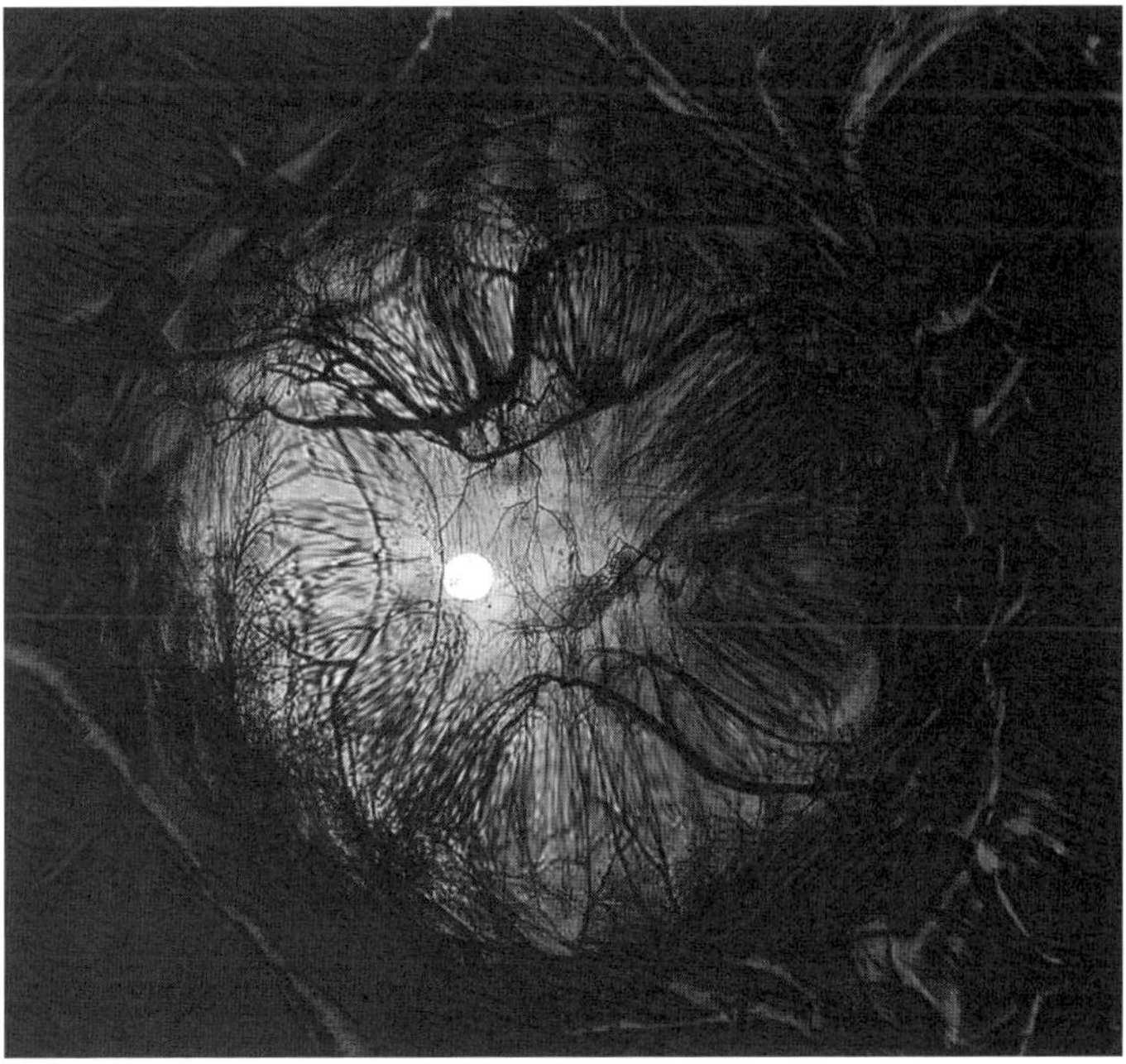

すように、小さな島々を揺らす。
　しかし、父が勇夫に言った。実際、島は海洋を泳いでおらず、地球とつながっている、と。机の上にある地球儀に描かれた他の陸地もそうだ、と。
　そして今、少年は島を水の上にそびえ立つ巨大なおとぎ話の樹冠に見立て、その幹が下に向かって伸び、根で地球とつながっているのを想像した。地球上にはこうした木の島々がたくさんあり、大きな大陸は広大で果てしない森のように思えた。勇夫は歩きながら、島々がこんなにも巨大で力強い木であるならば、陸や水の上だけではなく、どこか下の方で強風が吹いて木を揺らしているに違いないと考えた。

勇夫は校庭に入った。その強烈な風を想像しようとしたが、そのかわりに、上着のポケットに入れた木の置物を握りしめる右手に寒気を感じた。

人形は三日前にほぼ完成していた。しかし、盗賊の親分の顔をどうしてもうまく彫ることができなかった。木を彫るのは絵を描くよりもずっと難しい。描いたものは修正して、消しゴムで消してまた描けばいい。だが、木は繰り返し彫り直すことができない。だから、勇夫は顔を細部まで想像し、目の前に立つ生身の人間のように見えた時に初めてナイフを手にすることができた。

ところがその顔は一日、また一日と消えていき、昨日になってようやく勇夫は「見る」ことができた。その顔は奇妙で、目と口の代わりに、くり抜いた小さな穴のある仮面のようだった。そして、鼻の代わりに形のない膨らみがあった。これが望んでいる顔なのかしらと思った勇夫は、焦りに負けてナイフを手に取った。

少年は急に立ち止まった。彫った顔が、父と海に出たときに海の中で見た顔に似ていると、今になって気がついたからだ。怪物の顔！　水面を見つめた瞬間からのけぞるまでの間、揺れる滑らかな水の向こうには、捕食者のような口と目の切れ目しか見えなかった……。でも、人間の顔であるはずがないじゃないか⁉

勇夫はポケットから手を出して、手のひらの人形を見た。やはりそれは水の中から出てきた怪物の顔だった……。そしてそれは、お姫様をサムライの娘や他の娘と一緒に誘拐するよう、盗賊を送り込んだ男の顔だった。

deeparteffects.com

校舎はすでに目の前にある。少年はその人形を握りしめ、手をポケットに入れて歩き出した。

さらに二十歩進み、校舎の玄関に入り、更衣室で上着を置いて、二階に上がって右に曲がる。十歩進むと勇夫は教室のドアの前で立ち止まり、中を覗いた……。たとえその女の子がドアに背を向けて立っていて、女友達とおしゃべりしていても、誰かが教えて勇夫に気づいてくれるとわかっていた。勇夫が伸ばした手から木彫りの人形を受け取るために、振り向いてドアに走って来ることを知っていた。そして、その人形を手にした女の子が、自分を見上げて「ありがとう」と言ってくれる瞬間を、たとえその瞬間に鐘が鳴って一階の自分の教室に走らなければならなくなっても、必ず待つのだ。

18

目覚めたカジンは時計を見て、髭も剃らずに、持参した原稿を読み返すことにした。

ウラジオストクを出航する前から、自分が書く物語には何が足りないのかがよくわかっていた。カジンは、島に住む日本人について書かれた本を見つけられず、文章の中で島民の生活を詳細に書くのはできるだけ避けた。しかし、カジンが渡した本の数章を読んだ同僚が、「日本人は魚を樽に入れて塩漬けにしない」など、すでに不正確な箇所があると指摘してくれたので、通訳として島に行くことになったのはカジンにとって運命的な贈り物のように思えた。

昨日、フロロフに「出張を断るような危険は冒しませんでした」と嘘をついたことが頭をよぎった。

その逆だった。出不精で「本の虫」、さらにウラジオストクを出たことのないカジンは、自分から貨物船に乗りたいとせがんだのだ！　最初は自分の決意にやや驚いたほどだった。なぜなら、出張を受けるためには、祖国に恩義があるなどと戯言を言わなければならなかったからだ。カジンは健康状態が悪かったので召集されることもなく、戦争中はずっと後方勤務だった。だから今、カジンは自分の罪を償いたいと思っている、などなど。必ずそう言わなければならなかった。目の前にいた第一課の将校が出征軍人だったからだ。そして、それが功を奏した。

あのとき嘘をついた。フロロフに嘘をついた。……嘘を繰り返したが、今、カジンは別のことを心配していた。カジンには、自分の原稿はまるでふたりの人間によって書かれたように思えた。ひとりは「男は部屋に入り、床で遊ぶ娘を見る……」と、まるで目の前で起こっていることを見ているかのように書く。もうひとりは、数ページ後に「少年は目の前を横切って走る犬を見て、路地に入った……」と過去に起こったことを書き留めただけのようだ。「歩いている」「歩いていた」「見ている」「見ていた」……このふたりは、違う時代に生きるものの、ふたりともカジンの中にいた。演劇や映画の脚本を書くかのように、「歩く」「話す」という文章を書く「カジン」は、戯曲や映画のシナリオを書くように、日常生活の中でこうしたすべてを再現する人に指示をする監督のようだとも考えた。そしてもうひとりは、思い出を共有するだけ……。しかし実際には、「現在」と「過去」の時間の断片が何の法則もなく交互に現れ、「現在形」だけで書かれたものは台本や劇には不十分だった。

カジンは、ちょうどこの矛盾に気づいて嬉しかった。あとは編集して「ひとりのカジンの」ひとつの版を残すだけだ。ところがいざ原稿を直してみると、それほど単純ではないと感じた。文章を統一するのは難しく、違和感のある言い回しや浮いた箇所だけは修正できた。

カジンが時計に目をやると、司令官用の食堂で出される朝食にすでに遅れていた。急いで服を着たカジンは、この「ふたりのカジン」をどうすればいいのかという問いに対する答えを探るかのように、テーブルの上に置かれた原稿を何度も見た。しかし、返事はなかった。

19

桟橋でエンジン付きのポンポン船に乗る背の高い金髪男性は、ベテランの漁師のようだった。釣具を並べたり、魚用の木箱を整理したりと、ゆっくりと船出の準備をしている。

ステパンは、浩の船で海に出た三カ月の間で多くを学んだと思っていたが、手は機械的に同じ動作をするものの、この海で漁をすることは思っていたよりも難しかった。正確には、釣りそのものが難しいのではない。確かに、幼少期から青年期にかけて山で暮らしたステパンは、網はおろか竿すら手にしたことがなかった。しかし、浩と一緒に釣りをせねばならなかったのは、川辺でもなく、滑らかな湖の真ん中に浮かぶボートでもなく、果てしない海だった。しかも、理想的な天気の時だけではない。これは……。

ステパンは、海を思い浮かべたときに感じるものを何と呼べばいいのかわからなかった。海はあまりにも大きく、異質なものだった。海はステパンを受け入れなかった。あるいは、ステパン自身が漁に出ると、足元には以前のような弾力性のある森の道ではなく、底なしの何かが波打っていて、海が時々しぶしぶ魚を放つ。そんな風に感じることを受け入れられなかったのかもしれない。

ステパンは再び夢を思い出した。夢の中では音も匂いもなく、走る人の息づかいだけが感じられたことを、今になって思い出した。枝がカサカサ揺れる音も、足元で枯れ葉をパリパリ踏む音もしない……。まるでステパンが夢の中に完全な姿でそこにいるのではなく、身体の一部だけが存在しているかのようだった……見ることはできても、聞くことも、嗅ぐことも、味わうこともできない不完全な自分。しかしここにはすべてがあった。水しぶきと海藻の香りが、船の中だけでなく、この小さな島、それも長さ十キロの島の断片の至る所でステパンを包んでいた。小さな土地にささやかな渓流や小川が点在し、三つの湖がある。

匂いや音はあっても、ステパンの一部はまだ夢の中にあり、夢の中で生きていて、夢がそれを放さなかった。その一部は、ほとんど毎晩、誰かに追いつくために森の中を走っていた。

そういえば、夢の中である言葉を思い出した。夢の最後で誰かに呼ばれたのだ、「ステパン！」と。

ステパンは、浩が船に向かってくるのに気づいた。手を上げて挨拶をする。浩は立ち止まることなく、歓迎の仕草で応える。日本人は桟橋に近づき、その板から船に飛び乗り、男たちは握手を交わした。

「やあ！」とステパンが言う。

浩もロシア語で「やあ！《プリヴィエット》」と答えた。

浩は船尾から船首を見渡して少しうなずき、桟橋に一歩で戻って、係留ロープを外した。

20

馬は今にも走り出しそうな勢いで首を振ったり、全身を小刻みに震わせたりしながら歩みを進めていた。しかし、村の端にある最後の家まで五十メートル足らずのところで、ニコライは龍の家の方に曲がるかどうか決めかねていた。

龍は海から一列目の通りにある家に住んでいたが、それは当然だった。船を造る者は海のそばに住まなければならない。ニコライは龍の家に行って仕事場に入り、一日中そこにいることもあれば、カーチャの学校が終わって一緒に帰るまで過ごすこともあった。

しかし、一昨日のような日が続いたらどうする？　馬のディンカが再び首を振ると、ニコライは苛立って手綱を引いた。

島に来たニコライは、すぐに「ここでやるべきことがある」と気づいた。木が好きで、扱うこともできた。そのうえ、何か新しいものを作るのが好きでたまらなかった。それがここでは船なのだ！　しかし、家具なら本体についた四本の脚を床の上にしっかり置けばいい。それに比べて船はまったくの別物だ。浜辺に引き入れられた船は横倒しになり、まっすぐに立つこともできない。それなのに、海では水の上に留まるだけでなく、波で傾くこともない。

経験のないニコライは、船が造れる人に教わりたいと思っていた。職人は島に一人だけで、その老人の名前は龍だった。問題は、龍がロシア語もドイツ語も話せないことだった（ニコライは学校でドイツ語を勉強していたので、少しは覚えていた）。また、ヴェーラ（ニコライの手伝いを申し出た女性教師）によると、この日本人は誰にも教わらず、ただ親方の作業を毎日見て二年後に初めて船を作り、生業にするようになったと話していた。もしロシア人が望むなら、龍の仕事場に来て、必要なら手伝うこともできる。老人には技術を受け継ぐ息子も弟子もおらず、彼が死ねば工房はニコライに託される。龍には、なぜかソヴィエト政府に没収されなかった船が残されている。龍はもう二年ほど海に出ておらず、船は海から五十歩離れた庭に置いてあった。

ニコライは同意した。巨匠の仕事を見ることは厭わなかったが（もちろん二年とは言わないが、少なくとも三、四ヵ月は必要だ）、それが想像していたような仕事でないとは、思いもよらなかった。龍は何時間も板に向かい、手の平で板を撫でたり、時には何かを囁きながら作業をした。ニコライには、なぜそんなに時間をかけて仕事をするのかが理解できなかった。

龍はとても経験豊富な腕の良い職人で、村の木造船をすべて造り、修理もしていた。一昨日、最後に龍のところに行った時、職人は一日中、長い一本の板を使って作業をしていた。板を水に浸し、締め具で固定して形を整えていた。ニコライの目には完璧な形に見えたが、龍は構造の板を何度も組み立て直した。その顔には感情が表れていなかったが、ニコライには職人が何かを不満に思っていることがわかった。龍は長い間、底の部分が完成した枠組みを眺めているだけで、癖で右腕の刺青を左手でよく掻いた。刺青は古くなってところどころ色あせていたものの、大きな四角い船室や天蓋のようなものが付いた奇妙な船のデザインの一部がはっきりと残っていた。

島には船の造り方が書かれた本はなかった。一昨日、ニコライは軍を通じて大陸からこうした本を取り寄せて、さっそく自分で考えてみることにした。船造りに難しいことなどあるものか。

左側の建物の隙間に男の姿が見え隠れした。海岸に平行した道に立つ家の後ろに姿が消えた。ニコライはその男に見覚えがあったので、首をかしげて家と家の間の隙間を覗いてみると、やはり反対方向に歩いてゆく男がいた。ニコライはその男を知らなかったが、カーチャを学校に送る時、この男が朝早くに鉄製の錆びた穴の開いた樽のようなものを転がしているのを見かけたことがあった。帽子だ！　ニコライは、その時も男がかぶっていた帽子で彼を認識したが、あの時も今も顔はわからない。帽子と、まったく同じ長いマント！　しかしニコライは、この二度の出会いを除いて、この島で暮らした一年の間、一度もこの日本人を見たことがないと確信していた。

ニコライが考え事から我に返ると、すでに龍の家に向から分岐点を過ぎていることに気づき、一瞬の迷いの後、自分の家に向かって馬を小走りに走らせた。

21

ガラス管は、長さ十センチ、直径一センチほどの小さなものだった。グレブは、陸に上がればもう少し大きなガラス管を見つけられたかもしれないが、貨物船の無線室に必要なものが揃っていると確信していた。ところが、彼は間違っていた。もっと大きなガラス管が見つかったが、ひびが入っていることに気づいたのは船が出航した後だったので、今あるもので何とかしなければならなかった。しかし、すべてうまくいった！　そのうえ予想以上に楽だったのは、小さなフラスコなら金属粉が少なくて済んだことだった。

回転ひじ掛け椅子に座ったグレブは、テーブルの上に置かれた飾り気のない構造物を眺めていた。水平に取り付けたガラス管の中に金属粉が満たされている。管の開口部を覆う左右の円い平板に触れるように金属粉が入っている。平板から導線が伸び、フラスコの上には横にハンマーのついたベルが固定されている。一方ではガラス管に触れ、もう一方の位置ではガラス管から三センチ離して固定され、次の命令を待っている。ガラス管の胴体を叩いて、固まった金属粉を振り落とすのだ。単純明快、これ以上ないほど単純だが、機能している！

グレブの耳に「でも、機能している！」という言葉がどこからか聞こえたかのように、うんうんとうなずいた。それから機器の横にある、時間を示す数字を書いた紙を見た。23:05、03:07、05:15……。

途中で遭遇した雷の記録時間は、おそらく縦書きの表に列挙して書き出すほうが正しいのだろうが、無線技師だったグレブは、蒸気船で電報を受け取った時にするように、習慣的に電報の行と同じ横に列挙した。グレブはニヤリとした。この電報の差出人は不明である。一九三〇年にアマチュア無線クラブの寄宿舎で活動を始めた時に初めて見た繊細な配線やラジオの部品と同じように、数字はグレブを魅了した。電流が通るもの、通らないもの、一方の方向には通るが別の方向には通らないものなど、小さな鉄片はそれぞれ個性や性質が異なっていた。回路を組み立てることで、人が話したり書いたりした言葉を、何百キロ、何千キロも離れた人に簡単に伝えることができる。そして何よりも、部品を分解して別の機器に組み立て、違った命を与えることができる！

これこそが、川のように一方向に流れ、起こってしまったことを取り消すことのできない人間の人生との違いであった。できるとすれば、せいぜい忘れることだけだ。グレブは、横に転がっている使い古しのヘッドフォンに目をやった。人工の受信機が受ける電波とは関係のない信号を検出するための装置に接続したものだ。無線室で組み立てたポポフ雷検知器は落雷を感知するとベルが鳴って作動する仕組みで、ヘッドフォンは不要だった。

それにもかかわらず、グレブはヘッドフォンをつけた。

22

ポンポン船の古いエンジンは順調に動くものの、ステパンはほとんど気づかないほどのかすかな不具合を感じていた。モーターを改造して、買っておいた新しい油を差さなければならない。燃料を食うモーター船で海に出るのはもったいない。当分の間は浩の備蓄で何とか冬まで持ちこたえるはずだが、春になったら……。冬の間にエンジンを改造して燃料を買いだめする。とはいえ、エンジンを改良するのは浩の仕事だ。もう二回改良したそうだ。ステパンは背後に立つこの日本人に目を向けた。日本人はステパンの後方遠くを見つめていた。

浩は錨地に停泊する貨物船を指差しながら、日本語で「また人を連れてきたのか?」と言って、ちらっとステパンを見た。

ステパンは、浩が何を言っているのかを推測してみる。「魚が驚いてみんな逃げちまったと思うかい? 俺たちはあそこに行かないでおこう。あっちに行こう!」と言って、貨物船の左方向を指差した。

浩はステパンの手が指す方向を見て「あっちに行きたいのかい? それなら、反対側に行こう」と、操縦桿を握るステパンに手で方向を示し、ステパンの半歩前に出る。

「あっちのほうがいいのかい? 魚がいっぱいいるんだな? わかったよ。まる一日水の上で油を売るわけにはいかないからな」

ポンポン船は沖に向かって進んでゆくが、岸から離れれば離れるほど波は大きくなり、操縦はかなり難しくなる。

ステパンが舵を取り、浩は少し脇でステパンの前に立つ。

身振り手振りを交えながらロシア語で浩が言う「ニェムノーガ　プラーヴァ（もうちょっと右だ）……」

ステパンは慎重にポンポン船を右に向けた。

浩は納得したようにうなずき、日本語で静かに言った。「いいね……心配するな……この船は安定してるよ……親父はこのポンポン船で二十年間帆を張って釣りをしたけど、その後モーターを付けたんだ。弱いモーター……。とても弱くて古い。でも、そんなモーターでも、ないよりはマシだ。嵐の中でも……」浩はすぐにロシア語で「パガジー、パガジー（待て、待て）！」と付け加えた。

浩は一歩後ろに下がり、ステパンと一緒に舵に手を置いた。日本語で「そうじゃない、波に、まっすぐ波に向かうんだ！」と言った。

ステパンは、波の上で船首が傾くのを見ながら「どうやって波に乗るんだ！　転覆しちまうよ！　さあ、立て！　岸はもう遠いよ、誰も見てないさ……」と言った。

ステパンは浩に舵を取るよう身振りで指示をした。日本人は咄嗟に海岸の方角を見て舵を握って立った。浩は日本語で「まだ遠く離れてないのに、誰かに見られたらどうするんだ？　ほら、こうするんだよ！」と言った。

浩はステパンに船をまっすぐ波に乗せる方法を教える。

浩が操縦する船は、波に対してほぼ垂直に進んだ。

ステパンは首を振って「俺はそんなふうに操縦できるようにならないよ」と不機嫌そうに言う。「これから俺たちはずっと、浜辺を離れてから舵取りを交代しよう」

ステパンは、舵取りに立つ浩から離れて釣具の準備を始めた。

浩は少し首をかしげてステパンを見ている。微かな笑みを浮かべながら、ロシア語で「ニェ　ボイシャ（怖がるなよ）……」と言う。日本語に切り替えて「……そんなに難しくないよ。一回やってしまえばそれでいい。それも大きな波の方がいい。そうすれば、もう二度と怖くないさ」と言った。

23

丸い輪の中に刻まれた「十字架」がわずかに揺れ、岸から離れていく浩とステパンの船を捉えようとする。「十字架」は日本人に照準を合わせて静止した。

フロロフが言う。

「すべては教わった通りに……。武器と一体化して……。手は銃身の延長線上にあるんだ、そっと引き金を引く……。脚を撃つ！」

浩は不自然に腕を振って横に大きく傾き、「照準」から消えた。

「あははははは……はい、おしまい」とフロロフの声。

倒れた日本人に驚いて振り返るステパンを照準器がとらえた。

「照準」は、先ほどまで日本人が立っていた場所に戻り、そこにひざまずいて身体を起こす浩が現れる。片手で舵を握り、もう片方の手で風に飛ばされた帽子を船縁ぎりぎりのところでつかみ、頭につけた。

「ぶち殺して一件落着かと思ったのに」

フロロフは岸辺に立ち、双眼鏡を目に当てて見ている。双眼鏡を下げ、不敵な笑みを浮かべて言った。

「つまり、あいつらは指揮官の命令をあやって実行しているんだな？　最初はロシア人が舵を握り、浜辺を離れた途端に日本人が舵を取ると?」

「そうです、ロシア人は……あなたが仰るように、皆、陸のドブネズミです。私もそうです。おそらく、海で船を操縦するのは簡単ではないんでしょう。まだまだ修行中なんです」

カジンはそう言ってフロロフの方に少し顔を向けたが、押し黙って目をそらして言った。

「はい……覚えていますとも。私なんていっそのこと海に落ちたほうがマシですね」

フロロフは再び双眼鏡を目に上げた。双眼鏡のファインダーの中には、日本の漁師たちが乗った箱舟がいくつか見える。他に、スラブ系の男が舵を取り、日本人が釣具をいじっている船もあった。その船は安定した航行ができず、ふたりの漁師の足元はおぼつかない。日本人は釣具から離れ、舵を取る男に近づく。

フロロフは後ろを振り返り、岸辺から去ってゆく。カジンはその後を追った。

24

白い翼の巣は岩の小さな窪みに隠れているため、弱い突風が吹いても雛を不安にさせることはなかった。雛たちのお腹は満たされ、珍しく大人しくなり静かにキョロキョロとしていた。まるで危険と恐怖を期待し続けるかのように。恐怖を感じると雛は叫ぶ「ぼくはここだよ! ここにいるよ!」できるだけ大きな声で、他の雛よりも大きな声で「ぼくだよ! ぼくはここだよ! おなかすいた! こっちを見て！」と叫ぶ。

餌をもらってしばらくは恐れも影をひそめたが、それでも雛たちは巣から出ようとするため、そばで親鳥が交代で見張っていた。

母鳥はそばにいなかった。白い翼が戻ってすぐにエサをとりに飛び立ったからだ。運がよければお腹を空かせた雛たちが再び鳴き始める前に戻ってくるだろう。

巣の端に登ろうとする雛をくちばしで軽く押し戻しながら、白い翼は母鳥の姿がないか、再び海に目を向けた。風が強まってきた。そうなると飛びやすくなるが、時間がなかった。獲物があろうとなかろうと、じきにすべてのカモメが崖に戻ってくる。雛がいくら鳴いても、ほとんどのカモメは日没後の悪天候に狩り出ることはしない。白い翼は何度も崖から飛び出そうとしたが、近づいてくるカモメが他人であることがわかり、慌てて羽をたたみ、その場に踏みとどまった。

もう少しすれば、幼い雛を見ながら、崖の端に近づいて飛び込むことができる。翼を何度か揺らして上昇気流を捕らえることができるだろう。

白い翼は海の深みに向かってまっしぐらに飛び込んだことは一度もなかった。気流を受けて横向きになり、しばらく海岸線に沿って飛んだが、安全ではなかった。左側の陸地は、オジロワシが占領していたからだ。カモメの巣に近づかないのは、ワシのような強い鳥でも、怒ったカモメの群れに襲われるとひとたまりもないとわかっているからだ。しかし、陸地にカモメが一羽で飛んでいけば、その場合の主役はワシだった。

白い翼のように飛ぶことは危険であり、挑戦であり、運命の試練であったが、狩りに出る度に、少しずつ海岸に沿って飛んでから、海の方向に飛んだ。

特に悪天候の場合は、海岸近くの水辺に降りて、水面から突き出た巨大で鋭利な岩の小さな尾根で潮の波が砕けるような場所に行くこともあった。岩のすぐ裏側は水がずっと穏やかで魚が水面に上がってくるため、白い翼はよくそこで狩りをした。

もし白い翼が人間だったら、海岸沿いを飛ぶ理由をこう考えたかもしれない。おそらく昔に、ずっと昔に、祖先たちは魚を獲るのではなく、陸で見つけたものを食べる生活をしていたのだろう、と。しかし、白い翼は鳥なので、記憶や反省に縛られることなく、因果関係を考えずに、その場その場で自分が何をすべきかを判断するのだ。

それはいつものことで、今回もそうだった。今日はせめてあと一回でも獲物を捕りに飛び立つ必要がある。それも、早ければ早い方がいいとわかっていた。天気が荒れることを察知していたからだ。カモメたちは悪天候を心配しながら巣で身を寄せ合い、わけが分からないが故にますます騒がしくなる雛たちの巣を身体で覆っていた。

しかし、カモメたちが次々と崖をよじ登ってくるのを見た白い翼は、急に落ち着きを取り戻し、巣の方を向いて、もう一度、巣から出そうな小鳥たちをそっと押した。背後で起きたことに興味を失ったかのように身を縮めて座り、ただひたすら冷たい風から巣を守った。

25

フロロフは執務室の窓際に立ち、両手を後ろに回して中庭を眺めていた。

指揮官の車、黒のウィリス（軍用ジープ）は、まるで主人の足元でのんびりと命令を待つ血統書付きの大型犬のようだった。くたびれた革のジャンパーを着た運転手が警備司令部の玄関階段からゆっくりと降りてくると、車に歩み寄った。タバコに火をつけ、車の前で立ち止まる。運転手の目に飛び込んできたのは、通りから建物に向かって曲がって来る男だった。その日本人は、数メートル先にある車と運転手を迂回して、玄関に向かって弧を描くように歩いていった。運転手は玄関に目線をやり、顔を上げてフロロフを見た。運転手はすぐに視線をそらして背を向け、次に何をすべきかを忘れたようなそぶりでためらいがちにその場を離れ、玄関の上の小さな屋根の下に隠れるようにして建物の方へ歩いていった。

わずかに首をかしげて、フロロフは壁の時計に目をやった。その日の出来事はすべて事前にわかっており、時間も決まっている。そして彼がすべきことは、定期的に時計を見て、すべてが計画通りに、つまり正確に進んでいることを改めて確認するだけだった。

フロロフはにやりと笑った。計画は順調だった。若い作戦将校だった頃、老いたチェキスト（革命後ソ連の秘密警察のメンバー、情報機関員）から教わったことがある。何をするにしても、仕事に対する疑問はつきまとうものだ。しかし、やるべきことを詳細に書いた計画書を作成し、それに忠実に従うと、驚いたことに、計画書を作成したのが自分であることを考えなくなる。計画は自分から離れて生き始め、それに従うことは自分よりも大きなもの、つまり何ができて何ができないかを知る者の意思を実行することになる。そして、自身の課題は、その計画を放棄しないことだけだ、と。

老チェキストの助言を初めて聞いたフロロフは、すぐに確認したかった。「……自分よりも偉大なもの、自分よりもよく知る者の意志を実行すること」とチェキストは言った。「より偉大な存在」や「より多くを知る者」とは何者なのか？ とフロロフは尋ねたかった……。しかし、その時はぐっと堪えて黙り、後になって自分で答えを見つけた。彼が勤める組織は「何か大きなもの」だったが、人間で構成されていた。そして、壁にかかっている無機質な時計は容赦なく秒と分を刻んでいる。それは世の中にある時計と同じで、人間がねじを巻き、進むよう作ったものだ。

時計のチクタク音が不揃いになり、神経質で引き裂くような拍子に乱され、すぐさま廊下を歩く数人の足音に変わった。足音が静まり、フロロフの耳に背後のドアをノックする音が聞こえた。

「入りたまえ！」

続いてカジンのくぐもった声が響いた「お入りください！」

足音に続く足音……。どうやら全員入ったようだ。

フロロフが振り向くと、数歩先にがっしりとした体格の日本人が立っていた。フロロフはその男の名前が竹内一郎であることを知っており、彼がいつ生まれ、どこで、どのように暮らしているかを知っていた。こうした情報はすべて、机の上にある薄茶色い綴じ紐付きのファイルに収められていた。司令官は、ソ連人を中心とした数十人の島民に対してこのようなファイルを用意した。ほとんどが、当局が疑惑を持つ、あるいは疑惑の可能性があるひとたちだった。

フロロフはそこから三十枚余りを選び、手に取った。その中には、うやうやしく帽子をとりながらお辞儀をして目の前に立つ男のファイルもあった。

カジンはドアを閉めてフロロフのそばに歩み寄り、日本人と向かいの位置に立った。

「ソ連当局に対する彼の勤勉さと誠実さを私が評価すると伝えてくれ。座らせて、司令官に話したことを書かせるんだ……。あの浩の船について。どのように司令官の命令に背いたか。まあ、他にも誰か思い出せばそのこともだ」

カジンは、日本人をじっと見つめながら頷いた。内ポケットに手を入れると、日本人の視線が自分の手に釘付けになっていることに気づいた。

カジンは日本語で「なぜあなたは、船のこと、同じ日本人のことを話してくれたのですか？」とかすかに笑みを浮かべて尋ねた。「浩はもっと良い家を持っていますか？　それとも良い船を？　彼には良い船があって、あなたは持っていませんか？　奥さんはいますか？　家族は？　子どもは？」

一郎は、カジンの背後を通過するフロロフを一瞥し、ゆっくりと視線を下に落として、カジンが手に持つメガネ入れに目を止めた。

「私は……司令官の命令です……」一郎は弱々しくうなずいた。「……皆が上司の命令には従わないといけません」と言って再びうなずく。

数秒間、カジンは沈黙する。

「まあ、そうですね」とロシア語で言った。

「どうしたんだ、カジン？」フロロフが尋ねる。

「彼は、字を書くのが苦手だと言っています……間違いだらけだと」カジンは肩をすくめて日本語で続け、一郎をじっと見ている。「そこに座りなさい」指差した部屋の隅には、白紙の紙、ペン、インク壺が置かれたテーブルがある。「司令官に話したことを全部書いて署名をしてください」

一郎はうなずき、すぐにテーブルに駆け寄る。カジンは一郎を見てからフロロフに向き直った。

「書くことに意味があるのですか？　今？　彼は夜通しここで落書きをしているでしょう。必要なら、私が代筆しましょうか？」カジンはメガネ入れを開けた。「それから、彼の代わりに署名をしますよ」

フロロフは、言葉の合間にカジンを見ながらゆっくりと答える。「自分で書くさ……自分の手で……そして、署名をする」と嘲笑する。「何のためか、わからないのかい？」

カジンは肩をすくめた。

その時、フロロフの目の前のテーブルにある電話が鳴った。フロロフは受話器を取り「後で説明するよ」と電話に向かって話す。「あなたにではありません、中尉。中尉には今すぐご説明します！　つまり、こうです。島に住む日本人は皆……」フロロフが机に座った日本人をちらっと見た。インク壺を引き寄せ、おどおどしながら万年筆を手に取っている。

「一時間後に警備司令部の建物に来るように知らせるのです」
フロロフは時計を見る。「大丈夫、間に合うさ。重要な情報の発表だ」

26

喜美子は人生で一度も船で海に出たことがなかった。釣りは女性の仕事ではないが、女友達の中には好奇心から、あるいは単調な家事に飽きて、父親や夫と一緒に船に乗る口実や理由を見つけていた。釣りが好きで好きでたまらない女性たちもいて、一度きりの人生の役割を男性と交換してもいいと思っている。そして、自分たちに割り当てられた役割は不当だと考えていることを喜美子は知っていた。

貴美子はそんな悩みをほとんど感じていなかった。人生のすべての出来事が適切な場所で適切な時期に起こると思っていた。子どもの頃は、釣りも生活そのものももっと大変で危険なものだったし、多くの村人の家には電気もない。やがて状況は大きく変わって、暮らしは楽になる。船はさらに大きく信頼性が高まり、良いモーターが搭載された船ばかりになるだろう。そして、家事も今ほど時間がかからず楽になる。そして、もしかしたら……。喜美子は床で遊ぶ陽子を見て、その子が船長なったらと想像した。しかし、絵本で見た滑稽な絵が思い浮かび、喜美子はその思いに微笑んだ。もちろん、娘が船長になる可能性はある。しかし、喜美子はまだそれを想像するだけの想像力を持ち合わせていなかった。

部屋を見渡しながら喜美子は改めて思った。子どもたちと一緒に過ごし、日々変化する子どもたちの成長を見つめることを、浩のように海で一日中過ごすことと交換するなど、自分にはできないと。時々、夫を気の毒に思い、そう言いたくなることも何度かあった。しかし、すぐに思い止まった。男性は、女性の前では少なくとも少しは罪悪感を感じるものだ。母からそう教わっていた。再び娘を見た。いつの日か喜美子は陽子に同じ言葉をかけるだろう。大きくて危険で気まぐれなこの世界は男性のために発明されたもので、女性が男性と溶け込まないように、女性には少なくとも小さな秘密や、男性が決して立ち入ることのできない場所が必要なのだ。たとえ、浩のように素晴らしい人でも。

27

ソヴィエト連邦の国旗が掲げられた警備司令部の建物の前に日本人がゆっくりと集まってくる。男ばかりだ。玄関の両脇には武装した兵士が立っている。

日本人は黙って玄関口を見つめ、誰かが何かを発表するのを待っていた。誰が出てくるのだろう？司令官だろうか？　または、停泊する貨物船に乗ってきたあの将校だろうか？

指示された集合時間の二時まで男たちは黙って立っていたが、数分経つと、集まった人々の列がしだいにざわつき始め、玄関口から顔をそむけてひそひそと話をし始めた。

「何があったか知らないのか？」

「どうして何か起きなきゃならんのだ？」

「貨物船が来たね」

「でも、錨地に泊まったままだね。つまり……」

「どういう意味だ？」

さあね」

「俺たちにとっちゃあ、何にもいいことはないさ」

「俺たちからまだ何を奪おうっていうんだ？　もう船はとられちまったぞ」

「ロシア人は戦前、余った穀物を奪われたって聞いたことあるぞ」

「自分の手で育てたものがどうやって余るんだ？」

「余分な魚は」男が首をかしげて岸の方向を示す「海の中だ。海で魚を獲らせればいいんだ」

警備司令部の扉が開き、玄関にフロロフ、続いてカジンが出てきた。フロロフは建物の前に集まった日本人を見渡し、自分の少し後ろに立つカジンをちらっと見て、横に立つように手振りで示した。

フロロフはカジンが通訳できるよう、一文ごとに間をおいて話し始めた。

「……ソヴィエト社会主義共和国連邦政府の政令に基づき、集落の日本人は全員、北海道に送還されることになりました……」

カジンが最後の言葉を訳し終えた後、フロロフは数秒間沈黙し、目の前に立つ人々を見回した。

「……家族は必ずまとまって行動すること。持っていける荷物は、一家の主は百キログラムまで。他の家族はひとりにつき五十キログラムまでとする。貨物船は本日二十時きっかりに出発する。あなた達は占領軍の司令官であるマッカーサー元帥の指示で、北海道に移送されることになる。荷積みは二時間後に開始する」

カジンは通訳をし終え、フロロフは黙っている。カジンはフロロフの方を向き、

「言い忘れておられます。あの、拒否する者に関して、行かない者はどうするのか、です」あいまいな手振りをしながら言った。

フロロフの顔に軽い驚きの表情が浮かんだ。

「そんな人がいると思うのか？　ソ連の市民権を得るための申請書を書いた者は誰ひとりいない。日本人にちゃんと提案したのか？」

いま聞いたことを確かめるように静かに周囲を見回す日本人たちを見て、カジンは黙って肩をすくめた。フロロフは首を振って続けた。

「強制送還を拒否する者は、うぅむ……事実上の故郷への帰還か……あるいは何らかの理由で間に合わない者は……」フロロフの顔に苦笑いが浮かぶ「ひと月以内にマガダン〔オホーツク海に面する港湾都市。ソ連時代は極東の強制収容所や強制労働の拠点となり、ここからシベリア各地に流刑者が送られた〕に送られる」

通訳が終わるのを待ってから、フロロフは振り返って管理棟に入っていった。

扉が閉まると同時に、日本人が小声で話をし始めた。カジンはフロロフを追いかけようと身体の向

きを変えたが、その瞬間、誰かの顔が目に飛び込んできた。小声の混じり合うどよめきの中から、まるで自分に向けられた声が聞こえたような気がした。そこにいたのか！　カジンは、群衆の一番端に横向きに立っている男の顔を覗き込んだ。その男は自分を見ているのではなく、どこか別の方向を見ている。すでに警備司令部の建物から去ろうとする日本人のひとりか、あるいはもっと遠くの海の方を……。この日本人男性の顔にはなかった……。その瞬間、男の大声がどよめきを破った。

「あんたは百キロと言ったね？　何を百キロだ？　魚かい？」

その質問を聞いた日本の男性たちは、黙ってカジンの答えを待っている。

カジンはロシア語でつぶやいた。〝なんで俺がこいつらに説明しないといけないんだ？〟ゆっくりと階段の下に立つ日本人に向き直る。

「ちがいます！　荷物と食料品で百キロだ。一家の主なら百キロ、他は五十キロまでだ。服、靴、食べ物……」と日本語で言った後にロシア語で付け加えた「おまえたちに他に何があるんだよ」

ゆっくりと後ろを振り返り、気になる男の顔を探すと、その男はもう玄関口から立ち去ろうとしていた。頭に野球帽をかぶり、薄緑色のジャケットを着ている。それともマントだろうか？　カジンは昨夜、桟橋から出てきた男を覚えていて、それがこの男だと断言できた。そして、その男の顔には、今聞いたことに対する驚きや戸惑いは見られなかった。一瞬、カジンには笑顔が見えたような気もしたが……。

カジンは警備司令部の扉の把手を引き寄せると急に振り返った。

「百キロって？　樽ふたつ分の魚？」

「樽で魚を塩漬けにするのは誰だ⁉」

「荷物をぜんぶマガダンに持っていけるんだろうか？」

カジンの背後で、扉のバネが勢いよく圧縮してドアがバタンと閉まり、もはやどうでもいい質問をする人々の声を遮断した。もうすべて決まっているのだから。

日本人たちはそのことが分かっていて、島の生活の残り時間に何をどのようにしなければならないか、誰もが知っているのに、まるで自分たちの言葉が何かを変え、何かを元に戻すことができるかのように、話し続けている……。

「日本に行くのはいいけど、全部ここに置いていったらどうやって暮らすのさ？」

「荷造りしに行かないと。時間がないぞ」

「なんで荷造りする時間がないんだ？　塩漬けの魚を少しと、服と靴だろ？」

「釣竿と網を持っていかないと。北海道でも釣りをするんだ」

「自分の墓穴を掘るためのシャベルも忘れずに」

「なんで、ぜんぶ捨てて出ていかないといけないんだ？　俺たちは何も悪いことをしていないぞ！」

「日本に送られるのは樺太からだけって聞いたぞ。島に残って暮らしてもいいのか？　だって、俺たちは年がら年中一緒に暮らしてるじゃないか！」

「もしかしたら、俺たちが持っていけない物が欲しいだけなのでは？　譲ってあげれば、ほっといてくれるんじゃないか？」

「取られる可能性はあるよな。船はとられちまったじゃないか」

人々は、今耳にしたことに意気消沈しながらもまだ立ち去らず、たった今起こったことは間違いであると言って欲しいと言わんばかりに、警備司令部の建物を見つめていた。今までの単純明快な人生を取り戻すために。

28

警備司令部の建物の二階に上がる途中で、フロロフは不快な感覚にとらわれた。何か重要なことを見落としているのではないかと思った。何か言おうとしたが、言わなかった。階段の途中で立ち止まり、執務室のドアを閉めて玄関に出てからの数分間に起こったことを、順を追って思い出していた。

やはり違う。すべてが計画通りに進んでいるように見えた。フロロフは島の日本人を強制送還するという決定を発表し、その詳細を発表した。出航時間、持ち込める荷物の量、計量場所、家族がまとまって出発しなければならないことなど……。

玄関口でフロロフは「強制送還」とは言わずに、「本国帰還」と言い直した。

しかし、フロロフは強制送還という言葉の方が好きだった。この人たちは故郷に帰ったのか、それとも故郷を捨てたのか、といった無用な疑問にこだわる必要はなかった。もしも状況が違っていたら、全員その場で射殺されていただろう！　日本人はそれがわかっているのだろうか？
それだ！　それがフロロフの心を傷つけ、思考をかき乱し、まさに今、階段で立ち止まってしまったのだ！

フロロフは再び階段を上り始めた。

もちろん何も忘れていなかった！　しかし、警備司令部の前に集まった人々は、フロロフの話が自分の人生に起こるはずがないと言わんばかりに、フロロフを見つめて聞いていた。奴らは戦闘に参加していないのでなおさらだ……。そのうえ、奴らは遠く離れた小さな島に住んでいて、本土からのニュースが届くのは最後だ。誰も奴らに強制送還を警告しなかった……やはり強制送還だ！

階段の最後の段を踏むときに、手すりに手の平を強引に叩きつけた。

……強制送還がまさに今日行われるとは、予告しなかった！　日本人は沖合に停泊している貨物船に気づいていても、自分たちを迎えに来たとは思っていなかった。送還用の船ならば、岸に寄せるはずだと思っていたからだ。

さらに、事前に日本人全員に対し、ソ連の市民権を申請するよう勧めたが、希望者はひとりもいなかった。ひとりも！　そして日本人は、サハリン（樺太）の強制送還がすでに始まっていることを知っていた、知っていたはずだ！

フロロフはすべてのことを正しく行った。日本人に余計なことを考える時間を与えなかった。余分な時間があると、徒党を組んで何かしでかすかもしれないからだ……。何があってもおかしくない！

フロロフは、怪しい島民の個人情報を閉じたファイルを三冊にまとめている。その三分の一が日本人だ！　敵に考える時間を与えてはいけない。全員が敵なんだ！　そのうえ、この島の日本人と、他の島から運ばれてきた船倉の者たちは知る由もない。今日、日本人が思っている場所とは違う場所、つまり北海道でないところに送られることを。

29

地面から顔を上げた五郎の目に、色あせた薄緑色のマントが遠くの前方に見えた。少し距離が開いたのは、目の前の男が浜辺から二本目の通りに通じる路地の方へ曲がってから、五郎がゆっくりと進んだからだ。五郎は路地を曲がらなくてもよかったが、この男はなぜそこに行くのだろう？　通りに出たとき、左でなく右に曲がることもできたのに、同じく左に曲がってしまった。まずい！　五郎が行く家と同じ家に向かったらどうしよう!?

そうだ……なぜそっちへ？　単なる偶然なのか？　五郎は答えを求めるかのように、前を歩く男の背中をじっと見つめていた。もうひとつの答えが浮かぶ。見知らぬ人が島にやってきたことで、五郎はついに、これまでやらなかったことを敢えてしようと思った。なぜなら……。

志発島《しぼつとう》はとても小さな島だった。色丹や国後よりもはるかに小さい。人も少なかった。島で起こったことは何でも、繰り返し修正することができるように思えた。ここではすべてがすぐそばにあり、毎日同じ人に会い、同じ三つの通りを歩き、同じ木を見るからだ。だから今日やらなかったこと、もしかすると明日もやらないことが、二日後、三日後、一週間後、一年後でもできるかもしれない……

この思いは、五郎が物心ついたときからずっとそうだった。薄緑色のマントを着て、いつも同じ帽子をかぶった男が島に現れる日までは、いつもそうだった。この男が現れた翌日も、その後の八日間も何も起こらなかったことは、なぜか気にならなかった。二日前、四日前と同じように、五郎は再び脇を向いて歩いた……。

「ふうぅ」五郎は安堵した。……マントと帽子の男は、五郎が向かう家まであと五十歩というところで、海の方へ曲がっていった。

簡素な門、誰もいない庭、戸口の呼び鈴、戸の向こうの静かな足音。五郎はいつも数える。何人いるのか。とはいえ、女が戸口のすぐ際まで歩み寄るまで何も聞こえない。

戸を開けたのは喜美子だった。五郎の姿を見て、かすかな笑みを浮かべる。

「今月で三回目ですね。あなたはいろいろな理由で、ちょうど夫が海に出ている時に戸を叩くのね」

「僕の言うことを真面目に聞いてください」

「私だって真剣よ。そうでなければ、あなたを通したでしょうね」

喜美子はゆっくりと引き戸を閉める。

「今日から皆、北海道に行くんだ」

戸が閉まる。

「全員行くんだよ！　僕たち皆だ！　君も、浩や子どもたちも一緒に！　僕たちを乗せる船が来たんだ」

ゆっくりと戸が開く。喜美子が戸口に現れる。五郎は何かを言おうとしたが、女性が自分の向こう側、つまり海の方を見ていることに気づいて黙った。もちろんそうだ、五郎が船が来たと言ったんだから！　振り返った五郎は、彼女の視線の先を追い、喜美子が貨物船ではなく、その右手の海にある黒点、より岸に近い海の一点を見つめているのを見た。再び、喜美子に目を向けた。

「僕は決して、あなたや浩を傷つけるようなことはしたくないよ」五郎は肩をすくめた。「ただ会って話がしたかった。今日は。せめてそれだけは言っておきます」と少し笑みを浮かべて言った。

五郎はお辞儀をして去っていった。

30

五郎を背に戸を閉め部屋に入った喜美子は、自分がなぜ、どこに行くのかわからなくなり呆然とした。周囲を見渡す。子ども部屋から陽子が飛び出して来て、床に忘れていたおもちゃを拾ってまた戻っていった。喜美子は娘の後ろ姿を見て、ゆっくりと畳の上に膝をつき、両手で顔を覆った。

陽子が子ども部屋の入り口から姿を見せ、「お兄ちゃんが帰って来たの?」と言った。

喜美子は顔から手を離し、「お兄ちゃんはまだ学校よ」と言った。

少女はじっと母親を見ている。母親がなぜ自分の顔を手で覆ったのかわからないのだ。しかし喜美子は、陽子が物心ついたときからいつも見ている、穏やかで愛情深い表情をしている。
少女は子ども部屋に隠れた。喜美子は数秒間、娘を見つめた後、さっと立ち上がった。

31

甲板に立ったグレブは、島に向かう貨物船の船首がスムーズに水に浸かっては水を押しのけて上昇する様子を見ていた。船首に弾力性のある支えがついているみたいだ。海に波があるときはいつもこんな感じだった。大きな波でも、今こうして海面を網のように覆う小さな波でも。

ちがう。この波は網には見えなかった。網は水平線と垂直線が交わる碁盤の目だが、ここでは波の線が一方向にしかなく、船舶局で手に入れるのを夢見たオシロスコープの、画面上のノイズ（妨害電波）のようだった。ただ、この装置は希少でとても高価だった。何より、グレブは誰にも説明できなかっただろう。なぜ貨物船でそれが必要なのかを。

ノイズ。グレブは昨日から気になっていたことを思い出した。昨日、興味本位で避雷針にヘッドフォンを接続した時に聞こえたのは、このノイズだったのだろう。

ほかはすべてが偶然だった。数日前に上級副艦長と一緒に汽船会社に行き、事務所で副艦長が航海書類を受け取った。その間、グレブは事務所のドアの前に立ったままで、壁際に置かれた短い木製の来客用ベンチにも座らなかった。事務所のドアが開くと、女性と男性がふたり出てきて、ドアを背後で閉めながら言った。

「これからはクリル諸島（千島列島）に常時出航して、軍人や民間人、貨物を運んでいく」と。そのため、モスクワで大量の書類が必要であり、その中には船舶の航路で雷や稲妻がどのぐらいの頻度で発生するのかという情報も必要となる。それをどこで手に入れるのか。最も重要なのは、いつ信頼できる情報が集められるのか、ということだった。そこでグレブは（この人たちが去ってしまい、自分がやりたいことを伝えられなくなるのを恐れて、間髪を入れずに）、自分は明日諸島に向けて出発する船の無線整備士であり、クリル諸島（千島列島）の最南端の島まで全行程を行くこと、そして使えるものを使ってポポフ雷計を組み立て、道中の雷雨を記録することができると話した。この男女はポポフの雷装置のことを知らないようだったので、「周囲数十キロの距離から雷放電を記録できる装置です」と説明を要した。装置は単純で、手元にあるもので自分で組み立てることができる。また、この地域では九月に雷雨が発生するという、完璧でなくとも現実的な情報も得られたことも話した。男は子どものように喜んで、九月に報告するにはこれで十分だと言い（要は仕事を始めたこと、指導部の指示に背いていないことを示すのが大切）、帰ってきたらすぐに電話できるようにと、部署の電話番号を書いた紙をグレブに渡して去っていった。

　記憶から覚めたグレブは、再び船上に押し寄せる波を見て、その波が変わったように感じた。オシロスコープの画面ではもはやノイズとは思えない、あの波。そして、雷計にヘッドフォンを接続して聞いた（そう、まさに聞こえたのだ！）波―電磁波も、ノイズではなかった。無線機の整備士として働いた経験から、グレブは自分が聞いた音が電波障害ではないことがわかった。

32

喜美子は小さなかばんを肩にかけ、娘と一緒に村を歩いている。ふと立ち止まり、娘の手を離してかばんを肩から降ろし、必死になって中を探した。かばんの底にあった鍵を握りしめ、はっとして立ち止まり、後ろを振り返り家の方をしばらく見つめた。一瞬、家の鍵を忘れたと思ったが、それは玄関の鍵をかけ忘れたということだ……だからどうしたというのだ？　村の人たちは、一日中家の鍵を開けておくことが多く、どこの家も盗難に遭ったことは一度もなかった。

喜美子は家を出て、途中でふたりの隣人のところに寄り、自分の考えていることが他の女性たちのやりたいことと同じかどうかを確認した。物を保管しておこうという話にはならなかった……

娘の顔を見て、喜美子は我に返った。

「お母さん、お父さんのところには行かないの？　おうちに帰る？」

喜美子が拳を解くと、鍵がかばんの底に落ちた。

「いいえ、学校に行くのよ」

喜美子は娘の手をとり、ふたりは再び歩を進めた。

「お母さん、どうして立ち止まったの？」

喜美子は数秒間、無言で歩いた。たとえどんなに小さな子どもでも、なおざりに返事をすることはなかった。それは子どもたちが喜美子の答えを真実として受け止め、それが何らかの形で子どもの人生を傷つけるのではないか、と危惧したからではない。むしろ喜美子は自分が言ったことを子どもはすぐに忘れてしまうとわかっていた。もう少し大きくなれば、自分で何でも知り、本でも学ぶようになる。喜美子はとにかく子どもと過ごす時間が多かった。最初は姉として妹や弟と、そして後には自分の子どもたちと。だからこそ、浩のように子どもの質問に対して冗談ばかり言っていると、そのうち喜美子自身が現実とフィクションの区別がつかなくなってしまうような気がしたのだ。

だから娘の問いにはすぐに答えず、頭の中で言葉を整理してから、納得する答えができてから答えた。

「最初ね、家の鍵を忘れたのかと思ったの。でも鍵を見つけて思ったのよ。鍵はあるけど、家がなくなってしまったのかしらって！　一緒に読んだあの物語のようにね。覚えている？」

「うん」と陽子は笑顔でうなずいた。「でも家はあるんだよ！　いつもあるの。ただ、手の平みたいな大きさなの……」といって、小さな両手を水をすくうように合わせて前に伸ばした。「家は時々見えて」陽子は背中に両手を隠す「時々見えないの」

「ええ、そうね」喜美子の表情はどこかうわの空で、まるで独り言のように別の声で話し続けている。「でも、家は水辺、海からすぐのところにあるのよね。昔は遠い所にあると思っていたけれど」

「ちがーーう」と陽子は伸ばして言う。「すぐ隣にあるの。ほんとうにそばよ。だってね、直美ちゃんがよく言うのよ。直美ちゃんは私たちと一緒に泳いでから家に帰る時、たとえ走っても、家に着いた時には髪の毛がほとんど乾いているんだって！　でも私はいつも、家に帰ってもまだずぶ濡れよ！」

喜美子は微笑んで、道に転がっている大きな石を踏まないように、自分を見つめる娘の手を軽く引いた。

33

浩とステパンが船に網を引き入れると、何匹もの小魚が必死になって跳ねた。しゃがんで網から獲物を外し始めたとたんに、浩は手を止めて水平線を眺めた。地平線を指差し、ステパンに向かってロシア語で言った。

「嵐が《ブーヂェット》来る《シュトルム》」

ステパンは浩が指差す方向を見た。船で海に出る時に意思疎通ができるよう、浩に数十個の単語や言い回しを教えた。浩の息子はもうたくさんのロシア語の単語を知っていて、少しは話せるようになっていたので、浩はステパンが話す言葉の単語や言い回しがいくらかわかった。

しかしステパンは今、日本人が何を言ったのかわからず、あるいは日本人が間違った単語を選んで言ったのではないかと思った。地平線はほぼ快晴で、遠くに大きな暗雲が空を素早く流れていくのが見えるだけだった。ステパンは怪訝そうに肩をすくめた。

浩は繰り返す「嵐だ……魚がいなくなる」

浩は自分とステパン、そして浜辺の方を交互に指さし、「家に帰らなければ」と言った。

ステパンは再び地平線に目をやり、船の中にある袋に獲物が半分しか入っていないのを確認した。

ステパンは首を振った。

ロシア語で静かに言う「ここで半日油を売って……」重い溜息をつく。「俺だったら……。でも、言ってもわからないよな」

34

喜美子は依然として学校のそばにあるベンチに座っていた。周囲を犬が走っている。喜美子は勇夫から聞いていた。この犬はキーリャというニコライの犬で、カーチャを学校に送り迎えしていると。

鐘の音が聞こえ、しばらくすると子どもたちが校舎から飛び出してきた。

喜美子は学校の前で立ち止まっている日本人とロシア人の子どもたちの集団を見て、ベンチから立ち上がる。女の子の隣にいる勇夫に声をかけた。女の子の周りを犬が嗅ぎまわっている。

「勇夫！　お友達に私のところに来るように言いなさい」

勇夫がロシア人の子どもたちに身振り手振りを交えて何かを言うと、ロシア人七人と日本人三人の子どもたちが喜美子に近づいてくる。

犬と遊んでいた陽子は、喜美子が子どもたちに何か話しているのを見て、パンの残りを犬に投げ、母のもとに駆け寄った。

35

ステパンと浩はポンポン船を桟橋につないだ。ステパンが海を見ると、少し波が立ってきたものの、いまのところ嵐の気配はない。

ステパンが「嵐、嵐」とつぶやくと、その聞き慣れた言葉に浩が振り向いたので、かすかに微笑んで肩をすくめた。「嵐はこないよ、船乗りさん」

浩はかすかに笑みを浮かべうなずいて言った。「嵐、嵐《シュトルムシュトルム》」

「ああ、わかったよ。信じるさ。ということはつまり、俺が知らないことをお前は知ってるんだな……。俺だって、できることもあるんだぜ。俺の目はスナイパーの目さ。他の人には見えないものが見える。ただ、ここでは誰にも必要とされないんだ」

36

岸辺には、桟橋にいる浩たちから百メートルほど離れたところに軍服を着た数人の男たちがいた。沖合に泊まる貨物船や、すぐそばにつながれたエンジン付きの没収船を指さしながらさかんに何かを話し合っていた。このポンポン船は数時間前にはここになかった、と浩は思った。ステパンもそのことに気づいていたが、なにも言わないので、貨物船のことも聞かなかった。もし不漁に気落ちしたステパンが何か大切なことを知っているのなら、浩が知っている数少ないロシア語を使って、自分で浩に説明しただろう。しかも、ステパンの悲しい気持ちを紛らわせるために聞くのも気がすすまない。大人の男は慰めてもらう必要もなければ、悩みを他人に打ち明ける必要もない。経験からわかっている。男は、女性のように問題に対処する方法を知らないだけだ。女性が愚痴を言うときは、自分の悩みや不幸を誰かと共有することで悩みが半分になるようだ。一方、男が悩みを共有すると、二倍になるものだ。浩が知る限りいつもそうだった。たとえ、勇夫と同じくらいの年齢でも。

栈橋からの道のりをふたりは黙って歩いた。浩の家の近くで別れの挨拶をして、ステパンはさらに先へ歩を進めた。

遠ざかるステパンの後ろ姿と残りの帰り道を見ながら、「魚は俺よりも先に天候の変化を察知して深く潜ったに違いない」とロシア人に伝えるにはどうしたらいいか、考えをめぐらせてみた。それを伝えるために十分なロシア語の単語を知っていたはずだが、……おそらく、嵐が来て、浩の言ったことは正しかったとステパンが確信してからの方がいいだろう。

37

考え事から覚めてはっとした浩は、家の庭でロシア人と日本人の子どもたちが遊んでいるのが目に入った。子どもたちは浩の方を向いて何か話しているが、浩には子どもたちの言葉が聞こえなかった。そのうえ、海の向こうから聞こえる貨物船の長い汽笛が子どもたちの声をかき消した。汽笛の音が消え、子どもたちはすぐに浩から目をそらしたが、浩はまだ子どもたちを見つめていた。家の庭にこれほどたくさんの子どもがいるのは初めてで、日本人よりもロシア人の子どもの方が多かった。何かあったのか？　子どもたちは、大人の浩が知らない何かを知っているのだろうか？

浩は、数年前に勇夫が歩き始めたばかりの頃、喜美子が息子を見ながら言った言葉を思い出した。喜美子はよく、子どもの目を見ると、大人の自分にはない何かを知っていると感じると言った。もしかしたら、子どもは私たちの世界を違った風に見ているのではないか、そうに違いない、と。その時何か別のことをしていた浩は、手を振って「だって、赤ちゃんは世界のことなんてほとんど何も知らないんだから」と言った。

あの時はその言葉を気にかけなかったが、なぜかその後になって何度も思い出した。他の親が自分の子どもについて同じことを言うのを聞いたことがあった。

男の子たちは「ナイフ遊び」をしていた。順番に小さなナイフを投げて、地面に描かれた円にナイフを突き刺し、刃がつけた線に沿って円の一部をパイのように切り取る遊びだ。

昨日、箱舟で息子は水中に何かがいるのを見て、怖がっていた。息子はそこで何を見たのか？　息子が見る先を一緒に見ようと浩は立ち上がりもしなかった。何があったのか？　そこには何が見えたのか？

名前も知らない女の子が、片足で悠々と跳ねていた。その隣にカーチャが立ち、少女のジャンプに合わせて右足のかかとで地面を叩いていた。女の子と男の子の間に勇夫が立ち、息子だけが浩をじっと見ていた。

浩がはっとして勇夫に近づこうとするが、その瞬間、少年のひとりが勇夫に呼びかけた。

「勇夫、君が投げる番だよ！　どうするのか、見せてやれよ！」

勇夫は振り返り、遊び仲間に駆け寄り、屈んで地面に落ちているナイフを拾った。ナイフを投げる位置まで来て、躊躇した……カーチャを見て、視線を円に向ける。

ナイフを素早く投げると、地面にささらずに脇へ飛んでしまった。少年はわずかに肩をすくめ、次の人が投げられるように場所を譲って離れた。

浩はずっと子どもたちを見ているが、子どもたちは自分のことで精いっぱいで、浩の方を見ようとしない。浩は子どもたちが先ほどまで伝えようとしていたこと、汽笛の音で聞き取れなかった何か大切なことを話してくれるのを待った。

しかし、子どもたちはただ挨拶をしただけだった。日本の子どもたちがわずかにお辞儀をしたことで、それがわかった。だから貨物船の汽笛は、大切なものをかき消したのではなかった……
浩は早足で庭を通って家の中に入った。

38

カジンは警備司令部の二階に上がり、フロロフの執務室に向かった。強制送還を発表してから部屋に戻っているはずだった。しかし、数歩進んだところでカジンは立ち止まった。なぜそこに行くのか？まだフロロフに呼ばれていない。いまのところ通訳を必要とされていない。実際のところ、カジンはなぜ自分がこの出張に駆り出されたのか理解していなかった。司令官自身ができない通訳をカジンがするのだろうか？　それとも、フロロフから聞いた、日本語のできるあの女性教師が呼び出されるのだろうか？

カジンはフロロフの執務室を通り過ぎて、廊下の一番奥まで行き、司令官室の横の窓で立ち止まった。ドアの名札には、司令官の苗字とイニシャルで「V・A・バソフ」と書かれていた。カジンは司令官の名前を思い出そうとしたが、思い出せなかった。もしかしたら、名前と父称〔父親の名前から作る姓で敬称としても用いる。ロシアではミドルネームのように名、父称、姓を用いるのが一般的〕は聞いていなかったのかもしれない。おそらく司令官の名前はフロロフと同じで「ワシーリィ」だ。

カジンはいつも軍の階級だけで呼んでいたので、少佐の名前を知る機会がなかったのかもしれないと思った。しかし、フロロフはカジンのことも苗字だけで呼んでいたが、おそらく名前だけではなく、もっとたくさんのことを知っているのだろう。ウラジオストクのどこかに、カジンについてあらゆることが書かれた綴じ紐付きの簡素なファイルが殺風景な棚に置かれているはずだ。カジンが覚えている自分自身のことよりも多くの情報が詰まっているのだろう。日付や名前など、遠い過去のことも、どんな些細なことでも。

なぜかカジンが一番気になったのは、その綴じ紐付きファイルが、汚く黄ばんだごく質素な厚紙で、粗悪だったことだ。こうした安っぽく見苦しいファイルであれば、簡単に捨てられ、燃やされ、永遠に破棄されてしまうのではないかと思った。こうしてその人の記憶を消していくのだ。

ファイルはカジンに似ていた……。それは、死体安置所で死者の足先に掛けられていた厚紙のようなもので、それを見たことがある。しかし、カジンは生きている！　そして、他の人にも皆、カジンと同じようなファイルがあって、その人の人生にまつわる書類を綴じるなら、それは何か別のファイルでなければならない。本でなければならない！　その本は、出生地や学歴、職場だけでなく、その人が人生の中で何を考えていたのか、何に悩んでいたのか、何を恐れていたのかを記録する、そんな本であるべきだ。すべてが実際に起こったことで、跡形もなく消えてしまうことなどあり得ないのだ！

カジンが最近読んだ本によると、人間の目に見えるのは、電磁スペクトル全体の一パーセントで、それは見ることができる範囲の一パーセントに過ぎない。そして耳の構造が少し違っていれば聞こえるはずの音も、一パーセントしか聞こえない。カジンの見たことも聞いたこともない世界は広大だ。カジンはその中の一粒子であり、微細な粒子ではあるが、その中で人生を生き、一歩一歩足跡を残している粒子である。カジンの言う通り、この粗悪なファイルが彼の命を左右する唯一の書類であるとは思えなかった。ただ、カジンは他の多くの人々と同じで、自分の人生のすべてが書かれている一冊の、本当の本に気づいていないだけなのだ。カジンはニヤリと笑った。なぜだろう？　まだ死んでいないのに？　もしかしたら、この建物自体がカジンにとって憂鬱な存在で、ここから出るべきなのかもしれない。

窓の外に目をやると、最後まで残った数人の日本人が警備司令部の建物から足早に去っていくのが見えた。カジンは階段を下り建物を出て通りを歩いた。最初の路地で曲がり、平行する通りに渡った。まるで、最初の通りからすぐにフロロフに呼ばれるのを恐れているようだった。

自分の人生のすべてを綴った本を作りたいという思いは、まだカジンの中から消えていなかった。しかし、その思いに集中し、そのような本がどのようなものかを想像しようとした途端に、海の真ん中の島に住む人々を描いた自分の原稿が散らばっているのが「見えた」のである。

カジンは、この島とこの島の人々（先ほど警備司令部の玄関から見た人々）について特に書くつもりはなかった。そうではなく、この本は実在しない島と、カジンがこれまでに出会った人とは似ても似つかない人々についての本だった。とはいえ、島に来て島民の生活様式を間近で見て、それを小説の中で使いたいと思った。日本人は「異なる」人々であり、カジンが共に暮らし働いたロシア人、ウクライナ人、タタール人、ユダヤ人などのソ連人とはとても違っていたからだ。

五十メートルほど歩いたところで、前方の少し離れた所に数人の日本人が立ち、何かを活発に議論しているのが目に入った。カジンを見るなり日本人は押し黙った。互いに目を合わせ、背中を向けて立っている人物のひとりに、カジンが来たことを示した。男は振り返り、少し間をおいてからゆっくりとカジンに向かって歩き出す。カジンはスピードを落として立ち止まり、自分に向かって歩いてくる日本人に気づいたことを示した。立ち止まると、日本人は伝統的な挨拶で頭を下げ、カジンも同様の挨拶をして、お辞儀の姿勢を保った。自分が先に背筋を伸ばせば、日本人が自分よりも年下であったり、立場が下だということを認めることになると思っていたが、実際はそうではなかった！　日本人の方が断然年上だし、立場的にも……そう思いつつ日本人の方に目をやると、一瞬目が合い、安心したように、目に見えない重荷を取り除いたように、ふたりともゆっくりと背筋を伸ばした。

「こんにちは、お聞きしたいことがあるのですが、あなたは日本語がお分かりになり、おそらく他の人よりも私たちのことを理解していると思います。あなたならわかってくれるでしょう！」

カジンは短くうなずいた。

「わからないんです……どうして我々が絶対に島を出ねばならないのでしょうか？　いや、もちろんあなた方の決定に従いますよ！　でも、もしかしたら……だって、あなたは言いましたよね、北海道には家の主は百キロ、他の者は五十キロしか持っていけないと。でも……」彼は手を振って「もし我々がマガダンに行くなら、もっとたくさん物を持っていけるんですか？　結局、私たちはお金持ちでもないし、あるのは家と船だけ。船は今はないけど……」

カジンが首を振っているのに気付いて、男は黙ってしまった。

カジンは、日本人の向こう側、つまり海の方を見て言った。「マガダンに行く必要はありません。誰も行かなくてもいいんですよ。あそこでは持ち物は一切必要ありませんよ」と日本人のほうを向いた。

カジンは、目の前の男と視線を交わし、別れのお辞儀をして、そばを通りすぎて先に進んだ。

少ししてからカジンが振り返ったとすれば、他の日本人たちが男に歩み寄り、皆がカジンの後ろ姿をじっと見つめる様子が見えただろう。

39

家に入った浩は困惑して立ち尽くした。床に置いた子どもたちの荷物に身を乗り出して袋に入れる喜美子の姿が目に入ったからだ。喜美子は額に落ちた髪をかき上げて、背筋を伸ばす。夫の目を見ながら「もう聞いた？」と言った。

「え？　何をだい？」浩は荷物を指さし「何をしてるんだ？」と言って再び妻を見た。「何があったんだ？」

「貨物船よ」喜美子はてきぱきとした動きで海の方を差した。「北海道に行くのよ。これは命令よ。強制送還だって。夜の八時に船が出るわ」

浩は喜美子を見てから視線を窓に移した。そこには海を背景にしたふたりのぼんやりとした影が映っていた。浩と喜美子。浩は部屋を数歩歩いて立ち止まり、子ども部屋の方に顔を向けた。机の上に置かれたノートや教科書の横に、地球儀が見える。浩は手の平を額にあてて目を閉じた。

「やっぱりそうなってしまったのか」

「ええ。こうなると思っていたわ……それが今夜ってこと」

喜美子は浩の視線が床の上の荷物に戻ったことに気づく。「一家の主が百キロ、他の家族は五十キロずつ持って行っていいことになっているの。持って行けない物は、ロシアの子どもたち、勇夫の友達にあげるわ……」喜美子は適切な言葉が見つからず躊躇している。「無くならないように。失われてしまわないように。ロシアの子たちに役立つわ。他の人もそうしてるのよ。ちょうど、勇夫には小さくなったから持って行っても仕方ないって思ってたのよ。みどりさんがね、急いで飛んできて言ったのよ、日出子さんと一緒に子どもの友達に預ける物を集めてるって。私たちのあとにあと二軒寄るんだって」

「百キロ?」

喜美子は黙ってうなずく。

「五十四の魚と……」

喜美子は弱々しく笑う「五十四の大物ね。小さな魚はもっとたくさん」額に落ちた髪の毛を手の平で払ってため息をつく。

「私たちが変えられることは何もないわ。荷造りをしないと」

「多楽島から来たあの人が言った話は本当だったってことか?」

浩は妻に視線を送るが、喜美子は黙っている。

「百年間何も変わらないのに。それが、ある日を境にすべてが変わってしまうなんて」

浩は部屋の中で喜美子のまわりをゆっくりと歩く。立ち止まる。わずかに首を振って続ける。「いいさ、ついに百年ぶりに日本に帰るんだ」

喜美子の顔にかすかな笑みが戻る。浩は喜美子のそばに行き、床にある袋を拾って持ち、喜美子がその中に子どもたちの物を入れていった。

40

ステパンが家に入る。不漁の袋を玄関口の隅に何気なく放り投げた。戸口に立つスヴェトラーナに気づいた。

ステパンは手を振って、詫びるように言う。「半日海にいて、フライパンで三回分だな……浩が嵐が来るっていうんだ。戻るってしつこくてさ。で、引き上げてきたんだ……」

「当たり前よ！　獲れたならいいわ！　もっと大事なことがあるのよ！」

「お前がそう言うとは、ありがたいことだね。子どものことを考えて、あまり神経質にならないほうがいい。ひもじいままでは終わらないさ。俺はもう……」

スヴェトラーナはステパンの言葉をさえぎって、「食べ物のこと言ってるんじゃないのよ！　これからは、あなたが漁に出る度にちゃんと戻ってくるかどうか、心配だわ」

「何言ってんだよ！　俺はいつもお前と子どものことを思って、無謀なことはしないさ。それに、海では俺ひとりじゃないからな！」

「ひとりになるのよ」妻は黙って夫の表情が変わってゆくのを見つめる。「日本人は今日、北海道に強制送還されるのよ。ここに来たあの貨物船は……」わずかに首を横に振って「日本人を迎えに来たのよ」と言った。

ステパンは思わず視線をそらした。スヴェトラーナが向いた方向、そこには簡素な壁しかない。

ステパンは獲物の入った袋、スヴェトラーナのお腹、胸の上に組んだ手を順に見た。上着のボタンを外し、ふたつ目のボタンを外そうとしたところで妻と視線が合い、動きが止まった。

「いずれにせよ、強制送還なんだな。この島で暮らしていると何にもわからないな。送還があるのか、ないのかも」

スヴェトラーナはほとんど気づかない程度に肩をすくめた。

「一体、何が起こったんだ？」

「ステパン、何が起こったかって、ずっと前に起こったことよ……戦争よ」疲れたように手を振った「今日でないなら、明日じゃないかしら。日本人は、自分たちが島から追い出されることはないと信じていたわ」スヴェトラーナは目を閉じて、後頭部を壁に当てている。

「あなたに頼みたかったのはね……自分で喜美子に別れを告げるなんて、できないわ」涙が頰を伝っている。「私はこれから出産するけれど、ふたりの子どもを連れてこんな風に出て行かないといけないなんて、気が狂うわ！　食べ物やら服やら、何を持っていくか選ぶなんて！」夫に顔を向けると、頬には涙がつたっている。「私は行けない。喜美子はわかってくれるわ。喜美子に、思い出になるよう渡してちょうだい」スヴェトラーナはステパンに手を伸ばして拳を開いた。手の平には対のイヤリングがのっている。「これなら、荷物を増やすこともないわ」

41

浩と喜美子は小さくまとめた荷物をいくつか持って、子どもたちが遊ぶ中庭に出た。子どもたちは大人に気づいていないかのように遊び続けている。喜美子は子どもたちをしばらく見つめ、浩に目をやった。夫は子どもたちの向こうを見ていた。夫の視線の先を見る。ふたりが立っているところから、沖に停泊する貨物船が見えた。浩は何度もうなずき、勇夫に顔を向けた。周りの状況を気にすることなく、靴のつま先で地面に何かを描く息子をじっと見つめた。少し離れたところから見ると、その絵は複雑なTの文字のように見えた。しかし、息子の靴のつま先がさらに数回動くと、それが鳥だとわかった。……あるいは飛行機か。浩は妻に視線を移して言った。

「荷物が多すぎるな」

妻の方を向くと、驚いた顔をしている。

「うちには余計なものは何もないわよ。一番必要なものだけ持っていくんだから」

浩は荷物を見てうなずき、かすかに微笑んだ。「運ぶのは大変だろうな。ここに住む人は持っていけるだろうけど、あっちに住む人たちは……」向こうを指さし「荷物を運ぶには遠いよ。重くはないけど、あまり運びにくいだろうな。四人分でも多すぎるよ。もし誰かの荷物を持ってあげることになれば、あまりに多すぎる」首を振った「残す荷物はこの村の誰かに預けてはどうだろう？　そうしたら、後でロシア人の親と一緒に取りに来るだろう？」

「聞いたところ、ロシア人の子どもたちも軽いものだけ自分で持ち帰って、あとは学校に置いておくんだって。明日には親が取りに行くんでしょう」

浩はかすかに頭を振って「勇夫！」と叫んだ。カーチャの隣にいた勇夫は、父の呼びかけに振り向いた。浩はすぐに自分のところに来るよう手振りで示した。

「荷物が多すぎて……運ぶのが大変なんだ。全部の荷物を運ばなくてもいいから……遠い村まで途中まででもいいから、お友達が運ぶのを手伝ってあげないといけないよ。そして……」浩は口をつぐみ、息子の顔をじっと見つめた。浩は黙ってしまった。まるで最後の言葉を発しないことで、この三十分で見聞きしたことのすべてが消えるかもしれない、と……。いや、消えるわけがない。それは不可能だった。しかし、何か別の意味を持つかもしれない。

あるいは、息子の顔に現れたかすかな喜びを台無しにしたくなかっただけだろうか？

勇夫の顔には笑顔が浮かび、うなずき振り返り、カーチャを見ながら叫んだ。「運ぶのを手伝うよ！」

浩は息子の肩を軽く叩いて「後でな」と言って急いで家に入った。残された時間はわずかだ。

42

旭は二百メートルほど離れたところから荷台を取り付けられた馬を見て、すぐに歩調を速めた。馬車が路地に入る前に、どうしても馬のそばに行きたいと思った。旭は昨日、この馬を見た。栗毛で背が低く、あの馬ととてもよく似ている。その鼻息や均等に盛り上がった脇腹、匂い。八日前までは多楽島の生活の一部だったのに、今やとらえどころのない夢の影のようだった。

「馬の荷ほどきをして、一時間後に志発島に行く船に乗れ」とソ連将校から言われたのは八日前だった。「明日、志発島から出る貨物船が日本人を乗せて出発する。それに間に合わなければ、二度と日本には行けない……」と。

それから一時間後にはもう船の上だった。島で過ごした三十年の間に、ソ連将校が「ゼリョンヌイ」と呼ぶ志発島には何度か行ったが、いつも戻って来た。そして、志発島に上陸したとたんに、司令官から「明日は北海道行きの船は出ない、そもそも船が本当に出るのかもわからない」と聞かされ、旭はまた同じことが起こるのではないかと思った。しかし、誰も旭たちを多楽島に送り返してくれず、自分たちで渡るにも、乗るものが何も残っていなかった。旭の船は取り上げられ、志発島の日本人の船もとっくに没収されていた。旭は当初、日本人が志発島から北海道に逃亡したことが原因で船が奪われたのだと思い、実際にそう聞いた。しかし、逃亡があったのは没収が発表された直後の夜だったことが判明した。旭が島に来て、強制送還が迫っていることを話すと、地元の人々は奮起したが、二日たっても三日たっても北海道に送還される船は来なかった。そして旭は、ソ連軍が何らかの目的で故郷の多楽島から日本人を完全に追い出そうとしていると判断した。

旭は家族と一緒に、ひとり暮らしの竹内一郎のところに身を寄せていた。馬のすぐそばに行くと、旭は立ち止まり荷台を一瞥した。故郷の地、島の最後の時に馬と荷車。もしこれが夢になったら、その夢を永遠に記憶に留めておかねばならない。

旭は、一郎がすでに家に戻って荷造りをしていると思った。フロロフの背後で扉が閉まると同時に、一郎が建物から素早く立ち去るのを見たからだ。他の島民とは違って、八日前に旭から「翌日には志発から北海道に連れて行かれる」と聞いて、一郎は大喜びした。そして来る日も来る日も船が来なくても、一郎は希望を捨てなかった。

一郎は北海道産の物産品を扱う商店で働いていた。日本から米などの食料品の搬入が禁止された後、ソ連軍司令官の命令で閉鎖された。一郎は島でする事がなくなってしまったのだ。納屋に転がっていた穴の開いた錆びた鉄の樽をくれないかと旭が聞くと、「好きにしてくれ」と首を縦に振った。旭がなぜ樽を必要としているのか、その理由も聞かずに。

43

ステパンはスヴェトラーナのイヤリングを上着の内ポケットに入れたが、ポケットには小さな穴が開いていることにふと気づいた。いつもポケットに入れるタバコの箱もマッチも鍵も落ちることはない。しかし、イヤリングは落ちる可能性があったので、ステパンはイヤリングをすぐに右のポケットに入れた。しかし、ポケットの中のタバコとゴミが混ざったような細かい屑がイヤリングにまとわりついた。左のポケットには、ステパンがエンジンを拭くのに使う油のついた布切れが入っている。立ち止まり、イヤリングの屑を吹き飛ばして拭き取り、拳に握りしめて歩いていった。ステパンは、イヤリングをずっと握りしめたら、どれだけ暖かくなるだろうかと考えた。ステパンにとっては、なぜか暖かくなることが何よりも大切なことのように思え、さらに歩を速めた。

イヤリングのことを考えながらステパンが我に返ると、校舎からランドセルを背負い、小さな手荷物を持った子どもたちが自分の方へ歩いてくるのが見えた。その中に勇夫の姿を見つけたステパンは少年に近づき、浩の家の方を指差し尋ねた。

「浩は？　喜美子は？　家にいる？」

勇夫は首を振ってロシア語で答える「お父さんは岸辺へ……岸辺へ行ったよ」

少年にうなずいたステパンは、子どもたちを通すために少し身を引いて歩いた。数歩歩いたところで、柵の後ろの犬小屋から姿を現した大きな牧羊犬の頭をちらっと見て、子どもたちが止まっていることに横目で気づいた。振り向くと、男の子ひとり、女の子ふたりの三人のロシア人の子どもが勇夫に別れを告げて、仲間から離れて路地に入っていくのが見えた。他の子たちは歩いている。

ステパンは子どもたちを目で追った。鮮やかな緑色の帽子をかぶり、亜麻色の髪をした女の子の隣に勇夫がいる。ふたりが最後に歩いていくのを見つめていると、勇夫は家の方向に曲がらずなぜか先に進んだ。犬の鎖の音と低い鳴き声にはっとし、浩の家に行く途中で考えていたことを思い出した。毎日のように海に出かけ、同じ店で買い物をし、同じ道を歩いた何百人もの人々が、数時間後には島からいなくなってしまうのだ。永遠に。今後誰とも会うことはないだろう。そして、あの少年にも浩にも会えなくなる。

ステパンは、こうした変化が起こる時はいつも、何か目に見えて強烈な騒がしさがつきものだと思った。しかし今歩けば、いつもと変わらない様子の村だった。沖に停泊する貨物船は、船倉の昇降口が開き、すでに通路が設置されているものの、不吉な印象はなかった。

ステパンは今になって、勇夫少年の他に、道中で日本人に会わなかったことに気づいた。どうやら皆荷造りで忙しいようだ。貨物船は数時間後に出発するが、家々の塀の向こうでは、何を持っていくか、何を置いていくかを大慌てで考えている。そしてその誰にとっても、ステパンが過ごした「昨日」はもう存在しないのだ。あるのは今日、今、未知の明日だけだ。一時間もすれば、この閑散とした通りは未来に向かって同じ方向に歩いていく人々で一杯になるだろう。そして、ステパン自身は過去に取り残される。

ふと横を見ると、右手の海側に納屋がある。いつもここにたどり着くと左に曲がり、浩の家に向かう路地に入ってから歩調を緩めて立ち止まる。

海の方に顔を向けたステパンの目に、浩と一緒に釣りをした船が見え、その船に日本人が座っているのが見えた。ステパンは船に向かって歩いたが、数歩進むとさっと方向を変え、小屋の後ろの、浩から見えない所に隠れた。小屋の壁に背中を預けてしゃがみ込む。頭を上げて空を見上げると、低く濃い雲が海の上を漂っていく……。

44

子どもたちが村を出て海辺を歩いていく。喜美子をはじめ日本人女性が荷造りをした小さな包みを運んでいる。子どもたちに渡された荷物は一度に運ぶには多すぎたので、そのほとんどを学校近くの古い地区に住む少女の家に預けた。カーチャ、勇夫、ワーリャ、パーヴェル、イワンの五人の子どもたちが、海辺に沿って曲がりくねったでこぼこ道を軽やかに歩いている。

ニコライの犬キーリャが子どもたちと一緒に走り、逃げては戻ったり、足元にまとわりついたりしていた。キーリャは五十メートルほど前に走り出て、子どもたちの方を向き、歩くのが遅いと言わんばかりに座ってアピールする。子どもたちが追いつくとすぐさま立ち上がり、前に向かって走り出した。

確かに子どもたちはゆっくりと歩いていた。遠くから見ると大変そうに荷物を運ぶ姿に見えたかもしれないが、そうではなかった。荷物は少しで、ほとんどは明日ロシア人の親が取りに来られるよう旧村に残してある。しかし、子どもたちは示し合わせたかのように、いつもよりはるかにゆっくりと歩いていた……。子どもたちの周りには、形のない奇妙な重苦しさが漂い、目に見えない雲のように前に進むのを妨げている……。しかし、それまで小道の脇の、海から吹いていた風がちょうど収まった。

子どもたちも疲れを感じていた。立ち止まっては荷物を地面に置き、すぐに遊び始めてしまう。すると、すべてが元通りになる！　学校の鐘が鳴って、昼も夜も関係ない、人生はこれからだ！　人生は年数では測れない。周囲をとりまく世界と同じように無限だからだ。重荷、目に見えない圧力、向かい風……こうしたものは二時間前に突然空っぽになって冷たくなった未来にだけ存在し、この子どもたちを永遠に引き離す。今、この瞬間にはそれがない。

少女たちが砂の上に何かを描いている。少年たちは小石を水に投げ、石は水面で何度も飛び跳ねた。勇夫が適当な平たい石を選んで投げる……水面に跳ねる小石を見つめながら「いち、にい、さん、し、ご、ろく、なな……」と数えた。

「十二回！　どうやったらそんなに飛び跳ねるんだ!?」パーヴェルが感心して言った。

勇夫はカーチャをちらっと見て、パーヴェルの称賛を少女が聞いたかどうか、確認した。それまで砂の上に絵を描いていた少女は、今ようやく頭を上げて勇夫に手を振り、自分のところに来るよう促した。

勇夫はカーチャに駆け寄り、絵を見る。

砂の上に大きな船が描かれ、その上に「イサオ」と書かれた人が乗っている。その隣には「カーチャ」と書かれた人が乗った小舟がある。その少し横、水平線上の大きな船のそばに昇る朝日の一部が描かれている。

「カーチャ！　行こう！」

カーチャと勇夫が声のほうに振り向くと、他の子どもたちが地面に置いたランドセルや手荷物を拾って帰ろうとしていた。

勇夫はカーチャに、彼女の小さな手荷物を持とうとする仕草をした。少女はおどけたように首を振ったが、数歩歩いたところで立ち止まり、肩にかけていた荷物を落ろして勇夫に差し出した。

「持ちたいならどうぞ！」

勇夫はカーチャの荷物をつかみ、子どもたちはさらに歩いてゆく。少しの間だけ勇夫は少女の一歩先を行き、カーチャはふたりをはにかみながら見るワーリャと「意味ありげな」視線を交わしていた。

「続きを教えてあげようか？」

勇夫の目は薄茶色だったが、目の中心部には雪の結晶の真ん中のように、暗い瞳孔から短い光線が一定の間隔で円を描いていた。カーチャはそれを数えようとした。雪の結晶には八つあるけれど、勇夫には……。「いち、に、さん、し……」勇夫が数回まばたきをした……尋ねた答えを待っているのかしら？

「ええ、もちろんよ！　私ったら、忘れてたわ！　さあ、話して！」

ふたりは歩を進め、勇夫はロシア語の単語を思い出しつつ間を置きながら話す。

「サムライは歩いている……サムライは三日間も……小道を歩いている……」勇夫はロシア語の単語を思い出そうとして、黙ってしまった。

「略奪者《パヒチーチェリ》！　あるいは、盗賊《バンジート》！」カーチャが助ける。

勇夫がうなずいて「そう！　盗賊！　でも見つけられなかった！　そして、サムライはすっかり……」

「あきらめた⁉」

「う、うん……あきらめた」勇夫は訝しげに言った。

「サムライはきっと、盗賊を見つけられなくて怖くなったのね？」

勇夫は頭を振って「違うよ！　サムライは……何も恐れない！」その声には誇りが込められており、カーチャを見ながら笑顔で繰り返した「ぜーったいにね！」

「そう、わかったわ。それで？　続きは？」

「その後は……みんなを見つけて、解放した」

「やったぁ！　それじゃあ、みんな家に帰れたのね⁉」

勇夫が首を横に振る「いや、サムライは見つけられなかった……自分の娘を。他の人は見つけた。でも、娘はいなかった」

カーチャが立ち止まる。

「殺されちゃったの？」

「誰も娘を見てないと、言われた。そしてサムライは……」

「どうなったの？」

「切腹をした」

「え？　何それ？」

勇夫は立ち止まった。惰性で二歩進んだカーチャも立ち止まり、勇夫の方を向く。すると、勇夫が荷物を地面に置き、両手を前に出して、刀の刃を自分に向けて持つ様子をカーチャにわかるように見せた。素早い動きで勇夫は苦しそうな顔をしながら、刀を腹に「突き刺した」。

「でも、サムライは何にも悪くないじゃない⁉」

勇夫はカーチャのほうを向き「同じことだよ。そうしなければいけなかった。サムライにとって義務は何よりも大事なんだ。命よりもね！　もし……」

「だって、サムライは殿様の娘を救ったじゃない！」カーチャがさえぎった。「義務は果たしたでしょう？」

「勇夫は少しの間考え込んで、自信なさげに「そうだね、たぶん……」と答える。

「つまり、サムライは自殺したときに主人への義務を破ったわけね。その先もずっと主人に仕えるべきだったのでは？」カーチャはしばらく黙って何かを考えている。「でもサムライは殿様の娘を救ったのだから、きっと許してもらえるでしょう？」

勇夫はしばらく考えてから肩をすくめた。「きみは僕が言ったことをすっかり混乱させてるよ。たぶん、まだお互いの言ってることがわからなくて、どこか間違ったんだな。大人になったら、解り合えるよ」

少女の顔を見て勇夫は立ち上がり、膝についた土を手で振り払う。再び歩き出したふたりは、しばらくの間沈黙する。

「ロシア語を書けるようにならなかったな……娘の人形を作るのも間に合わなかった……」

「このサムライの娘は私が粘土で作るわ。いいわね？　または、パパに頼んで木を彫ってもらうわ。そうすれば、登場人物がぜんぶそろうわ」

「粘土？　そう……わかったよ……。僕よりうまく作るんだよ、いいね？」

カーチャはうなずいて「わかった」と言った。「家で、あなたが話してくれたことをぜんぶ書いてみるわ」

「でも、まだぜんぶ話してないよ！」

「まだ続きがあるの!?」

「うん……いいかい、家に着くまで、この伝説の話を最初から最後まで必ず繰り返すんだ。そうすれば……この話を……決して忘れないよ。学校でよく言われるように……すぐに復習するんだ。そうしたら、決して忘れないさ」

カーチャはうなずいて「わかったわ！　復習するわね。さあ、続きを話して！　そうしないと間に合わないわ！」

45

浩がロシア人に嵐が近づいていること、岸辺に戻る必要性を伝えてから、二時間あまりが経過した。正確には……。ポンポン船に座った浩は、ポケットから時計を取り出しボタンを押して蓋を開けた。二時間十八分。

浩は自分の人生の断片を測り、手のひらにぴったりと収まる父の古時計の針と照らし合わせるのが好きだった。時計は古く、ひょっとしたらポンポン船よりも古いかもしれない。時計には製造年月日が刻まれていたが、父親が購入した船が何年に製造されたのかは、浩にも分からない。

時計のカバーや分針にも無数の小さな傷がついており、その古さを確信した（驚きだった。蓋はいつも閉まっているのに。海水がガラスに浸透し、細かい砂埃が入ったからだろう）。古い時計が浩を騙したことは一度もなかった。

もっとも……。浩は笑った。一度だけ騙されたことがある。まさに今日だった。上着の内ポケットに入れた時計の重さをスピニングロッドの小さなスチールリールと勘違いしたのだ。そして、誤ってリールを船に置いてきてしまったと思い、喜美子に「急いで浜辺に行って、忘れ物を取りに行ってくる」と言った。

船の所に行く途中で外ポケットにリールが入っていることに気づいたが、引き返さずに浜辺までやって来た。人生のもうひとつの断片を時計に刻もうと決めたからだ。十五分だけ。家族の荷造りには何の役にも立たないが、自分には必要な十五分だった。

浩は再び微笑んだ。もしかすると、この十五分を必要としたのは浩ではないかもしれない。時計が船とお別れをしたかったのではないだろうか。ポンポン船と時計は父親が所有していたもので、浩が受け継いだ。そして今、時計は浩と一緒に島を去ろうとしている。

浩は時計をトラクターやポンポン船のエンジンのような普通の機械として扱ったことはなかった。それらは浩にとってはわかりきった機械であり、それ自体で成り立っている。しかし時計は……。時計は、いじることも、分解して組み立てることもできない何かだった。それは、毎朝昇る太陽と、次の日の出までの時間にも関係していた。そもそも、時間とは何か。理解できるものと理解できないものが同時に存在する。人々は自分の人生の断片を、文字盤とその下に隠されたバネや歯車によっていつの間にか分割することを覚え、針の動きを日の出、日の入りと結びつけた。浩にとっても、この時計は他の機械とは異なるものになっていた。

しかしもちろん、浩を岸辺に導いたのは時計ではなかった。浩がリールを外ポケットに移したことを思い出したのは、昨日から時計が右の内ポケットに入っていたことを思い出したからである。昨日もそうだったが、浩は勇夫と海に出るときは必ず時計を持っていく。そして、自分でそれを「忘れて」しまったのである。船とお別れをするために。

浩がステパンに嵐の接近を伝えてから二時間三十分が経過したが、まだ波のうねりは見られず、危険が迫る前兆として波の頂上に現れる泡状の塊も見られない。悪天候を察してか、鳥たちはまだ岸辺に戻っていなかった。しかし、経験豊富な浩の目には、白っぽく生気を失った空を背景に、雲が地表の上を吹く風の方向だけでなく様々な方向に移動しているのが見えた。波はすでに地表を吹く風の方向から逸れ、浩とステパンが接岸した時よりもはるかに速くなっていた。

つまりそれは、嵐が来ることを意味していた。

46

フロロフ、カジン、そしてふたりの武装した水兵シガレフとイグナトフが村を歩いていると、家の外に立つ日本人の姿が目立ち始めた。手に俵や木箱を持って、閑散とした通りに出ている。さらに数軒進むと、一番端の家を迂回して海とつながる道が、新しい集落につながる道と交差している。その新しい集落には、大陸から移住してきた人々のために建てられた二階建てのバラックがいくつもある。

日本人のそばを通り過ぎながら、フロロフたちは申し合わせたかのようにすれ違う日本人には目を向けず、その先の年老いた日本人男性を見つめた。老人は浜辺で櫓漕ぎ舟のそばに立ち、その船体は半分が水に浸かっていた。老人は舟から突き出た長い櫓をどかし、舟底に何かを置いているところだった。フロロフは、老人を捕えに行こうとする部下を手振りで止めた。制服を着て武装したロシア人には目もくれない老人を、ただ見つめた。

フロロフは「息をひそめて」静かに言った「いったいどこへ行くんだ？　あの老人？」その時、準備を終えた老人は、海に向かってゆっくりと舟を押し出し始めた。水兵の一人が、いつでも老人を止めに行く用意があることをフロロフに示すが、彼は黙って首を振ってその様子を見続けた。

老人は明らかに自分を見張る者たちに気づいていたが、止まらずに櫓漕ぎ舟を押し続けた。

「サムライが美しく死のうとしている……」フロロフがホルスターを外してニヤリと笑った。「勝手にすればいいさ」傍らの水兵に少し顔を向けた。「日本人は命を重んじない」

カジンは目の前で入水し舟を押し続ける老人を静かに見つめた。腰まで水に浸かって歩いてゆく。

「なぜ舟に乗らないんだ？」とイグナトフが言った。

「ずるいねぇ……。舟の後ろに隠れて、つかまって泳ごうとしてるんだ。万が一撃たれてもいいように。おそらく舟の中には鉄板でも仕込んでいて、銃弾を防げるようになってるのさ」シガレフが言う。

「シガレフ、えらいぞ！　君は頭がいい！　さあ、イグナトフ、爺さんを止めるんだ！　海でひとりひとり捕まえている暇はない」フロロフが命じた。

「はいっ！」イグナトフは、ライフル銃を肩にかける。

日本人はすでに胸まで水に浸かっている。

「あの老人は泳ぎませんよ」カジンが言った。

フロロフと水兵たちはカジンを見た。しかしカジンは日本人を見つめ、三人は再び、波に揺れる小舟とその向こうに見える老人の頭に視線をやった。

イグナトフは遊底を引き、フロロフの方をちらりと見た。フロロフはわずかにうなずいた。

目を細めて狙いを定めるイグナトフ……。その瞬間、老人は力いっぱいに舟を押しのけた……。舟は日本人から三メートル離れたところで止まり、波に揺られながら、ゆっくりと岸辺に沿って流れていく……。

老人は舟を見送った後、振り返って左手で右腕を掻きながら浜辺に向かって歩いてくる。腕には、消えかかった大きな入れ墨が遠くからでも見えた。イグナトフはフロロフの方に顔を向けた。フロロフはわずかに肩をすくめて手を振った。

イグナトフはライフル銃を下げた。

「日本人は命を大切にしますよ」

カジンがつぶやいたが、フロロフの視線を受けて少し肩を落とし、申し訳なさそうな笑みを浮かべて続けた。「誰もが命を大切にしています。ただ、ちがうやり方なんでしょう……おそらく」

47

パーヴェルが先に歩き、ヴェーラとイワンが少し遅れて後に続き、カーチャと勇夫はさらに三十歩ほど後ろにいた。

もう帰る時間だった。イワンが二回ほど振り返って、勇夫に視線を送っていることに勇夫は気づいた。率先して立ち止まってくれと言わんばかりに。しかし最初に立ち止まったのはパーヴェルだった。イワンとワーリャがパーヴェルに追いつき足を止めた。三人は何か話をしながら遅れるふたりを待っているようだったが、カーチャと勇夫はすべてを理解していた。

他の子どもたちも皆わかっている。すばやく勇夫に別れを告げ、三人はゆっくりと先に歩いていく。別れ際、勇夫はカーチャの手を握ってずっとカーチャを見ていた。

「この伝説を忘れないように復習するんだよ、いいね？」

「うん。言ったでしょ。忘れないって。何も忘れないわ。人形も作るわね……絶対に」

勇夫は微笑んでうなずいた。「うん。サムライとして、できる限りのことをしたんだ。だからこそ、サムライの娘は生きていた！　もしサムライが皆を見つけなければ、娘はいなくなり、死んでしまっていただろう。僕のお父さんはいつも、男は力のかぎり最善を尽くすべきだと言ってるんだ……でも僕は……わからない」勇夫は溜息をついた。

片手で勇夫を軽く抱きしめたカーチャは、少年の耳に寄り添い、何かを伝えようとして手のひらで口を覆った。誰にも何も聞こえないように。彼女の唇は勇夫の耳から一センチのところで止まっている……。カーチャは何かささやいて勇夫から少し離れ、彼の目を見た。少し間を置いて、勇夫は弱々しくうなずいた。

カーチャは再び勇夫の耳に寄り添い、手のひらで口を覆い、頬にキスをする。さっと少年から離れて、勇夫の手から自分の荷物をとり、一歩下がって素早く向きを変え、子どもたちの後をすぐに追った。

勇夫は少女の後ろ姿を見つめた。子どもたちは、カーチャが追いかけてきたことに気づき、立ち止まって追いつくまで待ってから歩き出した。数歩進むとカーチャが振り返り、悲しげな笑みを浮かべて勇夫に手を振った。再び背を向け歩を速めた。

48

海と岩壁の間の奥まった所に小さな砂浜があり、そこにカモメが巣を作っていた。悪天候になると、鳥たちはこの場所に集まり、大声で鳴きながら水辺に近づいたり、崖に向かって後ずさりしながら歩きまわっていた。風が強くなるにつれて次第に鳴き始めた。まるで、波の音にかき消されて自分たちの鳴き声が届かないことを恐れ、己の存在を思い知らせるかのように。

このカモメの群れの中に白い翼もいた。

白い翼は他の鳥と同様、穏やかな晴天の時よりも悪天候の時に飛ぶのが好きだった。しかし、他のカモメが気流に乗るのを満喫して空中を舞うことが多いのに対し、白い翼が狩りをする時はいつも、悪天候の中を飛び立った。

白い翼は自分の巣の方を何度も確認したが、突き出した岩が邪魔をして岸からは見えなかった。雛には餌が与えられ、巣のそばにはまだ食べかけの魚が転がっていた。しかし、白い翼は巣に戻ることもなく、カモメたちのけたたましい大合唱に加わることもなかった。まるで、必要な瞬間に聞こえる声を確信するかのように。飛び立った白い翼は、どこに、何のために飛ばなければならないのかをよくわかっていた。

50

風で磨かれた緻密な粘土質の表面……土の盛り上がり、くぼ地、少し横にハンドルを切った車のタイヤ跡……。カーチャは足元を見つめた。旧村にある学校へ通うために毎日友達と一緒に通る道だ。もし長い間雨が降らなければ、カーチャは道のそれぞれの細部を覚えていて、目を閉じていてもどこを歩いているのかわかる。

カーチャは道から逸れないようにあらかじめ前方に視線をやり、目を閉じた。そして今、靴底が以前の記憶を教えてくれた。でっぱり、くぼみ……少し右に行けば、ごつごつした場所（平行した隆起）

がある。タイヤのトレッド跡だ。もしカーチャが巨人だったら、こうした山や谷をまたいで歩いていることになる。その長い道のりと、そこにあるすべての障害物が、小人たちにとっては本物の山や谷として立ちはだかることに気づかずに。そうであれば、すばやく戻って勇夫に追いつき、「やっぱり勇夫の言ったことはおかしい」と伝えることができたのに！　勇夫は、父親は娘を救わなければならず、救おうとしはずだ……と言った。そして、カーチャは勇夫の隣にいる間は何も言わなかったが、きっと、何か別の言葉も言ったに違いない！「〜しなければならなかった」でなく、別の単語！　あるいは、「〜しなければならなかった」だとしても、何かもっと他の単語も言ったはず！　カーチャは聞きたくてうずうずし、隣にいる時はいまにも言いそうになったのに、どうしても言葉が出てこなかった。そしてカーチャは何か別の、ちょうどいい適切な言葉を言ったけれど、それはまったく違う言葉だったんだ！　でも、もしも今、勇夫の元になんとか戻ってそばにいることができたら、きっとその言葉を思い出しただろう！

カーチャは足元に何か柔らかいものを感じた。草を踏んだ。道から少し左に外れたことを意味していた。目を開けずに右に向かって歩いたカーチャは、数歩進んだだけで、すでに粘土と砂岩が混ざった場所を踏んで、再び目を開けた。

この地点で道は右に曲がり、二十歩ほど先にあるなだらかな岸辺が残波に揉まれていた。

「いつかここに路面電車かバスが走るわよ」と後ろからヴェーラの声が聞こえる。

「ただ、その頃には学校を卒業しているから、僕たちには必要ないんだけどね」とパーヴェルが言った。

「ここに海岸通りができたら、散歩できるようになるわね……」カーチャは突然、何かモヤモヤした（声を消してしまうような）綿毛の中に入ってしまったかのように言葉を止めた。覚えているようで覚えていない言葉があった。でも、違う……。言葉はとても近づいたが、音はすでに水のように綿に浸透して、再びカーチャを取り囲んだ。ヴェーラの声が聞こえてきた……。

「モスクワの公園にある湖みたいに、ボートにも乗れるようになるわね。ゾーヤが言ったことを覚えてる？」

ヴェーラが期待を込めて友人を見ると、カーチャは頷いた。

「そう、あそこに湖があったんだ」パーヴェルはそう言って立ち止まり、どこか岸辺の方向を見て言った。

「ここにはたくさんの湖があるよ」とイワンはパーヴェルのそばで立ち止まった。「でも、すぐそこに海があるのにどうして湖で泳ぐんだ？」

女の子たちも立ち止まり、ヴェーラはかばんを降ろし地面に置く。子どもたちは皆、思わずパーヴェルと同じ方向を見た。

パーヴェルは木箱に目をとめた。それは海から数メートル離れた浜辺に横たわる箱舟で、潮の流れの境がはっきりと見える場所にある。木箱のすぐそばにオール（櫓）が置いてあった。視線を移すと、浜辺からほど近い場所にある木の幹が半分水面から突き出ていて、短い枝がまばらに生えているのが見えた。木は目に見えて、子どもたちが向かう集落の方へと移動していく。パーヴェルはさらに一分間、その木を眺めていたが、その間にさらに二十メートルほど漂っていった。

パーヴェルは木箱に駆け寄り、中を見て、腰をかがめて木箱からロープを取った。それは箱舟の薄い部分にできた隙間に結びつけられていた。

パーヴェルはロープを手から離さずに、ロープの長さ分だけ箱舟から走って離れ、箱舟と海を交互に見てうなずいた。「長いね。これで十分足りる！」と言った。

そして、箱舟のほうに走って戻ると、ロープを投げ、自分を見守る友達に向き直る。

「思いついた！　思い出したんだ！　こっちに来てごらん！」

そして、返事を待たずに他の子どもたちのところへ走っていく。

駆け寄って、地面に置いた手荷物とランドセルを拾った。

「ここは岸辺に沿って流れがあるよ！　前に村の男たちが丸太を川に流して集落まで運んだのを思い出したんだ。縄で縛って、岸に沿って引っ張っていった！　女の子は箱の中に入ってよ。ここは浅いからワーニャと僕で箱を流れがあるところまで押すよ。その後、僕たちのランドセルも箱に入れてロープを引っ張って岸辺を引きずっていこう。ヴォルガの船曳きと同じように。教科書に載ってたの、覚えてる？　「ヴォルガの船曳き」の絵！　このオールも乗せよう、きっと役に立つさ」

子どもたちははしゃいで、荷物をつかんで箱舟に向かい、荷物を入れていく。パーヴェルとイワンは、箱を水際まで押していく。女の子たちは箱の中に入り、手荷物やランドセルの間に収まっていく。

パーヴェルは素早く上着とズボンを脱ぎ捨てて、木箱を浜辺から離れた場所に押しやり、流れに乗るようにした。そして、ロープを持つイワンのところに戻ってすばやくズボンと靴を履く。

パーヴェルとイワンは、ロープを掴んで木箱を背にして引く。その横で犬が走り周り、浮かぶ箱舟を覗き込んでいる。

少女たちはパーヴェルとイワンを楽し気にからかった。「ええーーーい！ええーーーい！」と言って大笑いする。それに対しパーヴェルが女の子に向かって拳をグーにしておどけて脅して見せた。

犬がおそるおそる水に入り、岸の方を見てから箱の方を向く。箱を追いかけて泳いだ。

「キーリャ！　どこに行くの⁉」カーチャは犬に浜辺の方に向けて手を振る。「こっちに来なくていいのよ！　陸を走りなさい！」

キーリャは止まった。

「あっち、あっちよ！　戻りなさい！」カーチャは手をしっしっとやって浜辺の方向を示した。

犬は方向を変えて泳いで戻る。水から駆け上がり、身震いさせて水を切ってから先に走り、少年たちを追い越していく。

51

浩は家に戻り台所に入った。ちゃぶ台の前に黙って座る。

喜美子は夫の前に夕食の皿を置いた。

「本土に行くのを夢見た時期があったね」

「若かったもの。人生をやり直すことも怖くなかったわ」

浩は妻を見る。「お前はあの頃と全然変わってないよ」

喜美子は夫を一瞥した。「もちろんよ……十五年の歳月とふたりの子どもが女性に何をもたらすというの」女の顔にはずるそうな微笑みが浮かび、夫に視線を送る「もし夫に愛されていたら？」

浩は微笑んで食べ始める。

戸を叩く音が聞こえた。浩は立ち上がり扉を開けに行った。

玄関先に立つのはステパンだった。浩は黙ってステパンを家の中に入れた。

52

グレブは一度も上陸していない。あの小さな土地で何がどのように起こるのかを容易に想像できたし、しかも、ウラジオストクからの無線信号が都合の悪い時に届く可能性があった。

グレブは、すでにこのルートを航海したことのある船長から、島の住人にはラジオがないことを聞いた。唯一の強力な送信機は警備司令部の建物の上に立っており、雷計に接続されたヘッドフォンから聞こえる信号とは関係のない周波数で作動していた。厳密に言えば、電波ではなく、無線機が使えない範囲の電磁波である。大海原のどこから来るのか、そしてこの島の外から来るのか、グレブにはわからなかった。

舷窓から外を見ると、空は低く、海は何か得体の知れない生命に満ちていたが、それ以外には何もなかった。稲妻……なるほど、それなら納得だ。グレブが組み立てたコヒーラ検波器（ポポフの雷検知器の正式名称）という装置は、数十キロ離れた場所に落ちた雷の電磁波を拾い、電球の中の鉄粉が電磁波で凝固し、そこに十分な電流が流れてベルが鳴り、次にハンマーが振られ、凝固した金属粉を振って装置を元の状態に戻した。しかし、コヒーラ検波器は、グレブの知らない、そして理解できない出所からの波も拾っていた。停泊地でも島に近づいても信号は消えなかった。信号は強くなったり弱くなったり、一時的に途切れたりしたが、それ自体の生命で生きていた。

グレブはヘッドフォンを再び装着し、信号を聞いた。それは再び強くなり、まるでグレブがコヒーラ検波器と一緒になって放射線源に近づいたかのようだった。

53

パーヴェルとイワンは依然としてロープで箱舟を引っ張っていた。しかし、絶えず力を入れていると腕が疲れ、舗装されていない海岸沿いを歩くのは容易ではなかった。潮の干満の間に乾ききらなかった緩い土に足がすくんでしまう。

少年たちはさらにゆっくりと歩き、ロープを緩めながらも、手から離さないようにして、数分後にはもう一歩踏み出せるようにした。そうしてひと休みする中で、パーヴェルはほとんど立ち止まって、自分たちが何も力を加えなくても箱舟がゆっくりと流れていくのを見ていた。箱舟の中の少女たちもこのことに気づいた。

「あんた達がいなくても私たち進んでるわ！」カーチャが楽しそうに叫んだ。

「あんた達は浜辺を歩いていけばいいわ！」ワーリャが言う。

「箱の泳ぎも悪くないね！　ここは流れがちょっと強いんだ」イワンが言う。

ワーリャがパーヴェルに手を振る「こっちに来なよ！　箱が勝手に進むのに、どうして歩かなきゃいけないの？」

パーヴェルとイワンは示し合わせたわけでもなく、水際まで歩いていく。ふたりはためらいがちに立ち止まり、互いを見つめた。

「もしかすると、引っ張る必要ないかな？　何かあった時にあの娘たちを岸に引き上げればいいよね？僕たちも乗ってみる？」イワンがパーヴェルに聞いた。

「オールだってあるさ。岸まで漕いでいこう。さあ、行こう！」

少年たちは箱を岸辺に引き寄せ、靴とズボンを脱ぎ、それを手に持って素早く水の中を箱舟に向かって歩いてゆく。

パーヴェルが箱舟に乗り込み、イワンが乗るのを助ける。イワンが横から木箱のへりを乗り越えた瞬間、箱が傾き転覆しそうになった。皆大笑いして服の入ったかばんの間にゆったりと座っている。

「でも、転覆したらどうしよう⁉」カーチャが心配そうに言う。

イワンが笑って「ここではみんな泳げるんだ！　もし泳いで辿り着けなくても、歩いて行けばいい」と答えた。

「うん、でも荷物は？」ワーリャが言う。

「荷物は勝手にちょっとずつ帰ってくるさ！　流れてね！」とパーヴェルが言うと、四人とも笑った。

パーヴェルは櫓をつかみ、竿で海底を押すようにして使い、櫓がほとんど水に浸かったところで懸命に水を掻いた。箱舟が潮の流れにのったとわかると座り、明らかに重すぎる櫓を水に落とさないように箱に斜めに付けようとした。

「本当に海の方へ流されたりしない？　この流れで大丈夫なの？」カーチャが言う。

「大丈夫よ。私も、丸太が岸辺に沿って漂うのを見たことがあるわ」ワーリャが言う。

「オールがあるからね！　集落に着いたら、自分たちで岸壁に係留するんだ！」とパーヴェルが言った。

カーチャはパーヴェルを見た。すでに漕ぐのをやめ、風に震えながら服を着ている。キーリャに視線を移すと、岸辺の水際に座り、舌を出したまま子どもたちが乗った箱をじっと見ている。

木箱はゆっくりと流れていく。キーリャは立ち上がって、その場で吠え始めた。

イワンはカーチャに向かって、「お前が犬にじっとしているように言ったんだろう？　これからずっとあそこにいるのか？」と言った。

「もちろんちがうわよ。賢い犬だから。家に帰るわよ。私たち、もしかしたら箱に乗らないほうがよかったかもね」カーチャが言う。

「おおい！　君たちがやれやれって言ったんだろ！　だからこうして乗ったんだ。でも乗るべきじゃなかったって？　今になって引き返すなんてばかばかしいじゃないか！」パーヴェルが言う。

ワーリャはカーチャの腕に手を置き、ぽんと軽くたたいた。

「すぐ近くだから大丈夫よ」岸辺を指差し「もし何かあっても、パーヴェルが舟を結んでくれるよ」と言った。

パーヴェルは黙って肩をすくめている。櫓に手を置き、岸辺で吠える犬を見た。犬は少しずつ小さくなっていった。岸辺が遠ざかってゆく。

54

海に囲まれ小さな土地に住む人々は、知らず知らずのうちにお互いを意識しながら生活している。ある人は村いちばんのお金持ちに追いつこうとし、他の人よりも成功している人は、自らの富を見せびらかそうとはしない。

そのため、外から見ると村の家々は似たり寄ったりだが、それぞれの家の中で何が起こっているのかはわからない。愛、相互理解、家族がいること、いないことの喜び、程度はあるにせよ大きな違いがあった。それぞれの家族は似ても似つかないものだった。ある者たちの人生は興味深い人生の旅であり、ある者たちの人生は退屈で単調な日常生活から逃れるための果てしない試みだった。

しかし、日本人家族が住む家の壁の向こうでは、その夜の時間帯に、まるで少しでも鉄分のあるもの（海に浮かぶ小さな島に住む人々は、それぞれが少しずつ鉄分を帯びているのかもしれない）を引き寄せ同じ方向に向かわせる巨大な磁石に従うかのように、同じ言葉が聞こえ、同じ考えが生まれ、同じ表情をし、その背後には同じ期待と恐怖が隠れていた。

そうした磁石は、錨地に停泊する貨物船や、執務室でタバコを吸う内務人民委員部の少佐だと言えるかもしれない……。あるいは、家の窓から空を流れる暗雲を見上げると、人々は誰かが書いた劇を演じているに過ぎず、同じシナリオがすべての人に書かれていると思えるかもしれない。

そうした芝居であっても、それぞれの家庭には、他の家庭とは違う何かがあり、独自の運命があるはずだった。どんなに単純で明快に見えても、ほとんどの場合、運命は未解決のままである。それは、物語が一度に多くの声で語られ、そのほとんどが聞き取れないからだ。

誠やみのりにもこの声は聞こえなかった。

みのりは子どもたちに食事を与えながら、末娘が貨物船に乗って大冒険に出るのを楽しみに歓声を上げる様子を、戸惑いながら見守っていた。はしゃぐのをやめさせ、何もいいことは起きていない、どういう結末になるのかわからない試練に直面している、と何度も言いたかった……。みのりはもう一度、口から出そうになった言葉を止めて、誠に向き直った。

夫は妻の視線に気づいているはずだが、妻の声を聞くまで箱の中の道具をいじりながら考えをめぐらせるとわかっていた。もっとも、みのりがいつもそうするので、誠は単に妻のやり方を受け入れただけだった。それに、変えるにしてもどうすることもできなかっただろう。

「そんな重いものは持っていけませんよ……自分のためには……服だけしか。あとは子どもたちのものです」みのりが言う。

「そのつもりはなかったんだけどね」誠は静かに答え、手にした大きな鉄製のハサミを最後に使ったのはいつだったかを思い出そうとしている。ずいぶん前だ。先日このハサミを多楽島からこの島にやって来て隣の家に暮らし始めた人間に貸して、翌日には感謝とともに返ってきた。

誠はハサミを丁寧に箱にしまった。朝、子どもたちがまだ寝ているときに家の中で用事を済ませるときのように、静かに。

ところが今は夕方で、子どもたちははしゃいでいて、すべてが夢のようだった……誠の夢だ。「ハサミは誰かにあげないとね」

私たちが船で出て行けば、誰かがここに来て住むのよ。そして、ここにあるものをすべて使うわ。子どもたちの世話を手伝ってくださいね」

棚にあるヴェーラからもらった本が目に入り、誠は急に立ち上がった。

「本は僕たちのものじゃない。返さなきゃ。ちょっと学校まで行ってくるよ」

みのりは鋭く誠の方に振り向き、「学校はもう閉まっているのに、あなたはどこへ行くつもり?」と問い詰めた。

「学校が閉まってたら、先生の家まで持っていくよ」みのりの視線を受け止める。「これは僕たちの本じゃない。返さなきゃ。あの人は明子にとてもよくしてくれたしね」

「お父さん、私も先生にお別れ言いたい！」明子が言う。

誠は少し迷って答えた。

「もたもたしている暇はないんだよ、明子。さっと行ってくるよ。荷造りしないといけないんだよ。お母さんを手伝っておくれ。父さんが行ってくるから。お前がお別れを言いたがっていたけど、できなかったことを伝えるよ」と肩をすくめた。

「ありがとうございましたって言ってね！　必ずロシア語で手紙を書きますって！」

誠は「わかったよ」とうなずき、「そう言うよ」と約束した。

みのりを見ずに、玄関に向かって歩いていく。みのりも夫を見ない。しかし、夫の後ろで戸が閉まると、戸の方をキッと睨みつけた。

55

バラックの家の中庭に犬が走り込み、立ち止まって吠え始めた。

切り出したばかりの板を屋根の下に置き、降り始めた雨をしのぎながら、ニコライは最初、キーリャのことを気にしていなかった。しかしキーリャが吠え続けるので、ニコライは板を手にしたまま犬を見て立ち止まった。時計を見て、板を地面に置き家に入る。

ニコライが玄関に近づくと同時に、妻のナージャがドアから出てきた。騒がしい犬を見て、柵の外を見る……。

「カーチャと一緒に帰って来なかったの？」

ニコライは再び時計を見て「学校が遅れているのではないか？」と言った。そして、困惑したように肩をすくめるナージャの視線を受け止める。「ともかく、キーリャも待ちくたびれたんだろう。車で迎えに行ってくるよ」

「ええ、そうしてちょうだい。……なんだか胸騒ぎがするのよ」

ニコライは歩き出そうと、妻のほうへ半分身体を向け、ため息をつき肩をすくめて言った。「おまえに心配事がない時があるか？」と微笑んで付け加えた「心配するな。この島でカーチャが行くところなんてどこにもないさ」

56

誠は村の通りを早足で歩いた。手には図書室の本を持っている。

ヴェーラは家にいるはずだ。初めて彼女の家に向かって歩く。今日はロシア人女教師の家に入るところを誰かに見られようと、どうでもよかった。数時間後にはこの生活は過去に留まり、二度と戻ってこないのだから。そして、何も戻らない。

誠がヴェーラの家がある通りに渡り、もう少しすれば彼女が家を出ていつものようにお店に行くのではないか、と前を見ながら歩いた。

誠は彼女との別れに何を言えばいいのかわからなかった。今まで親しい人と永遠の別れをしたことがなかったからだ。北海道に残してきた両親も健在で、もうすぐ会える。だが、ヴェーラにはもう二度と会えないだろう。

ヴェーラの家に歩み寄った。窓には光がない。ドアをノックするが、扉は開かない。家の中を見ようと窓のそばを歩いてみる。立ち止まって何かを決断し、すぐに立ち去った。

57

子どもたちが乗った箱舟は、流れに身を任せてゆっくりと漂い、岸から離れてはまた戻る。流れは島の突端で曲がっており、箱舟の子どもたちが乗り越えねばならない航路は陸地を歩くよりもはるかに長かった。というのも、子供たちが最初に歩き始めた道路は海岸に沿って続く道ではなく、近道だったからだ。

カーチャは、勇夫から聞いた話を復習するには今がいい機会だと思った。というのも、家に帰れば必ず何かに邪魔をされ、それどころでなくなるからだ。母親の手伝いをしなければいけなかったり、教科書を置いて家に遊びに来るようワーリャが誘ってきたりする。カーチャの父親がワーリャの誕生日に作ったドールハウスで遊ぶために。今なら勇夫のことを考えることができた。サムライとその娘についても。サムライたちも、穏やかで幸せな生活を送っていたはずだ。でもある日、すべてが変わってしまった。

あの絵を砂の上に書いて、カーチャは賢明だった。ふたつの船があり、ひとつにはカーチャ、もうひとつには勇夫が乗っている。勇夫が気に入ってくれたようで、カーチャにはそれがわかった。もしかすると勇夫はこの絵を一生覚えていて、後で誰かにこの話をするかもしれない。女の子について……勇夫が好きだった女の子のことを。それでおしまい。

カーチャは自分の考えていることを誰かに聞かれていないかどうか、ワーリャと少年たちを見た。もしかして何かを口走ってないかしら？　どうやら大丈夫のようだ。誰もカーチャのことを見ていない。偶然を装って左目の端に手の平を当て、思わず流れた涙を拭った。そうして思った。誰かに涙を見られることを恐れるなんてばかばかしい。塩水の小さなしずくではないか。ましてや、周囲はすっかり海水で囲まれているのに……。大海原。カーチャは人がどうやって海と大洋を区別するのかわからなかった。何よりも、「何のために」境界線が必要なのか？

カーチャはふと、四、五年前の幼い頃にいつも歩いた、アルタイの家の周りを思い出した。それは巨大で、驚きに満ちていて、行ってはいけない所や入ってもいい所、それぞれに名前があるように思えた。両親の寝室、カーチャのおもちゃを置く隅っこ、物置、巨大で神秘的なロシア製のかまど付き暖炉《ペーチカ》。

郵便はがき

料金受取人払郵便

神田局
承認

8979

差出有効期間
2025年2月28日
まで

1 0 1 - 8 7 9 6

5 0 9

(受取人)
東京都千代田区神田
神保町3-10 宝栄ビル601

皓星社 編集部 御中

住所(〒 −)

氏名	年齢	男 ・ 女
電 話 − − FAX − −	職業	

メールアドレス

本のタイトル

本書を何でお知りになりましたか？

お買い上げの書店

書店　　　　　　　　店

ご購入の目的、ご意見、ご感想などご自由にお書きください。

ご協力ありがとうございました。

ご意見などを弊社ホームページ等で紹介させていただくことがございます。　諾・否かまどには鋳鉄製の扉があり、その向こうでは火が燃え盛っていて、手の届くところすべてを焦がし燃やさんばかりだった。そのペーチカの上でカーチャは眠った。そこは家の中で一番暖かくて居心地の良い場所だった。

しかしその後、勇夫が「シボツ」と呼ぶゼリョンヌイ島に来た年、そこにある勇夫の家を大きな丘の頂上から見た。初めて父親と一緒に丘に上った時だ。その家は、父がワーリャの誕生日に作ってあげた人形用の小さなおもちゃの家のようだった。

そうだ……。そういえば、サムライの娘は他の女の子たちと一緒にお殿様の家にいた。勇夫は言わなかったけれど、娘は遊びに来ていたのだろうか? 全員が他人の家に住むはずがない。とはいえ……もし娘たちが皆主君に仕えていたのなら、そうだったのかもしれない。家が盗賊に襲われた後のことだし、それほど重要なことではないので、勇夫は言わなかったのだろう。盗賊は領主の娘を誘拐して、身代金を要求しようとしていた。しかし盗賊が侵入した庭には女の子が数人いて、とても怯えていたので、どの娘が殿様の娘なのかを言うこともできず、ただひたすら叫んだ。あるいは、言いたくなかったのか……。娘たちは、盗賊が探す娘が誰なのか分からなければ、誰も傷つけずに去っていくと考えたのだろうか。

カーチャは勇夫に代わってこの物語を少し自分で考えなければと思った。勇夫はまだロシア語の単語をほとんど知らないので、カーチャが日本語を理解するようには話をすることはできなかった。しかし、勇夫は普段の生活でも、何を話しても口数が少なく、いつも勇夫の言葉を最後まで補う必要があった。カーチャはおしゃべりな男の子が苦手だったので、それはそれでよかった。何か新しいことを教えてくれたり見せてくれる人が好きだった。あるいは、父親のように人形を作ってくれる人。カーチャは人形に服を着せたり、ごはんを食べさせたりする。父はゲームや冒険ごっこをカーチャのために考えてくれる。だからカーチャは勇夫が話してくれたことだけで十分だった。娘たちがどんな着物を着てどんな遊びをしているのか、どんな風に盗賊に怯えたのか、自分で想像すればいい。

　盗賊は、すべての発端となった領主の娘がどの娘なのかを後で確認すればいいと、全員を連れ去った。そこでサムライは……カーチャはこの言葉を聞くたびに、ふたつの絵が頭に浮かんだ。ひとつは勇夫が学校に持ってきた本に描かれていたサムライの絵、もうひとつは両親の本棚にある本に描かれている騎士の絵だ。カーチャは母親から、サムライは騎士のようなもので、日本独自のものだと教わった。ただ、騎士はひとりの淑女に仕え、その功績を彼女に捧げるという記事を読んだことがある。一方、サムライは主君に仕えた。勇夫の話では、娘たちを救わなければならなかったのは他の誰でもない、サムライである自分だった。そして、麗しの乙女たち、つまり美しい娘たちのために、その偉業を成し遂げた。つまり、騎士とサムライという異なる響きを持つ言葉は、他のロシア語や日本語の言葉「海《モーレ》と海《ウミ》」や「海岸《モルスコイベーレッグ》と海岸《カイガン》」、「空《ニエーバ》と空《ソラ》」などと同じように、何の違いもなく、同じ意味を持っているのだ。

　カーチャは顔を上げた。

空には雨雲が迫り、海はますます落ち着きを失ってきた。水平線を見ると、風に煽られるように波が押し寄せている。カーチャは、誰かが巨大な手の平を水に浸して、水を岸のほうへ押し出す姿を想像した。それはお風呂で遊ぶ時と同じで、浴槽の中の波が大きすぎて、おやゆび姫を乗せたプラスチック製のおもちゃの水差しをひっくり返してしまった時は、カーチャはすぐにおやゆび姫を助けて、浴槽の縁に乗せてあげる。

カーチャはワーリャを見た。ワーリャはどこか遠くの方を見て、カモメが海面から飛び立ち、数メートル飛んではまた颯爽と降りてくる姿に魅了されていた。鳥はまだ遠くにいて、いつもの鳴き声は聞こえない。カモメは、学校で日本人の女の子が描いた絵で見たことがあるような、水面を静かに飛び交う蝶々のように見えた。蝶は水を恐れるが、カモメは恐れずに海に飛び込んで獲物を取る。とても賢く、まるで空を飛ぶ魚のようだった。

鳥たちは突然現れた霧の塊に隠れてしまった。カーチャは海岸線を見続けていたために、海から迫るその霧に気づかなかった。上昇気流に乗って霧がどんどん立ち込め、流れが悪くなった。

きっと、勇夫と別れた場所、カーチャが勇夫に耳元で言葉を囁いたあの場所のすぐ近くに自分たちはいるのだろう。思わず出た言葉は、まるで誰かが言った言葉のように聞こえた。なぜなら、カーチャは他の言葉を言おうとしていたからだ！　そして今、カーチャが言いたかった言葉は勇夫に言った言葉と混ざってしまった。というのも、カーチャは道すがらずっと、どんな言葉を最後にかけるべきかを考えていた。勇夫の家、皆がほとんどの荷物を置いてきた家、そしてお別れの瞬間まで。そしてとうとうカーチャは最後に雪の結晶について言うことにしたのだ……

一年ほど前のあの日、冬の晴れた日、ふたりが出会った日に勇夫は言った……。当時の勇夫はロシア語の単語をほとんど知らなかったが、カーチャと話すためにわざわざ覚えた。勇夫自身、何を話していいかわからず、雪の結晶について話すことにしたと後に告白している。それは、カーチャの手の平に落ちた雪の結晶が溶ける様子をふたりで見つめたり、手袋についた結晶をカーチャが注意深く見ていたからだと。そして勇夫は、雪の結晶を見るとそれぞれの結晶の中に小さな火があると言った。その時、勇夫は他の言葉を知らずに「火」と言ったのだが、その時も光、電球といったふさわしい言葉を選び直すことなく、なんだかしっくりこなかったものの、カーチャはすぐに勇夫の言っていることを理解した。それからカーチャは、雪の結晶には昼間の太陽の光だけでなく、夕方や夜、月が輝く時の光もあると答えた。また、空に雲があるときだけ光が見えない。つまり、光はその内部に生きているのであって、ただ見えない時もある。たとえ雨雲や霧がかかっていても、光はいつもそこにある、と。

カーチャは溜息をついた。

霧が箱舟を包み込み、これ以上どこにも行けないように思えたが、箱舟はとてもゆっくりとはいえ、まだ進んでいた。

パーヴェルはもう我慢できず、櫓を握って数回漕いでは動きを止めた。櫓はパーヴェルにはあまりに重すぎた。その様子に気づいたイワンがそばに寄り、ひざをついて櫓の下のほうをつかんで助けようとした。しかしその瞬間、大きな霧のかたまりが箱舟を覆い、パーヴェルはイワンの肩を叩き、漕ぐのを止めて言った。

「待って！　どこに漕げばいいのかわからないうちは、コースを外れるかもしれない。霧が晴れてからにしよう。それまでは流れに任せて少しずつ進むほうがいいよ」

「陸から遠く離れないように、目を離さないようにしよう」とイワンが答える。ふたりの少年が陸の方を見ると、濃くなった霧に包まれた海岸がかろうじて見えた。

58

ニコライも霧に気づいた。子どもたちが離れの村から学校に通う道を、海岸沿いに馬を走らせている。しかし、子どもたちが箱舟に乗ろうと決めた場所から先の道は徐々に岸辺から離れてゆく。ニコライは植林帯に加え、厚い霧が覆ってきたせいで子どもたちの姿を見つけることができなかった。

もっとも、ニコライは海の方向に目をむけなかった。ニコライは急いだものの、馬を全速力で疾走させることができなかった。キーリャが隣をずっと並走し、馬と同じ速さでは走れなかったからだ。

しかし突然キーリャが視界から消え、右手後方の背後、海の方向から犬の鳴き声が聞こえてニコライは馬を抑えた。ところがキーリャはそれ以上吠えることなく、ニコライは再びディンカの尻をたたいてせきたてた。

59

誠がヴェーラの暮らす通りに出る少し前、ヴェーラは本を手に持ち家を出て、誠の家に向かった。すぐに誠の家がある通りに渡る。誠がいつ家を出てもおかしくなかったし、その時にすぐ気づけるように。昨日の誠は、女性が人生で最も大切にしている言葉をかけることができる人だった。そして今夜、彼は去り、消えてしまい、この容赦なく予測不可能な人生に溶け込んでいく。ヴェーラを世界の果てに追いやり、思いがけない束の間の喜びを与え、そして同じように思いがけなくその喜びを奪い去る人生に。

誠の家までたどり着き立ち止まった。家の明かりがついている。あとは戸を叩き、玄関口で誠に会ってすぐに言う……いや、ヴェーラが言いたかった言葉を面と向かって軽やかに嬉しそうに大声で言うというのか？　みのりに聞こえないように、素早く小声で言わなければ。

でも、もしみのりが戸を開けたらどうしよう？　そして中に入るように言われたら？　奥さんを前にして、ヴェーラは誠に何を語ることができるだろうか？　娘さんの記念になるよう本を持ってきたと言うのか？　その後、愛と絶望の言葉が出てこないように、歯を食いしばって静かに立つ！　いずれにせよ、みのりはすべてを悟るだろう。そうしたら、どうすればいい？

なぜ自分はここに来たのだろう？　愛する人を傷つけるためなのか？　ちがう。今まで言えなかったことを彼に伝えるためだろうか？　それは不可能なことのように思えた。傷つくことを思うと恥ずかしく、こそこそとするのも嫌だった。彼の顔をもう一度見たいからだろうか？　ヴェーラは誠の顔を覚えていた。細かいところまで記憶している。ヴェーラは、長年、毎日、いや一日に何度も鏡を見てきたにも関わらず、自分の顔は誠の顔ほど詳しく覚えていなかった。

帰り道、ヴェーラは家のある通りとは別の道を歩いた。

60

人気のない校庭でふたりの少女が少年から逃げまわる。少女たちは大笑いし、少年は何かを持つ手を少女たちにのばして走る。少年が近づくと怯えて悲鳴をあげた。少女たちは男の子よりも二歳年上で、はるかに素早く、もう一度さっと身をかわした後、追っ手の近くで立ち止まり、少年がひと息つく間を与えて再び追いかけてくる。校庭は笑い声と悲鳴に包まれた。

ところが、こうした音はもっと重要な「音」を妨げなかった。「音」は目新しく不快だった。「音」が聞こえたかと思うと、数歩歩いて消えてしまった。「音」は今校内にいるニコライが自宅に入る階段を上る音に似ていた。「音」はしっかりしているのに軽快で、身体の重力に抗うような音。そして、まったく別の、とぎれがちで、滑ってつまづいたような、そんな音。つまりそれは、ニコライが急に立ち止まり、その場で振り返ってまた歩き出したということだった。イライラしている。何かを探しているのだろうか？　そして再び足音が聞こえた。その足音はますます近づいた。

学校の玄関口に投げ捨てたかばんを拾った少女たちは、校庭の真ん中に立つ白樺の木に繋がれた馬のそばを、悲鳴を上げながら駆け抜けていった。少年も玄関口に駆け寄ってくる。少年は立ち止まり、少女たちを見て、視線を馬に向ける。馬はじっと立ち動かずにいたが、突然首を振ってその場で足をじたばたと踏み、まるで女の子のあとを追いかけようとせんばかりだった……。少年はハッとして拳をひらくと、手のひらの小さなクモが腕を伝って上ってくる。少年は半開きの学校のドアの向こうに人の声を聞き、手についたクモを地面に払い、かばんを持って少女たちの後を追いかけた。

学校の玄関口からニコライが現れ、その後ろに中年の女性が続く。女性がニコライに何かを伝えながら、最初は通りを、次に学校の裏手のどこかを指差した。ニコライはすぐに玄関を飛び出し、馬に乗って校庭を走り去っていった。犬が吠える声が聞こえたので馬を抑えて振り向くと、キーリャが走って来るのが見えた。相当疲れていた。

61

桟橋に最初の日本人家族がやって来た。馬車で荷物を運ぶ者もいれば、司令官から割り当てられたトラックで荷物を運ぶ者もいる。二台のトラックは新品同様だった。このシボレー社のトラックはレンドリース法〔一九四一年から一九四五年にかけてアメリカがソ連を含む連合国に対して膨大な量の軍需物資を供給したプログラムのこと〕で受け取った二軸駆動のもので、ウラジオストクのガレージに三年間置かれたていたが、燃料補給をして島に送られてきた。

軍服を着たロシア人がテーブルに座り、その前に引揚者の小さな列ができた。書類の点検、荷物の重量測定が行われる。日本人は静かに会話をしているが、その表情は事務的で淡々としていて、まるで特別なことが何も起きず、日々の仕事を忙しくこなしているかのようだった。

警備司令部の建物に少佐と通訳が入った後、司令官の補佐が積み込みは「海の上で」行われると言った。ただ、それがどのように行われるのかについては何も言わなかった。

62

浩の家の庭。ニコライは勇夫、浩、ステパンの隣に立ち、ステパンの助けを借りながら、身振り手振りを交えて浩に何かを説明しようとしている。

男たちから数メートル離れた場所に横たわっていたキーリャは、立ち上がって勇夫に近づき、勇夫の太ももに頭をつけ、手を入れたポケットに鼻を突っ込んだ。少年はポケットから手を取り出し犬の頭を撫でた。

「子どもたちが帰ってこないんだ。カーチャが家に戻ってない」ニコライは両手を広げて肩をすくめる。

「どこにいるんだろう?」

浩が息子を見ると、ニコライを不可解な目で見る勇夫が父の視線に気付き、浩に顔を向けたが、横目でニコライの顔をちらっと見た。まるでたった今聞いたことを理解する手助けになればと願うように。というのも、少年がいま耳にしたことが正しいわけがなかった。カーチャはとっくに帰っているはずだ! このロシア人は知らない。勇夫が父よりもずっとロシア語がわかるということを。勇夫が聞き間違えたのだろうか?

「お前が見送った子どもたちが家に帰ってないんだよ。一緒に歩いたところまで案内してやりなさい」

少年は棒を手に取り、素早く地面に何かを書いた。

63

貨物船の積み込みが本格的に進む中でも、グレブはヘッドフォンをしているので荷積みに伴う音が聞こえなかった。未知の送信機の信号を長く聞けば聞くほど、普通のラジオ番組のように思えてくる。穏やかで信頼に満ちた旧友の会話が何かの旋律にかわり、続いてニュースが流れる……ニュースはより不穏なものとなり、アナウンサーは時折、誰かを説得するように声を張り上げる……そしてまた静かに、ほとんど囁くように……そして音楽が流れたものの、その旋律は突風の奔流によって中断されたように聞こえた……あるいは、いまにも窒息しそうな人の言葉のようだった。

グレブは表示ランプが点滅しているのを見て、大陸から次々と電報が届いていることに気づき、すぐにヘッドフォンをいつもの場所に切り替えた。

64

誠が遠くから見ると、学校の窓にはひとつも灯りがついていない。授業が終わり、子どもたちは帰宅していた。外はまだ明るかったが、学校の電気はいつも早くからついていて、教師たちが夕方の六時、七時までノートの点検をしたり、次の日の準備をしたりしていた。建物の裏側は晴れた日でも薄暗く、そこにある職員室の窓には明かりがついているかもしれない。

誠は校舎のそばまでやって来て玄関口にあがり、扉を軽く引いてみたが閉まっていた。叩いても応答なし。玄関口から降りて、校舎の周りを歩いた。職員室の窓にも光がなかった。

誠は「我が家の」通りを歩いて帰った。そしてその時、ヴェーラは誠の家から自分の家へと歩いて帰った。並行する村の通りを隔てて、ふたりの間の距離が五十メートルもない瞬間もあった。

65

ニコライは馬に乗って勇夫がロシアの子どもたちと別れを告げた場所へ向かった。その少し前をサ

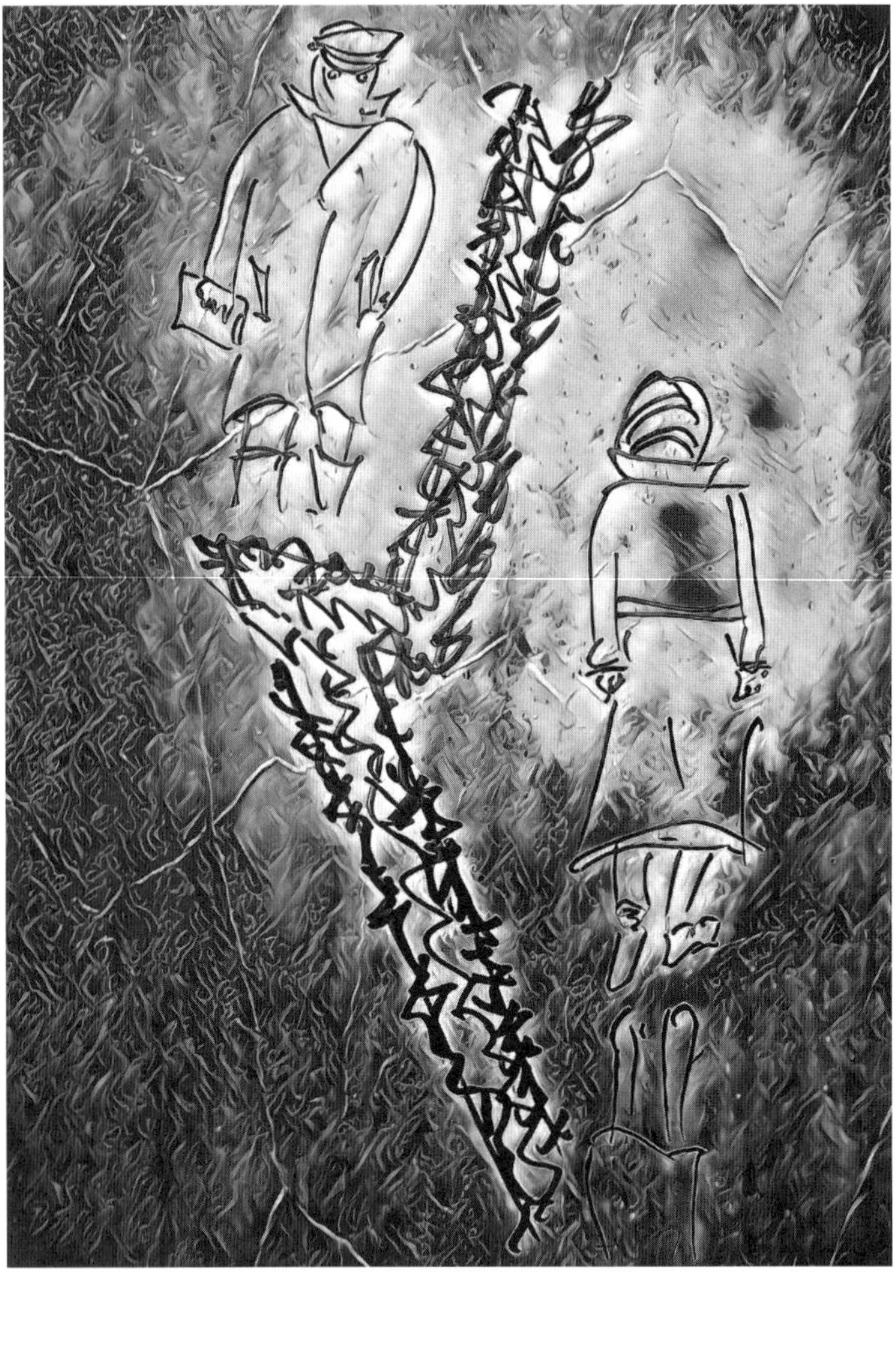

イドカー付きのバイク（ステパンがアルタイから来た浩の隣人に借りた）に乗るステパン、浩、勇夫が走った。

道端に転がっているいくつかの大きな石に向かって、勇夫が「ここだよ！」と言って指を差すと、ステパンが急ブレーキをかけた。勇夫はすぐにサイドカーから降りて周囲を見渡し、父とステパン、そして慌てて馬から降りるニコライが来るのを待った。

「ここだよ！」

ステパンはしゃがんで、しばらく地面の足跡を見てから立ち上がり、少し前に歩いて振り向いた。手を振って、

「ここに足跡があるから、もっと先に行こう！」と言う。

ニコライが犬に向かって「キーリャ、来い！」と叫ぶと、キーリャが尻尾を振って駆け寄り、ニコライは犬の頭の上に身を屈める。

「カーチャだ！　カーチャを探せ！　カーチャだ！」

キーリャが突進すると、ニコライは犬から目を逸らさずにゆっくりと立ち上がった。浩とステパンも走る犬を見ていることに気づき、「とりあえず、犬についていこうか」と言った。ニコライはステパンを見て「どう思う？」と聞いた。

「犬はカーチャの匂いを嗅いでわかるからね。でもさ、ここに来るまでの間、この犬はあんたと一緒だったんだろう？　事態に気づかなかったのか？」

ニコライは肩をすくめて「いや、気づかなかった。僕も急いでいたからね。カーチャはまだあなた

たちの村にいると思ってたんだ、なぜか……」と、数秒考え込み「キーリャは一度どこかにいなくなって、海のほうに走っていった」

ニコライは黙り込み、旧村に向かう途中の犬の行動について、他に何か変わったことがなかったか思い出しているようだった。しかし実際のところ、ニコライは押し寄せる不安の塊を切り裂くような、はっきりとした思いに立ち止まった。龍の仕事場に立ち寄り、そこで巨匠の仕事を見て、授業が終わった後にカーチャを迎えに行けばよかった。そうすれば娘は生きていたかもしれない……くそ！　カーチャは生きている！　まだ何もわからないんだ！　娘は生きている！

ニコライは突如振り返り、馬のところに戻っていった。ふと気がつくと、今朝の帰り道、考え事をしていたら龍の家へ向かう曲がり角を見逃していた。実のところ、ニコライは巨匠のところに行きたくなかった。それには明確な理由があった。

66

誠は早足で家に向かった。家に着くと明子に歩み寄り、本を差し出した。

「先生がこの本を学校の思い出にプレゼントしてくれるって」

明子は本を手に取り立ち上がった。誠は笑顔でみのりに顔を向けた。しかし、妻の顔には何の感情もなく、誠の顔から徐々に笑顔が消えていく。みのりは肩をすくめて部屋を出て行った。

67

ステパンは、前をジグザグと歩くキーリャから目を離さないようにして、皆よりも前を歩いた。犬は五十メートル先まで走ると、立ち止まってこちらを見た。その犬が自信を持って足跡を守り、後続の人を待っているのは明らかだった。

ステパンがあと二十メートルというところまで待ってから、キーリャは海岸に駆け寄り、水辺で立ち止まる。自分の姿がまだ見えているかどうかを確認するように、こちらに向かって、そして振り返って、海の方向に向かって吠え始めた。

ステパンは犬に近づき、しゃがみこんで砂の上の足跡を見る。他の者も追いついた。

ステパンは犬を見て「どうして止めなかったんだ？　お前は賢い犬じゃないか」と言ってニコライに向き直る。「子どもたちは箱に入った……箱船に乗ったんだ。なぜだ？」視線を勇夫に向けた。「そして、ふたりが岸辺に留まった。これがその足跡だ」。

ステパンは立ち上がり、パーヴェルとイワンの足跡をたどって、水辺に近づいたところまで行く。そして、そこで足跡は途切れてしまう。

「このふたりも箱舟に乗ったんだ……この前で強くぶつかっている。何かを運んだのか」そう言って浩を見ると、視線が合った。「箱かな？　ロープで引っ張ったのか？」ステパンは子どもたちが乗る木箱をロープで引っぱる様子を身振りで浩に示した。

「なぜこんなことをしたのかな？　わからないな」

それまで黙っていた日本人は、手で勇夫に向かって自分のところへ来るよう合図をし、水辺で海の方を指差しながら日本語で話しをした。話を終え、勇夫に「訳して伝えろ」と言った。

「流れ……岸に近い。みんな、舟で家に帰った……箱で」

ニコライがハッとして、「つまり、探さないといけないのは、あっちだな！」前方の海を指して言った。一帯を覆う濃厚な霧から目を離すことなく、手をゆっくりと降ろす。夕暮れで刻々と霧が濃くなり、まだ見えるはずのものも見えなくなっていた。

浩は再び勇夫に日本語で何かを言った。話し終わって、通訳するよう合図をする。

「悪い流れです。たぶん箱は岩崖に流されていく。嵐がくる。時間がない」

68

ステパン、ニコライ、浩は警備司令部にやって来た。階段を上って中に入る。司令官の運転手が建物に入る人に背を向けて当直の窓口に立っていた。男たちに気づいてこちらに来る。窓口に身を乗り出し、年配の軍曹と話をしながら、ニコライは思わず腕の赤い腕章に目をやった。「当直」と書かれた白い文字がすり減っている。

軍曹は、ニコライとその後ろに立つ男たちをじっと見た。電話を取り、空いた手で口を覆い、短い言葉を発する……。

少し待つと電話を切った。前に出て、ステパンとニコライの後ろに立つ兵士に向かって叫んだ。

「ニキフォロフ！　少佐のところに通してやれ！」

69

ステパン、ニコライ、浩の三人は、ニキフォロフの後に続いて廊下を進み、名札のないドアの前で立ち止まった。兵士がノックすると、ドアの向こうで「入りたまえ！」という声が聞こえる。扉を少し開け、兵士が中を覗き込むと、フロロフの声が聞こえた。

「早くしろ！」

兵士は少し脇に退き、手で合図をして、男たちは部屋に入っていった。

70

フロロフは窓際に立っている。ステパン、ニコライ、浩の三人が机の前に立ち、フロロフはそちらに半身を向けている。ドアのそばにはニキフォロフが立っている。ニコライが口火を切った。

「子どもたちが岩崖のほうに流されているんです！　しかも嵐が来ます……。嵐が、嵐が…少佐！子どもたちは箱舟に乗ったんです。もしかすると大丈夫かもしれませんが、暗くなって霧も濃くなり、岸辺から子どもたちが見えないんです！」

「こんなところで話合ってる場合じゃないだろう？　海に出て、子どもたちを探さなければ！」フロロフが言った。

「わかりますが、こんな天気であの波では……」カジンが言う。

フロロフはカジンをさえぎって「ばか者！　嵐はまだ来ていない。霧は、そうだな」少し微笑み「迷子にはならんさ。お前たちは子どもじゃないんだ。オールで漕いで行っては間に合わないかもしれない。エンジン付きの船で早く行くんだ！　荷積みに使っていない船があるじゃないか！　私にどうしろというんだ？　これは司令官の問題だろ、司令官のところへ行ったほうがいいぞ！」

フロロフは黙りこくった男たちを見回した。その静寂の中で、突然、壁掛け時計の音がはっきりと聞こえた。チクタク、チクタク……。

「他に質問はあるかね？　この男はなぜここにいるんだ？」フロロフが浩を指差す。

ニコライはステパンに目をやった。ステパンが言う。

「少佐、我々はまだまだ船乗りの経験が浅いです。それに、あのような波では、私たちが転覆してしまいます。船も壊れ、子どもたちも救えません」

フロロフはニヤリと笑いながらゆっくりとテーブルを回り、ステパンに近づいて言った。

「なぜお前たちが分からず屋なのか言ってやろう……」ステパンを指でつつき「お前の船だろ！　お前の船なんだろ！……岸辺を離れると、あいつがいつも舵をとるんだよな！」フロロフは鋭く浩に向かって指を突き出した。

浩はうなずいて、ロシア語で言った「はい、はい、私、できます」

カジンは素早く日本語で「黙れ！」と言った。「少佐はお前が船で舵をとるのを見ていたんだ……」自分に対するフロロフの厳しい視線を受け、にっこり笑って「説明しました」と言った。

フロロフはステパンに視線を移し、「彼にはすでに説明した。だからいま、お前に説明する。経験豊富な船乗りになるためには、舵を取らなければならない。自分で舵を取らないといけないんだ！　そしてお前は、自分に託された船の操縦権を敵に渡してしまったんだぞ。指揮官の命令に背いたのだから、お前は裁判にかけられなければならない！」

突然、顔に笑みが浮かべ、落ち着いた声で続ける。

「しかし、私はお前が決断するのを助けることができるよ」

その言葉と共に、フロロフはホルスターから拳銃を取り出し、その手を浩に向け、銃身を浩の額に当てた。浩は立ちすくんだ。

「当局者への襲撃未遂で今からこいつを射殺する。そして、お前が自分で船を操縦するんだ」

銃の引き金の音がカチッと鳴った。

「僕が自分で船を操縦します……彼を撃つ必要ありません……もう島から出て行く人だ。僕は自分で責任を取る準備ができている……彼は関係ない……僕自身が……」ステパンが言う。

「こいつは敵であり、お前はその共犯者だ！」

フロロフは、動かずに立ったままの浩を見て、ゆっくりと銃をホルスターに収める。

「お前は船に乗っていけ。こいつは北海道に行くんだ。どうせそこで飢え死にするさ。手を汚すのは嫌だからな」

男たちから目をそらし、フロロフは窓の方に歩いた。足を止めて海を眺める。

「ニキフォロフ、外に送っていけ！」

ステパンとニコライはドアに向かって歩いてゆく。浩はフロロフの背中をちらっと見て、ふたりの後を追った。

71

荷物を持った日本人を貨物船まで運ぶ小舟が用意され、その近くにヴェーラが立っている。机の前には列ができていて、名簿を点検しながら到着者の印をつけている。

書類確認、名簿のチェック、荷物の計量が行われ、次の家族が小舟に送られる。ひと家族あたり五分もかからない。事前に自宅で荷物の重さを測ることができた日本人はほとんどいなかった。目分量で荷物を詰めて桟橋に持っていき、そこではじめて島に置いていかざるを得ない物がわかった。しかし、計量を担当する年配の退役軍曹は、ほとんどの家族が余分な荷物を持っておらず、むしろわずかに重さが足りないことに驚いた。日本人は余分なものを桟橋でそのまま捨てなければならないことを恐れ、少なめに持って来たのだ。まだ数キロは持っていけるとわかると、男たちはすぐに奥さんと相談して追加の荷物を取りに家に戻った。

しかし、男も女も子どももも、そして荷物運びを手伝った人も、黙っていた人もおしゃべりをしていた人も、最初の家族が貨物船に運ばれる様子に否応なしに釘付けになった。小舟に乗った人々を荷物もろとも貨物用のモッコで吊り上げ、貨物船の甲板に移したのだ。まさに「積み込み」だった。

ヴェーラは以前、高さと直径が四メートルほどある同じような貨物用のモッコを見たことがあった。ウラジオストクの港にたくさんあって、さまざまな箱や袋、樽などを運んでいた。

ヴェーラは出発する人たちの顔を見た。家族と一緒にいる五郎を見つけて、すぐさま歩み寄った。止まるよう身振りで示し、お辞儀をして挨拶をする。

「誠を見ませんでしたか?」

ヴェーラは視線を女性に移して「誠の家族は?」と聞いた。五郎は妻と顔を見合わせ、怪訝そうに首を振った。

「いや……。まだ来てないんじゃないかな。そうでなければ、もうあそこにいるのかもしれない」五郎は貨物船を指差した。

ヴェーラは貨物船の方に顔を向け、目の前にいる五郎たちをもう一度見て、静かにお辞儀をした。頭を上げて、すれ違う女性と子どもを見ながら再び貨物船の方向に顔を向ける。〝いいえ、まだだわ……。もう乗ったはずがないわ！　そんな……〟

簡素な荷物を持って村の方から現れた人々を見ながら、ヴェーラはゆっくりと海岸沿いを歩いていく……。誠はいない。

一年前は、ヴェーラの人生に誠はまだ存在していなかった。そして約半年間、誠は島に住む他の多くの男性のひとりに過ぎず、ヴェーラは姿を消したい、消えたい、透明になりたいと思っていた。「人民の敵」の娘は透明になった方がいいのだ。しかしいつの日か、いつの間にか、それは彼女にとって徐々に、気づかないうちに起こり、色となって現れ、音と匂いとなって戻ってきた。再び生きたいと思う瞬間が訪れ、ヴェーラはすぐに誠の優しく包み込むような視線に気づいた。

半年とこの最後のひと月は、ほぼ毎日、毎回違う誠の顔をスケッチした。ヴェーラは「顔を覚えるのが苦手」と言って誠に嘘をついたが、それは大したことではなかった。

ヴェーラの視覚的記憶は、いわば「写真的」なので絵を描くのも上手かった。一枚目に描いた誠の似顔絵が写真のようなので、それを見ただけで、あるいは思い出すだけで次々と似顔絵を描けた。しかし、なぜかヴェーラはもう一度誠の顔を描きたくなったが、その似顔絵はそれぞれが似ても似つかないものになった。同じ角度、同じ表情でも、一枚目の絵は線の太さや鋭さに気持ちがこもっていて、何か大きな音や言葉すら聞こえるようだが、二枚目からは違った。そして、三枚目の似顔絵はさらに落ち着いて繊細になり、次の絵はもっと控えめになった。まるで、どこか顔の奥深くに埋もれてしまい、不要なものを取り除き、誰にも迷惑をかけたくないかのように。さらにその似顔絵は、かつてヴェーラが衝撃を受けた、父親がロシア語に翻訳した本の刻印に似ていた。

意図的なのかどうかヴェーラには判断できないが、無名の画家は人々の顔を周囲と切り離せないように描いた。風で曲がる木の一部、海岸に打ち寄せる高い波、波の上に浮かぶ小舟。そして、木も水も土地も、人々の一部だった。

似顔絵の複製が完成しても、ヴェーラは機会があれば誠の顔を見続けた。それが似顔絵の問題でないことは、よくわかっていた。

72

警備司令部の建物から数十歩離れたところで男たちは立ち止まった。浩がステパンの腕を軽く叩く。

「お前が子どもたちを見つけるんだ」ステパンの目を見て「いい目だ。できるさ。じゃあな」

浩はステパンとニコライと握手をして、家に向かって歩いて行った。

玄関から出てきたのは、背の低い痩せた警備司令官の少佐だった。すぐに玄関口を飛び出し、男たちに近づいて言った。

「国境警備隊に電話をした。彼らは小型舟艇を持っている。しかし船は島の東側で、今は警備のために海上にいる。誰かを拘束したのか、何か不審な点があったのか、私にはわからない。要するに、我々どころではないんだ。でも、もしすぐに戻ってくれれば、我々のところにすぐに来る！　すぐにね！

しかし、今のところは」肩をすくめて両手を広げ「どうしようもない」と言って、彼は自分の背後、上の二階の方向を指した。

「貨物船を止めるように頼んだんだろ？　ニキフォロフから聞いたよ。日本人が海に出られるようにだろ？」

「無駄だよ。危うく浩を撃つところだった」ステパンが答える。

司令官は頭から帽子を外し、ほとんど禿げ上がった頭に手のひらを当てる。

「やれやれ……頼んでも無駄だな。フロロフが俺に違反者の名簿をまわしてきたんだ（名簿の「大きさ」を手で示す）。二発あれば十分だよ」

73

居間はこじんまりとしたとても明るい部屋で、両方の窓が日当たりの良い方を向いていた。この家の中でナージャのお気に入りの場所だった。台所や子ども部屋では、いつも何か、片付けや料理といった用事が待っているからだ。それは難しいことでなく、ナージャは家事を簡単にこなすことができる。しかし、それは来る日も来る日も繰り返される仕事であり、その繰り返し、単調さに打ちのめされそうになった。言葉にはしなかったものの、時々、すべてがどうでもいいと感じた……そしてそんな時には居間の古い肘掛け椅子に座った。

ここでは何もかもが違っていた。慣れ親しんだ大好きなもの。小さなタンス、クローゼット、ソファー。そのソファーの上で、ニコライと一緒に毎日時計の音を聞きながら眠りについた。チクタクチクタク……ナージャは椅子に座ると、生命が戻ってくるのを感じた。単純な動きや行為のひとつひとつに意味と愛が込められている。チクタクチクタク……。

しかし、今は何も感じなかった。これまでと同じようで、同じではない。チクタク……ナージャは時計を見た。ニコライがいなくなってから一時間半以上が経過していた。ニコライとカーチャがいない！　カーチャがいない！　カーチャ！

ナージャは突然、椅子から立ち上がって台所に向かった。窓辺に行き、庭を眺める。流し台に立ち、食器を洗い始める。おもむろに水を止める。肩にかけたタオルで手を拭いながら、振り返ってドアに向かう。玄関に出た。犬の鳴き声が聞こえ、ナージャはすぐに門まで歩いた。通りを見ると、犬が走っている。犬が家の前を走っていく。ナージャはそれを目で追う……。

ゆっくりと家に向かって歩いていく。突然、ハッとして立ち止まり、振り返り、タオルを玄関口に投げ捨てて庭を飛び出した。

74

桟橋では日本人が貨物船に向かう小舟に乗り込み、すぐ近くにロシア人の男女が二十人ほど立っている。日本人の荷物を海岸まで運ぶのを手伝ったり、この島に住み始めて半年から一年の間に知り合った友人を見送りに来ていた。しかし今は男女を問わず全員が、ステパンの船が出ようとする小さな漁船用の桟橋を見つめていた。今や皆、子どもたちが箱の中、つまり箱舟の中にいて、沖に流されたことを知っていた。

荷積みが行われている桟橋からは、ステパンのポンポン船の周りに集まる人たちの声は聞こえないばかりか、そこに何人の人がいるのかもわからない。しかし、この凍り付いた光景は、今にも切れそうな弦のように静かな緊張感を保ちながら人々のすぐそばに存在しているかのようだった。そして、この緊張感が一種の膜のようになって人々を覆い、その後ろで聞こえてくる車や荷車が近づく音、小舟に次々と荷物を積み込む時の板のきしむ音、ロシア語や日本語のぎこちない言い回し、こうした音のほとんどが区別がつかなかった。

ステパンの船は桟橋から離れていった。一メートル離れるごとに緊張がほぐれていく。まるで、子どもたちが乗る箱舟と船の間に弦が張られているかのようだった。船が小さくなるにつれて空中の弦の音も徐々に小さくなり、霧に溶けて消えていくようだった。消えずとも人々の耳に届かなくなった。

ちらちらと船に目線を向けながら、人々が静かに語り始める……。打ち寄せる波や岸辺に近づく荷車の車輪の音など、再び人の声が聞こえてくる。

「嵐がひどくなってきたね」

「間に合うか、どうかな？」

「あいつらはこんな波の中で船に乗ったことがない。日本人を呼ぶべきだったよ」

「俺が行って、呼んできてやったのに！」

「俺だって……ニコライが呼んでくるべきだったね。またはステパンでも」

「ステパンは自分でなんとかするさ！」

「少佐のところに行って、日本人に日本の船で海に出てもらえるよう頼めばよかったんだよ」

「もう行ったんだよ！」

最後の言葉を叫んだ人物に一斉に視線が向けられた。それは司令官の運転手で、黙って首を振った。

「許可されなかったんだ」

「もしかしたら、少佐に頼まなくてもいいのではないか？　子どもたちが助かれば喜んで、ほかのことは忘れてくれるだろう？」

「ここはフロロフ次第だ。少佐は頑固だからな。気に入らないと、ロシア人でも外国人でもぶち殺すぞ……」運転手は首を振った。「ああっ！」控えめな動きで船の方を指差し、船から目を離さなかった。この時、船が異常な動きをしたため、乗員たちの何人かが倒れ、残りの人たちは必死に足を踏ん張っていた。

75

木箱の中の子どもたちは箱の側面に沿って座り、必死に縁にしがみついた。風が強くなり、箱舟は波で高く持ち上がり、投げ落とされる。

「ぜったいに見つけてくれるよ！」

「あたりはぜんぶ霧なんだ！　僕たちは見えないよ！　叫ぶんだ！　叫び続けよう！」

子どもたちは叫ぶ……

「助けて！」

「助けて！」

ところが、風や波の音に紛れて子どもたちの声はほとんど聞こえなかった。

カーチャは早口でささやいた。「全部覚えてるわ、勇夫、全部！　何にも忘れてないわよ！　三日間歩き続け、ついに誘拐された少女たちが隠されている場所を見つけた。サムライは……盗賊を襲って全員を倒し、少女たちを解放した！　その中にお殿様の娘もいた。でも、サムライの娘はいなかった……」

76

新しい集落のバラックから十数メートル離れたところに工事用の移動宿舎がある。ひと月前は現場監督の事務所であり、会計事務所、工事作業員の休憩所だった。しかし八月の初めに工事が止まり、機械は旧村に戻され、宿舎の主はひとりだけになった。四半期ごとの報告書を提出する会計係のクララだ。

クララが電話をかけるテーブルの周りには、ナージャ、エレーナ、グリゴーリー、ヴィクトルがいた。

「はい、はい。わかりました。今から伝えます」

クララは電話を切る。ヴィクトルと視線が合わないように努めながら、目の前に立つ人を見た。

「船がもう海に出たわ。捜索中よ。(子どもたちが) ここに来る途中で箱に乗ってしまって……」クララは質問に答えるようにグリゴーリーに向かってうなずく。「船といっても、箱舟ね。おそらく、流れに乗れば村にたどりつけると思ったんでしょう。他にはまだ何もわかっていません」

クララはグリゴーリーを見て再びうなずき、そのおかげで隣に立つ男に視線が移らないようにした。目を合わせないように……。しかし、クララの視線は右に移り、フランネルシャツの螺鈿ボタンを見た。一昨日、クララが縫い付けたボタンだ。その後、その柔らかい、とても暖かくて鮮やかな生地にアイロンをかけた……。クララは溜息をついて付け加えた。「いまは霧がかかっているので、まだ見つからないそうよ」

クララがヴィクトルを見上げると、ヴィクトルは窓の外を見ていた。

しばらくの間、テーブルを囲んでクララの言葉を待ちじっと黙っていたが、クララの言葉を皮切りに互いに顔を見合わせた。

ヴィクトルはグリゴーリーに向かって、「そこへ行こう!」と言った。「すぐに車をもってくるよ」

「でも、誰かが残らないといけないわ!」エレーナは意味がわからないという視線を受けて素早く付け加えた「もし子どもたちがここにたどり着いたらどうするの!?」

部屋にいる全員が沈黙し、お互いに顔を見合わせている。

「えっと、……もしも、じゃなくて。普通にやって来る！　だって、あり得るでしょう！」エレーナが言う。

「でもこの嵐でどうやって……」グリゴーリーが言う。

ヴィクトルが不意に彼の腕をつかんで止めた「そうだよ、もちろんあり得るさ！　なぜ俺たちが子どもたちを見捨てるんだ⁉　ナージャとクララが残ってくれるかい？　ニコライはもうあっちにいるし、君たちがここで待ってくれたらいいよ。何かあったらあっちに連絡してくれ、いいね？」

77

カジンは自身の生活の中で音がますます重要になり、より重要な部分を占めるようになったことにずいぶん前から気づいていた。よくよく考えてみると、何の不思議もない。というのも、人が発する言葉もただの音だからだ。音の集合体にすぎない。そして、言葉は人間を他の生物から区別するものであり、おそらく、人間生活においてもっとも大切なものだ。このことを意識するようになってからは、周囲にある無形の空間を埋めるあらゆる音にも注意を向けるようになった。その空間には未知の法則があった。音が繰り返され、言葉やフレーズが繰り返され、今起こっていることと既に起こったことを結びつける無限の連鎖が構築されていく。

今、カジンは足元でざくざくと音をたてる砂利の音を聞きながら歩いている。聞くものすべてが、自分の人生で起こったことにつながっているのではないかと確信していた。砂利のざくざくという音は、冬に雪がきしむ音を思い出させた。なぜか子どもの頃はそんな些細なことにも注意を向けていて、毎日の心配事や「間に合わない」「できない」「走れない」といった恐怖に圧倒されていなかった……なぜ今になってそれを思い出したのだろう？

子どもたちを助けるための船が出た桟橋を振り返って、カジンは立ち止まった。ここに来たのは何か助けになることをしたいと思ったからであり、子どもたちを見つける人々に会い、カジンがまだ会ったことのない子どもたちを救わなければならないと思ったからだ……。彼は「そしてこれから会うこともない子ども」と言いかけた。しかし、子どもたちが見つかるとは思えなかったからこそ、戻ってくる人や出迎える人たちの顔を見たくなかった。だからこそ、海岸から離れて歩いたのではなかったか？

カジンが歩を進めると同時に、ざくざくという砂利の音が乾いた軋み音にに変わった。海岸の小石、潮の流れや風によって滑らかになった石が、島の道路を舗装するための瓦礫に変わっていた。海岸沿いを通る道にたどり着いた。

子どもたちは、荷物を持たなくていいように箱に乗ったのだろうか？　しかし、荷物はほんの少しだったらしい……。箱舟に乗れば勝手に家まで流れ着くと思ったのだろうか？　でもなぜ今日なのか、なぜ昨日でもひと月前でもなかったのか？　嵐も来て霧も出ているのに……ああ！　なぜだ!?　子どものいたずらで、くだらないささいなことで、子どもたちは今……。カジンが海に目を向けると、波の盛り上がりが見え、それは水面に浮かぶ霧に触れそうだった。せめて霧がなければ！　嵐も霧も、そして子どもたちを岩崖に運ぶこの流れがなければ！

カジンはふと思った。あちこちにできるこうした流れが自分の人生にも現れて、一役買っているのではないかと。その流れの中ではなんでもうまく事が運び（おそらく！）、衝突せず、障害物を脇にどけたり迂回したりする。小さくても信頼できるものに落ち着き、夢見たことは忘れてしまう……。そして、その声に応えて流されるままに泳いだ……。そもそもカジンの状況は子どもたちの状況と比べてどうなのか？　いや、もちろん彼のほうがいいに決まっている、安全地帯にいるのだから！　そのうえ、何も見ないように岸から離れた……。何も見たり聞いたりしないよう、ただ何とかして家に帰りたかった。

カジンは桟橋を見つめた。ステパンという名の男が舵をとって船を出した。何も見ず何も聞かないというわけにはいかなかった……。

ピストルを持つ手が日本人に向けられた時は動揺した。

日本人は怯える暇もなかったが、茫然としながらも、カチっという撃鉄を起こす音を聞いて混乱していた（フロロフは拳銃を安全のためのホルスターに入れていなかった）。カジンは日本人の頭から一センチのところで止まった銃身を見ていた。前頭骨が側頭葉に移るあたりを狙っていた。日本人はフロロフから目を逸らしどこか遠くを見ていた。そこには窓があった！　フロロフの部屋は、中庭に面した窓と、建物の端にある南西方向に面した窓のある角部屋だった。浩が見ていたのはその窓（南西方向）だった。桟橋、沖に泊まる貨物船、兵士、荷物を持った日本人……道端に立つカジンの目の前にあるものを浩は見ていたのだ。

見送りの人や荷積みを手伝う人の数は減った。カジンは身をかがめて、大きな鋭い角のある小石を手に取り握りしめた。硬い岩が手のひらに食い込むような鋭い痛みを感じたが、拳を開かずにさらに強く握りしめた……不思議なことに、痛みはひどくなるどころか、ほとんど消えてしまった。掌は柔らかく弱々しい掌で、石と融合して一体化しているように見えた。握っていた拳を外した。後ろで石を叩く鈍い音がした。カジンは岸辺に戻った。

再び足元で砂利がざくざくと音を立てるのを見て、カジンは気づいた。なぜ最初に脳裏に浮かんだのが足元の雪だったのか！　箱舟に乗った子どもたちは八歳か九歳のはずで、カジンは自分が同じような小学生だったころのことをよく覚えていた。吹雪で周りが見えなくなり、今にも吹き飛ばされそうな吹雪の中でかろうじて道が残り、学校の帰り道を歩いた小学生の頃。そして、八歳の少年だったカジンは怖かった……。

78

雷雨の音は、すべてを洗い流してしまう大激流のようだった。稲妻のジグザグが見える。雷検知器が鳴った瞬間にグレブが時計に目をやると、ヘッドフォンの中で雪崩が起きた。数秒間、他の電磁波をすべて一掃する強大な波動だった。ところが、消えたわけでないのに、二秒間音が聞こえなくなってしまった。それは、島に向かう途中、雷雨の中で他の波の音を聞きながら、「大海原のどこから聞こえてくるのだろう」と考えた時と同じだった。ただこの時は、その声、旋律、何であれ、今までとは違って、要求するような、執拗な音がしていた。

79

ほんの三十分前は、霧が海の上の視界を隠す程度だった。水面に濃く浮かんだ霧の雲の中に、夕日の光が差し込む隙間が少なくともあった。ところが今は、急に深まった夕暮れの薄明かりの中で、霧の斑点自体が白っぽい濁りとなった。そんな霧の中で、ステパンの乗る船が次々と波に揺られた。

このあたりでは、子どもたちの箱舟を運んだ流れに沿って、ステパンは昼間でも簡単には通れない岩場の進路を長い時間をかけて迂回しなければならなかった。この区間を子どもたちは陸地を歩いたが、捜索する者たちは時間をかけて移動した。ステパンは、もしモーターを交換していたらもっと速く行けたかもしれないと思った。しかし、今更そんなことを考えても仕方がない。

ステパンは波に対して斜めに船を操り、波が来るたびに船を転覆させないようにすることが徐々に難しくなっていった。沖に出たところで、ステパンは船のヘリを波にうまく乗せられなかったが、船は奇跡的に耐えて浮いていた。まだ波はそれほど高くなかったが……。浩の船を操縦し始めて半年しか経っておらず、しかもこのような悪天候で海に出たことはなかった。浩と一緒の時でさえも。とこ

ろが今、浩は隣にいない。船にはニコライをはじめ、助けを申し出た大集落の男性ふたりが乗っていた。

ステパンの横目には、斜め後ろに立っているニコライが自分を見つめる姿が見えた。その間、ニコライは何も言わなかったが、ステパンは何となくわかるような気がした。少しでも波が高くなると、波に対してまっすぐに船を向けて舵を取らなければならない。ステパンは今日まで、もっと穏やかな天気でも波に向かって乗ったことがなかったが、今はやらねばならない。うまくできるか、それとも……。

ニコライの方を向いて、ステパンは言い放った。

「今だ！　やってみるぞ！」

まるでその声を聞いたかのように、霧の中から新しい波が現れ、汚れた灰色の霧の雲に触れそうなほど荒々しく泡立っていた。

男たちは期待を込めてステパンを見つめる。ステパンの唇の動きから、何かひとり言をつぶやいているのがわかった……。

「波に乗らなきゃ……真正面から波に！　真正面だ!!」

船は波に真正面から突進したが、最後の瞬間にステパンが船を少し横に傾けてしまった。船は奇跡的に転覆しなかったが、ニコライともうひとりの男は倒れながらも必死で立ち上がった。

80

船が桟橋に戻った。

男たちは陸に上がり、迎える人たちに歩寄った。その中に勇夫がいた。

「危うく転覆するところだったよ！　俺たちだけでは行けない。あの波に乗れないとダメなんだ！」

ニコライが口火を切った。

ニコライは目の前に立つ男たちを見回し、すまなさそうな表情を浮かべた。しかしすぐさま心の中である種の矛盾を感じた。というのも、まさに我が娘の身に起きたことなのに！　自分の娘だ！　どうしてこの人たちに言い訳する必要があるんだ!! 手のひらを顔にあて、上から下まで拭い、唇に塩水を感じた。「俺の娘なんだ」海の方を向いたニコライは、桟橋に係留ロープを結びつけるステパンを見る。後ろから男たちの声が聞こえてくる。

「海岸沿いに人々が歩いているぞ。新しい村まで列を成している。叫べば応えてくれるだろう。箱舟はどこかの岸辺に打ち寄せられるんじゃないか」

「子どもたちは岩崖に運ばれる。日本人が言うには、この海流が子どもたちを真っ直ぐに岩崖に運んでいくってさ」

「とにかく、日本人に海に出てもらうよう頼まなきゃ」

そういう男に向かって、ニコライは「わかるか?」と言いながら大きな桟橋に並ぶ日本人の列を指差した。この距離では、貨物船、人々を小舟から吊り上げるモッコ、荷物を持って並ぶ人々、岸辺の群衆が一体になって見えた。全体が絵画のように静止している。「一時間以内に出発するんだ……」

「船出を待ってもらうよう少佐にもう一度頼もう。だって子どもたちが……」

言葉は溶けていき、海岸から離れていくニコライの背中に静かに落ちていく。その声はニコライにも聞こえるほどの大きさだったが、ニコライが聞いたのはまったく違う言葉だった。「龍の工房に行って、カーチャを待っていれば、娘は生きていた!」数時間をやり過ごすだけでよかったのに。なぜ島で入植者のための家、バラックの建設が始まったと思ったらすぐに中止になったのか、その理由を考えずに、ただ居ればよかった。ニコライは幸運だった。ニコライ一家はこの島に最初に到着した家族のひとつで、島の北部に建てられた二階建てのバラックに落ち着いた。しかし、新しい人が来ても家が建たず、移住者は日本人の家に入り住むようになった。同じ屋根の下でなんとかやっていける者、必死で我慢している者……。

龍の娘とその主人、子どもたちは、アルタイから来たふたりの男性が彼らの家に入り込んで住み始めた二週間後に、龍のところに引っ越してきた。しかし、妻が亡くなり娘夫婦に小さな家を残した龍は、家どころか漁師小屋のような小さな小屋に移り住み、そこに作業場を併設していた。その小屋の中にどうやって五人が住めるのか、ニコライには想像もつかなかった。老人は暖かい季節には作業場で寝ていたようだ。

ひと月前までは、ニコライは龍に日本語を習いたいと思っていた。娘のカーチャが木彫りの人形を作る日本人の男の子と友達で、龍やニコライと同じように木を扱うのが好きで、木目や木の温もりを感じていることを龍に伝えたかったのだ。ところが、老人の家に娘一家が来たことで、そんな気持ちはどこかに行ってしまった。そしてなぜか唐突に、村はずれの小さな白樺が植えられたこの土地で自分は余計者だと感じた。

81

家に駆け込んだ勇夫は、急いで走ったために息が詰まり、思わずこう言ってしまった……

「ロシア人が帰ってきた……カーチャはいない！　見つからなかった……船が……」身振り手振りを言葉に添え「……転覆しそうになって、帰ってきたんだ」

少年は母親、父親に視線を向けた……。

浩は視線をそらし、床を見つめた。数秒間の静寂。

「行って見てくるよ。もう全部荷造りをしたし。まだ時間はある。ロシア人にヒントを与えることができるかもしれない」浩が言った。

振り返って喜美子を見る。喜美子は縫ったばかりの子ども用の上着から目を離さず、黙ってうなずいた。浩は戸口に向かい、明らかに一緒について行こうとする息子を手で止めた。

浩が出て行く。

勇夫は数秒間ドアを見つめた後、視線を喜美子に向けた。母が重いため息をついて目を閉じ、上着を膝の上に落としているのが見えた。

82

フロロフの執務室。ドアをノックする音がして、すぐにドアが開き、カジンが現れた。

「同志少佐！」

フロロフは疲れて椅子にもたれかかっている。「お前たちの気ぜわしさにうんざりだよ、カジン」

「船が帰ってきました。嵐がはじまりました。危うく転覆しそうになって……」カジンは首を横に振って「子どもたちは見つかりませんでした」と言った。

フロロフは少し間を置いて「お前は日本人のような顔をしているな、カジン。日本のガキのようだ。言われたことないか？」

「ありません」カジンは唾液を飲み込んで少し間を置いてから、口調を変えて続ける。「貨物船の出発を遅らせれば、日本人が助けに行ってくれます……子どもたちはロシア人です、同志……」

「あと四十分で出発だ」フロロフがさえぎった。「大陸からの無線電報だ。港に到着した貨物船はすぐに軍の貨物になる。遅れる権利はない。日本人が助けに行っても、それはそいつの問題だ。我々は待たない」

「一時間、一時間半でも……」カジンが懇願する。

「私はあいつら両方を裁判にかけるべきだったな！」とフロロフが言った。「出て行け！」

83

ヴィクトルが運転する車は、迷子の子どもたちの親を乗せて海辺を走った。日本人の旧村に向かう。ガージク（ジープ）の運転席には、エレーナがヴィクトルの隣に座っている。

右前方の海を見るエレーナの視界には、波が打ち寄せる海岸の断片、ハンドルを握るヴィクトルの右手、サイドミラーに映るグリゴーリーの左手が見える。グリゴーリーは左手をジープの天井に突いて、運転席背後の側壁にひとつだけある座席に座っている。

古いおんぼろのガージクは、でこぼこの道路で跳ねる度に今にもバラバラになりそうだったが、奇跡的に持ちこたえていた。グリゴーリーには、個々の部品がひとつにまとまっているのは、機械の各部品が遊びを持たせて結合されているからではなく、目に見えない何かがあるように思えた。透明な鉄の糸で貫かれたような、車と車体に充満するゴロゴロとした震えを身体で感じていた。

座席から落ちないようにガージクの側壁をつかみ、その手でこの震えを感じていた。

グリゴーリーは、息子のパーヴェルが今この瞬間に箱舟に乗って、子どもの両手で箱舟の側面、つまり同じような板にしがみついて助けを待っている様子をふと想像した。ガージクの後ろの席で座席から落ちないようにする自分が恥ずかしくなり、側壁から手を離してしまった。

エレーナはサイドミラーに目をやったが、グリゴーリーの手が消えた。鏡を何度見ても、グリゴーリーの手は二度と現れなかった。道中でエレーナが思い出していたのは、ウラジオストクに一ヶ月近い長期出張に出かける夫を見送るのが嫌でたまらなかったことだった。夫がここにいたら状況は変わっていただろうし、何も起こらなかっただろう。というのも、ヴァシーリーは大きな集落で働いていて、毎日バイクでワーリャの学校の送り迎えをしていた。今日もそうしただろう。エレーナは夫を見送った時にそれを感じ取っていたようで、夫を行かせてはいけないと感じたこの不安は、理由がないわけでなかったのだ。

しかし、夫に何を言えただろう？　多くの女性がそうであるように、とるに足らない状況でも心配になることもあるが、今回だけは本当に怖いと感じると、どうやって伝えられただろう？　いや、違う。夫と長く離れることに対する不安や不本意さはいつもと変わらなかった。けれども、あれは何かの合図だった。誰がどのようにして彼女に合図をくれたのか、想像もつかない。

84

カジンは速足でロシア人と日本人の男たちがいる集団に近づいた。そこにはニコライ、ステパン、ヴィクトル、圭、浩が立っている……そして、帽子をかぶり、長く明るい色のマントを着た人物。警備司令部のそばで見た人物だ！

カジンは浩を見て「貨物船は待ってくれない。それで……」と、桟橋にある船を指し示した。「あれを使うといい。国境警備隊のモーター船はまだ戻らない。終わったらすぐここに来る」と言い、目の前に立つニコライの目線の問いかけには「いつになるかわからない」と付け加えた。

浩は数秒間沈黙し、桟橋の方を向いて船を見つめた。背後から日本語の優しい声が聞こえてくる。

「あれはいい箱だ」

その声に振り向いた浩の目の前には、帽子をかぶり、くすんだ薄緑色の長いマントを着た、島では見たことのない背の低い日本人男性がいた。男は短くうなずいた。

「丈夫な箱ですね」

浩は視線を地面に下げ、ステパンに向き直る。「すぐに戻る」

浩は数歩後ろに下がり、立ち止まって振り返り、身振りで圭に手招きをした。圭が近づくと、浩が静かに何かを話した。黙り込んで、もう一度ゆっくりと、言葉の間に間を置きながら、言葉の響きが正しいかどうかを確かめるように話をした。しばらくの間、ふたりは互いをじっと見つめていた。圭はかろうじてうなずき、ふたりとも軽くお辞儀をした後、浩はすぐに家の方向へと歩き出す。カジンが帽子をかぶった男をしばらく見つめていると、同じような不思議な表情を凍らせていて、それがまたカジンには笑顔に見えた。だが、その男は笑っていなかった。男はゆっくりと振り返り、すでに走り出した浩の後ろ姿を見つめていた。

85

家の前まで走ってきた浩は、息を切らして門の前で立ち止まる。中庭を見ると、勇夫がつい先ほどまで遊んでいた跡が見えた。地面に描かれた円にナイフを投げて失敗した跡……。浩は玄関に向かって足早で歩いた。

子どもたちが乗る箱舟は、次々と押し寄せる波の頂から落下する。

「うわーーっ！」

まだ二、三センチとはいえ、箱舟の底に水が溜まっていた。パーヴェルは片手で箱の縁を持ち、空いた手のひらで水をすくおうとする。

突然、イワンがさっと立ち上がった。

「見て！」

木箱が急に傾き、少年は海に落ちそうになったが、パーヴェルとヴェーラがイワンをつかんだ。

「見て、僕たち、陸に向かってるよ！」イワンが叫んだ。

子どもたちは流れがどこに向かっているのかを見る。霧の向こうには、暗い岩の輪郭が見えるだけだ。

「やったあ！　私たち、たどり着いたのね！」

カーチャは唇を動かすのがやっとの状態でささやく「ママ！　たどり着いた……勇夫！　サムライは娘たちを見つけた！　でも自分の娘だけいなかった……そしてサムライは……でもまだ娘をさがすことはできたじゃない！」

「もうすぐそこまで来たよ！　だから僕が言ったじゃないか！　ここの流れは沖に運んで行ったりし

ないさ。だから僕たちは陸に着くんだ！」

海岸に沿って浮送する丸太の束は、浮かせてすぐに男たちが力を合わせてロープで引っ張る。パーヴェルはその理由を知らなかった。そうしなければ、海流で大海原に流されてしまうからだ。箱舟も岸からもっと離される可能性があったが、いまのところ岸に向かってくる波が箱舟をくい止めていた。

箱舟を運ぶ流れは百メートル以上の幅があり、子どもたちが島の岸辺だと勘違いした障害物を避けて、岸辺からゆるやかに流れていた。

波はさらに大きくなり、箱は凪の時よりもゆっくりと前進していった。怯えきった子どもたちは、それに気づかないだけだった。また、霧の向こうに見える岩が鋭い岩礁で、そこに押し寄せ砕ける波にも気づかなかった。子どもたちが毎日学校に通う道からは、断崖絶壁の景色は見えない。この地点の道は海岸から島の内部へと続いており、海は背丈の低い白樺の木々に一キロ近くも覆われている。岩が波を食い止め、波の威嚇的な襲撃は岩にぶつかることで無力な怒りに変わり、箱舟の脇にある岩のところで渦巻きができた。子どもたちに約束された運命はただひとつ、「沈没」だった。もっとも、箱舟は岩まで流れ着くはずもなかった。

87

浩は靴を脱いで素早く家の中に入った。部屋の中央に荷物がまとめて置かれている。部屋に入ると同時に、子ども部屋から台所に向かう喜美子と視線が合った。妻の横を通って子ども部屋に入る。喜美子は台所に入り、立ち止まって、柱を背にもたれかかった。ゆっくりと周囲を見渡してみる。台所は必要なものを荷造りした後もあまり変わらなかった。どんなにささいなものでも、何を見ても、この家を永遠に離れることになるとは思えなかった。

喜美子はフッと笑った。いずれにせよひとつだけある。それは、肩を落として敷居の上に立つ自分自身だ。普段の日だったら、彼女はきっと今頃、料理をしたり、子どもたちの宿題を手伝ったり、浩とよもやま話をしているだろう。喜美子は振り返り、子ども部屋の戸を見た。部屋の中で何が起こっているのかはわかっていたし、喜美子が行く必要もないだろう。しかし、もう二度と見られないかもしれない……。

喜美子は子ども部屋に歩み寄り、開いた戸の前で立ち止まり、柱に寄りかかって部屋の中を見た。浩と勇夫は立ったまま抱き合い、陽子は床のおもちゃをいじっている。浩が動き出すと、喜美子はさっと柱から離れて台所に戻った。

台所を覗く浩。敷居の上で黙って立ち止まる。

喜美子は浩を見た。ふたりは押し黙っている。

「ロシア人は子どもたちを見つけられない……俺以外、誰もいないんだ。でも貨物船が……」

「船は待ってくれないの？」

浩は黙って首を振る。

喜美子はゆっくりと窓の方を向く。浩がゆっくりと歩みを進め、妻の後ろで立ち止まる様子が窓に映った。

「あなたなら子どもたちを見つけられるわ……そして、勇夫はそれを絶対に忘れない」

「お前は？」

喜美子は何かを言おうとしたが、突然振り返って浩に駆け寄り、夫の肩に顔をうずめた。

「俺はただ、どうしてもやらずにはいられないんだ。俺はいつも勇夫に言っている。男はできる限りのことをやるべきだと……。もう時間がたったから、間に合わないかもしれない……とっくに手遅れなのかもしれない！　でも俺は……でもお前たちは……」浩はさっと手の平を顔にあて、すぐに払った。

「主に頼んでおいた。荷物を運ぶのを手伝ってくれるからね。それから……俺が帰ってくるまで、ずっと……そばにいてくれるからな……お前と子どもたちと一緒に……。行かなきゃ。今すぐ！　時間がないんだ！　早く見つかれば、戻ってこられるよ！　それで……」

もうひと言。言うべきこと、言いたいことは頭の中で鳴っている！　しかし、浩は水のない岸辺に捨てられた魚のように口を開くだけだった。そして、言葉を失った喉の塊を飲み込むための水が足りない……。喜美子が自分で言ってくれ！

そして、夫は妻の声を聞く……。

「私もすぐに岸に行って、あなたが海に出るのを見ていられたら……でも……」喜美子が頭を上げて、目が合う。

浩は大きくため息をついて言った「ごめんよ、ゆるしておくれ」

88

「ゆるしておくれ！」

浩は繰り返しそう言いながら家を出て、浩を待つ桟橋と船がある方向へ走った。途中で出会った主は家族の荷物を運び、ヴィクトルという男が運転するトラックの荷台に積み込んでいた。

浩は、その男性が自分の名前を言い、通常のロシア人の握手の代わりに、日本の伝統的なお辞儀をしたので驚いた。もう少しすると、喜美子と子どもたちが最後に家を出て、桟橋に向かって歩いていく。しかし、浩はまだ部屋の中央に立って妻を抱きしめているような気がして、子ども部屋からは娘の声と息子の沈黙が伝わってくるように思えた。

89

ステパン、ニコライ、グリゴーリー、浩がポンポン船に乗って海に出る。舵を取るのは浩だ。海の上の濃霧が散る時は、舞いあがる波のしぶきが霧を破る時だけだった。それでも船は舵に従順で、古いボロボロのモーターでも岩場の船路を順調に進んだ。これから箱舟の子どもたちを岩場に運んでいった流れに乗って、海岸沿いにいけばよい。

それに、あのカーチャという女の子。船が波で高く持ち上がるたびに、自分が船の中ではなく、昨日息子と海に出たときと同じ箱の中にいるのを想像した。

浩は以前から、箱ではなくポンポン船で海に出たときでも、どこに行って船を止めればいいのかをあらかじめ知っている。勇夫の言葉を思い出した。

「魚がいる場所で止まるんでしょ……」と言ってニッコリした息子。しかし今日はどこで止まらなければならないのか、浩はわからなかった。霧が充満し、波が次々と押し寄せては船にぶつかる。波から落ちるときに下を見ると、船底にはもう水が溜まっていた。まだ三センチほどで少ないものの、少し前にはまったく溜まっていなかったので、水をすくい出すのが怖かった。船のへりから手を離すのが怖かったからだ。箱はすでに次の波に乗って高く上がっている。箱舟で他人の子どもを連れて嵐の中を航海するなんて、想像もできなかった。しかし、もう存在しない過去の人生でもそれを想像することはできなかった！　過去の人生はもうないんだ。周りには霧が立ち込め、ほとんど理解できない言葉で話す人たちと船の中にいる。彼らは何を言っているのか？　ステパンの隣に立っているニコライに目をやった。

「……見つかるといいんだけど……どんな状態でもいい！　びしょ濡れでも、打ちひしがれても、具合が悪くなってもいい……とにかくただこの海に消えてしまわなければいい、海なんて消えちまえ！」とニコライは言った。

「もし浩が子どもたちが見つかると信じてなければ、箱が持ちこたえていると信じていなければ……、浩は残ってくれなかったさ」ステパンが言う。

「浩がお前にそう言ったのか？」

ステパンは首を振った。「浩はそんなにたくさんのロシア語を知らないよ。俺がそう思うんだ。自分で考えてみろよ！　何のために浩が留まったのか」

90

ヴェーラは貨物船に向かう小舟を待つ日本人家族を見つめている。子どもの手を握る女性と荷物を整える男性。子どもが貨物船を指さしながら何か母親に尋ねているが、母親はそっぽを向いて黙って海の水を見つめている。小舟が離岸し、ヴェーラはどんどん小さくなってゆく女性の姿から目が離せなかった。女性は貨物船を見ないようにしているようだった。

そもそもの始まりは何だったのだろう？　半年前、校庭で日本人の女の子がロシアの子どもたちとやすやすとおしゃべりをしているのを聞いた時からだ。ヴェーラは女の子に歩み寄った……。その隣に誠がいたのか、それとも少し後で来たのだろうか？　それとももっと前から、何日も何週間も前、島のどこかで女の子を見かけた時から始まっていたのだろうか。明子はあの日、「今までお母さんが迎えに来てくれたけど、これからはお父さんが学校に迎えに来てくれる」と言った。ヴェーラは誠にそのことを聞く勇気がどうしてもなかった。

ヴェーラがふと桟橋のほうを見ると、遠くで机から遠ざかってゆく誠とみのり、子どもたちが見えた。誠は小舟に荷物を積み終え、桟橋にいる妻と子どものところに向かっていた。ヴェーラがこの家族を見過ごすはずがない！

遠くからヴェーラを見た誠は、思わず歩みを緩めた。みのりはヴェーラが近づいてきた時に初めて気がついた。

ヴェーラはまずみのりを見て、次に誠に視線を向けた。「私……」誠はすぐにうなずき、ヴェーラの言葉をさえぎった。「明子に、あなたが本を記念にプレゼントしてくれたことを伝えました……あなたのお宅まで行ったんですが、残念ながらお会いできませんでした。今日も学校に行ってたんですね」と村の方を指差していった。

ヴェーラは少し間を置いてから、わずかに首をかしげ、「ええ、そうですね……」とみのりを見ている。「私の生徒たちを見送っているんです」と言って明子の頭を撫でた。「大丈夫だよ。こんなことになってしまってごめんね」と貨物船を見て言った。

皆、沈黙する。ヴェーラは一歩、二歩と後ろに下がり、手を振ってお別れの仕草をする。誠とみのりはそれに応えてお辞儀をし、日本語で静かに何かをつぶやき小舟のほうに歩いていく。

ヴェーラは日本人の後ろ姿を見て、振り返って立ち去ろうとする。数歩歩いて、ゆっくりと振り向く……。誠の家族はもう小舟に乗っていた。一瞬、鼓動が激しくなり、ヴェーラは心臓が止まって凍り付いてしまったように思えた……。はっとして我に返り、急いで桟橋のほうへもどる自分がわかった。小舟は桟橋から貨物船に向かってゆっくりと離れていく。

ヴェーラは桟橋に歩み寄ると、日本語で叫んだ「誠！　私が言いたかったのは……赤ちゃんのことを言いたかった……あなたの赤ちゃん！……昨日言いたかった……けど、……言えなかった！　あなたの赤ちゃんです！　この子のことを忘れないで！」

ヴェーラは深くため息をつき、静かに、そっとささやいた。「だから絵を描いたのよ……赤ちゃんのために。あなたに会えないことがわかっていたかのようね……。あなたもこの子を見ることはない……子どもが……決して」

誠が岸辺のほうを振り向くと、そこに立ち、両手でお腹をおさえたヴェーラの視線をみとめた。

みのりも岸辺にいるヴェーラをじっと見つめ、それから黙ってヴェーラを見つめる誠を睨みつけた。

「あの女性が言っているのは、どの子のこと？」

誠は黙ってヴェーラを見ている。

「あの女性が言っているのは、どの子のことなの!?」

誠はみのりの方を向いて、

「明子だよ……。明子のことを言ってるんだ。先生は明子には語学の才能があるって、すごい才能があるって言うんだ！　この娘には必ず勉強をさせないといけない」

みのりはヴェーラを一瞥したが、すぐさま振り返って下の娘の手をつかんだ。あやうく舟から落ちそうになったのだ。

誠は、お腹に手を当てたまま目を離さずに黙って立つヴェーラに再び目をやる。誠はかろうじてうなずいた……顔に笑みが浮かぶ。深々とお辞儀をして、礼をしたままの姿勢でしばらく微動だにしなかった。姿勢を起こすと、桟橋に立つヴェーラの姿が小さくなってゆく様子を見つめた……。微笑みながら振り返ると、再び転げ落ちそうな下の娘を抱き上げ、膝の上に乗せて座った。

91

箱舟は海流に流され、海岸から二百メートルほど離れたところで霧に包まれ、陸からはまったく見えなくなっていた。

箱がこれまで転覆しなかったのは、波の圧力を和らげながら移動する流れのおかげだったが、子どもたちは水面に突き出た岩に向かって無情にも引きずられていた。まるで水中のふたつの捕食者だ。海流の流れと、縦横無尽にうねる波が獲物を求めて争っていた。前者は波が押し寄せる度に子どもたちが乗る箱をいつでも飲み込もうとしていた。後者は獲物を自分の隠れ家に引きずり込み、岩の前まで連れて行こうとした。

次の波が箱を三、四メートル投げたが、流れが箱を拾い上げ、次の波が来る前にゆっくりと戻した。

子どもたちの周りの世界が収縮し、霧が箱を包み込んだ。白っぽく濁った霧のヴェール越しに、パーヴェルが帽子で水をすくう様子がカーチャの目にとまった。

イワンは手のひらで水をすくおうとしたが、うまくできなかったので、パーヴェルに「もういいよ！　帽子は皮でできているから水を通さないんだ！」と言われ、手伝うのをやめてしまった。しばらくパーヴェルはひとりで水をすくっていた。

霧にすっぽり包まれ、冷たい雫が洋服の下の背中にまでその触手を伸ばし染み込んだ。カーチャは、温度が上がると体温計に水銀が溜まるように、どこか体の芯や背筋まで寒さが染みるのを感じた。もっとも、今のカーチャにとって水銀は「氷」だった。カーチャには、冷たい柱から木の幹のように氷の枝が生え始めたように見えた。勇夫ならこういう絵を描いてくれただろう。絵が上手で、なぜかいつも違う木を描いていた。

勇夫。カーチャは、勇夫に別れを告げる前に一瞬心に浮かんだ言葉を伝えたかどうかは覚えていない。違う。それは他の言葉で、カーチャ自身が言った別の言葉だったのかもしれない。二度と言うことのない言葉……

パーヴェルがイワンにロープを渡す「腕に巻け！　もし誰かが海に流されたら、残りのみんなで引っ張るんだ！」

子どもたちはロープをお互いに渡し、手に巻きつけていく。

92

岸壁にはほとんど人が残っていない。乗船が終わろうとしている。手続きを終えて小舟を待つ者の中に、子どもたちを連れた喜美子の姿もあった。栈橋から三十メートルのところにフロロフとカジンが立っている。十分前に突然栈橋に現れたフロロフは、カジンを呼び寄せ、「どこにも行かずにここにいなさい」と言ったが、それ以来一言も話さなくなった。カジンはその時、『ここにいろ』という命令は犬に与えられるものであり、おそらくフロロフはカジンをそのように、つまり介助犬のように思っているのだろうと考えた。カジンはフロロフを見てその視線を追うと、少佐が水兵を従えてこちらに向かって歩いてくる竹内一郎を見ていることに気がついた。

フロロフはカジンの肘に触れ、近づいてきた一郎に向かってうなずいた。「竹内に伝えてくれ。しばらくしたら、北海道で彼のところに男が来る。その男は私からの使いだと言うだろう。そして、彼は……」フロロフは再び日本人に向かってうなずいた「……この男の頼みを聞く。必ずやる。そうしなければ、竹内が日本人を密告したことが他の日本人にばれてしまうからだ」フロロフの顔には軽蔑の笑みが浮かんでいた。「金は払うし、見殺しにはしない」と、地面に唾を吐いた。「お行儀よくしていればな」

「そのために、今日、竹内が書いたんですね？　直筆で」カジンが尋ねた。

「君が理解すれば、彼も理解するだろう……」フロロフはカジンの肘を再び小突いて「さあ、行った行った！」とうながした。

93

栈橋に向かう途中、勇夫は父親が戻るまでどうやって貨物船を遅らせることができるか、そのことばかり考えていた。しかし、すべての計画（ある計画はとびきりよかった）は、勇夫が貨物船に乗ったことであえなく失敗となった。なぜなら、貨物船はすぐに出航したからだ。

父は必ず子どもたちを見つけて戻ってくると信じていたので、勇夫はカーチャのことを考えないようにしていた。勇夫は海を見渡すまでは疑いもしなかった。貨物船と父親の船と、どうしようもない波。父が舵を取れば大丈夫だが、箱はどうなる!!　勇夫はすぐに目を閉じて耳を塞ぎ、何も聞こえず何も見えないようにしたいと思った。こんな波の上で箱は無力な殻だ！

車から荷物を降ろす圭とヴィクトルに喜美子と陽子が歩み寄った時、勇夫は立ち止まった。思い出した！

貨物船を止めることもできず、海を見るのも怖かったが、最後の遊びが残っていた。父と小舟に乗っていつもしていたように、今日も栈橋を見つめて島全体が見えるようになるまで、勇夫は島を見ながら岸から遠ざかる。そしてその瞬間に……。勇夫はその時に何が起こるかわからなかった。何か奇跡が起こるだろうか？　父親なしで海に出るのは初めてだったからだ。初めてだ！　しかも、貨物船は船尾を島に向けて航行するはずで、船倉には舷窓はないだろう。仮にあったとしても、こんな霧の中で何が見えるというのか。

勇夫は深くため息をついた。勇夫の遊びは過去のどこかに置き去りにされ、今は……。

勇夫には、自分の人生はこの日だけ、たった一日しかないように思えた。部屋で陽子と一緒に起きて、両親と一緒に朝食をとり、学校に行ってカーチャに会い……父親に別れを告げた。カーチャに言いたかった言葉を思い出せなかった。なぜか最後の瞬間は言えなかった……。その言葉は、どこか頭の上で渦を巻いているだけで、口に出して言えるほど頭の中で響くことはなかった。それは、義務についての何かだった。

94

ステパンは浩に舵を託しながら、最初の数分間はエンジンの音に耳を傾けていた。エンジンが時々止まっているように思え、いつ燃料を入れたか、どれくらい残っていたかをふと思い出した。そして、その聞き慣れないエンジン音は断続的なものではなく、エンジンのプロペラが一定のリズムで水に浸かったり、波の頂点に船が立つときにはほとんど水の中に入らず、そのまま落下するからだと気づいた。

エンジンは正常に作動していたが、風と波の音が融合して耳を圧迫し、重たく鈍い音に聞こえた。

海岸にいる時に拡声器が要ると思ったが、それは軍や警備司令部に頼まなければならず、時間も限られていた。子どもたちを救うために残された時間は、波や風が吹くたびに失われていく。もっと時間があったら。けれども時間はあったんだ！　もちろんあった。そうでなければ、なぜこんなことが起こるのか!?　船に乗った四人の男たち、浩の頭に向けられた銃口、錨を上げ汽笛を鳴らして出る貨物船……。

ステパンは、グリゴーリーが隣に立つニコライに向かって、何か話かけるのがわかった。声は聞こえない。つまり、子どもたちが悲鳴を上げたとしても、その悲鳴を伝えることができるのは突風だけだということだ。しかし、風は海から岸に向かって吹いており、箱舟はどこか前方にある……。だからとにかく目を凝らしてよく見なければならない、とステパンは考えた。水面に長く伸びる霧の雲を見ながら、ステパンは船を十メートル前に進め、やっとのことで数秒だけ視界が開けた。

霧の迷路が途切れたところで、ステパンの目に何かが見えた。そして叫ぶ。

「何かある！　何かあるぞ！」

浩はステパンに目をやり、それから前方を見た……。しかしその瞬間、貨物船の長い汽笛が鳴り響きすべてが消えてしまう。水に濡れて光るステパンのジャンパーの肩があがっている。ステパンは突進する準備をしているようだった。しかし、浩の目には再び自宅の庭が見え、子どもたちが何か話している。が、その声は貨物船の汽笛にかき消され、汽笛が消えた時には、子どもたちはすでに浩に背を向けていた……。

ステパンはまだ黙って前を見ているが、肩はもう落ちている。

「で、あそこがなんだ？　いるのか？」ニコライが尋ねた。

「いや……」ステパンは振り返ってニコライに視線を送る。「まだ見えない」そしてまた、左右をキョロキョロ見ながら前方を見た。

95

子どもたちを乗せた箱が波に乗って上昇するたびに、カーチャは目を閉じて「ママ……ママ……パパ、助けて……」とささやいた。

箱が落下する時は目をつぶる。「助けて……ただ、私が溺れただなんて思わないで……いいえ！　だって……父はサムライだ。サムライも自分の娘がいなくなったのを目の当たりにした！　女の子は皆見つかった。でもサムライの娘はいなかった。どこにいるのか誰にもわからない！」

箱舟が下に落ち、カーチャは目を開けささやき続ける。しかし、ささやいてもいなければ、声に出してもいなかった。そう思えただけで、実際には心の中でつぶやいていた……。「サムライは、娘は殺されてもういないと判断した。そして、自分はもう生きている必要はないと思った。でもサムライは知らなかった。自分が娘を救ったことを！　勇夫のパパが言ったように、できる限りのことをしたからだ！　パパは私がここにいることを知らない！　でも、私はここにいる！　ここにいるのよ！」カーチャは叫び、ワーリャとパーヴェルの顔を見て、彼らもまた心の中で叫んでいるのだと理解した。どうせ海では誰にも叫び声は聞こえないのだから、叫び声は頭の中でしかないのだから。

そして、子どもたちは叫び続けた……。

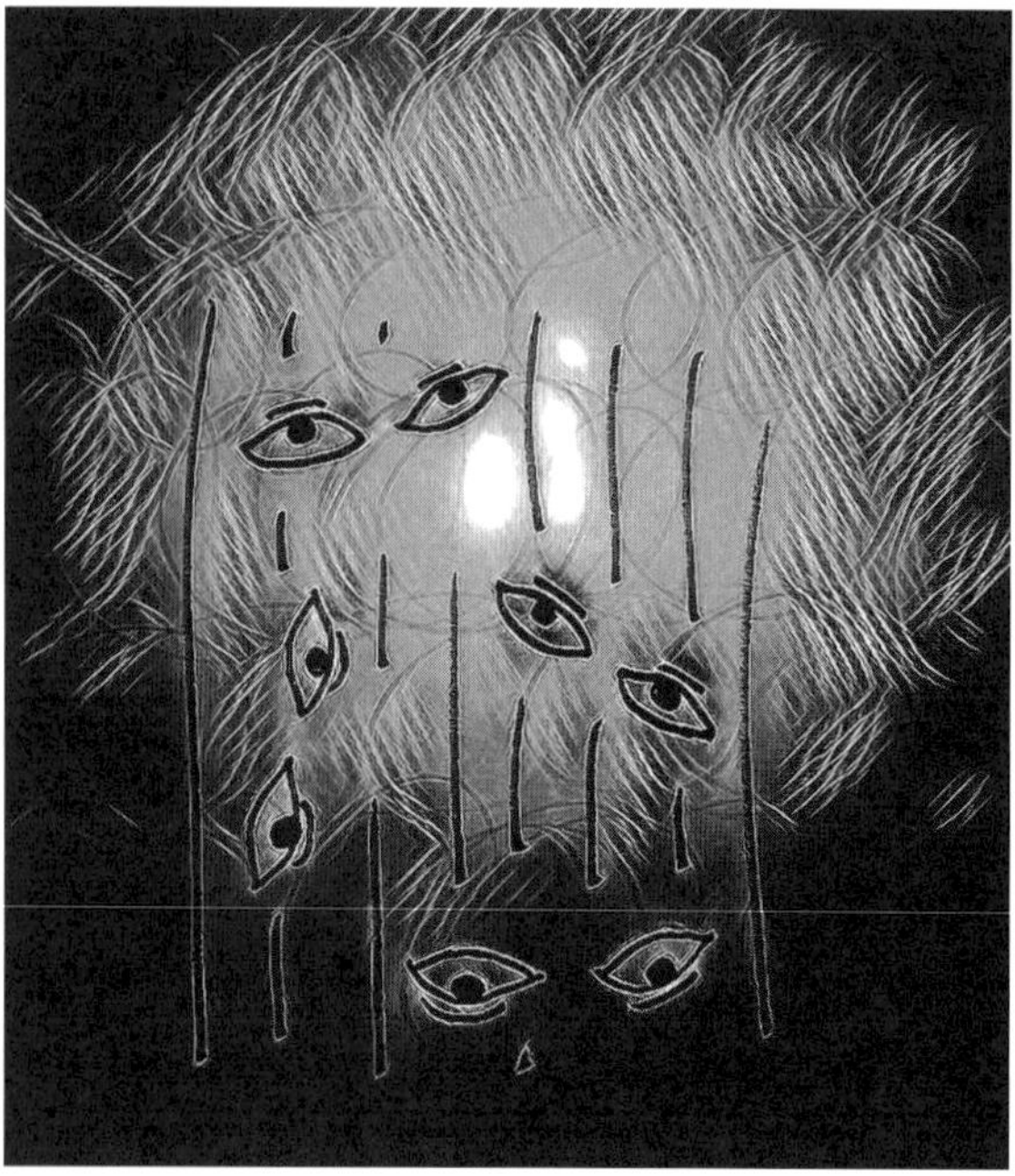

96

貨物船のクレーンに吊るされたモッコがいよいよ持ち上げられそうになると、勇夫は思わずモッコのワイヤーを握った。勇夫はいま、普通は土のう袋といった貨物を船に積み込むモッコの中にいる。「砂かセメントを入れる土のう袋と一緒だな」勇夫は同じような袋を蟹缶詰工場で見たことがあった。この工場では村の男たちとロシア人が一緒に働いていた。

モッコの網目はとても大きく、足は

もちろんのこと、勇夫の頭ならやすやすと通るほどの大きさだった。とても恐ろしかった。網目が伸び、持ち上がり始めた。

勇夫は下を見ないようにして、岸辺に向かう艀を目で追った。そうするうちに甲板の上空までできたことに気づき、数人の男たちが荷物を運んでいるのが見えた。

甲板の中央部にあるハッチが開いていて、赤ん坊をおんぶした女性が注意深く降りていく。その女性がいま慎重に足をかける梯子がどのようなものか想像しようとした時、勇夫が入ったモッコが甲板に降ろされた。桟橋に着いてからひと言もしゃべらずにいた妹、陽子の凍り付いた顔が目に入った。

97

霧の中を見つめるニコライは、次々と押し寄せる波に襲われて足がすくんでしまった。船は霧の塊の中にいる。あたり一面が灰色に湿り、雷が鳴り響いても（次の波はどこからくるのか？　いつ横殴りになるのか?）、船が波に真っ直ぐに進み、船が舵に従っていることをニコライは感じた。浩の手にかかれば船は嵐を乗り切れる。つまりその手には何かがあり、その手に響くものがあり、子ども達を助けてくれる……目に見えない何かがある。龍はそれが何であるかを知っていて、だからこそ未完成の船の構造をずっと見つめていたのだろう。ニコライは今日、工房に行って、親方がやっていることを黙って見ていればよかったのだ。どうせ日本人は退去させられてしまうので、ニコライが龍から巨匠の知識をすべて学ぶ時間はなく、無意味だったかもしれない。それでも今日は工房に行って、しっかりと見て待つべきだった……。そうしていたら、こんなことにはならなかっただろう。

もしすべてがあらかじめわかっていたら！　昨日や今日のことばかりではない。龍の娘夫婦が子どもを連れて父親の家に来たときよりも、アルタイからふたりの男が娘さんの家に現れて、これからこの家に住むのは自分たちだと思い知らせた時よりも、もっと前に……。なぜなら、ニコライが知っている人生は、ほとんどすべてのことがいつも不公平で無意味であり、人は物事を解決しようとしたり、愛そうと努力したりすることしかできなかったからだ。そして、どうにもならないことに気づき、再び挑戦する……。

ニコライはこれほどまでに無力さを感じたことはなかった。船室の壁の出っ張りにしがみついていた手が滑り、手の平に目をやると、その手は血に染まっていた。痛みは感じなかった。風の圧力と、足元でゆっくりと持ち上がる甲板以外には何も感じなかった。次の波が来た。

貨物船の汽笛が再び聞こえた気がした。それからもう一度、汽笛の音。とても小さな音で、貨物船はすでに島から離れて北海道に向かっている。それともこの音は、人の目に見えない廊下を駆け巡り、うめき声を上げる風の音なのか？　ニコライは浩を見るが、その顔には感情がない。

手についた血を拭いながら、ニコライは浩に歩み寄って言った。

「お前はいい奴だな、浩……もし子どもたちが見つからず、お前の家族も行ってしまったら……」首を横に振る「俺がお前が島から逃げるのを手伝うよ。俺がお前を連れて行ってやる、いいな？」

浩はニコライが何を言ったのかわからず弱々しく微笑んで、ゆっくりと、言葉を選びながら言う「いい箱だよ、丈夫な箱さ、きっと見つかる……」

「それは……お前だよ。いい人で強い……箱は……神様がくれたんだな……」ニコライが言った。

98

貨物船の船倉は満杯だった。これほど多くの人が一堂に会する光景を旭は見たことがない。旭が暮らした多楽島は、志発島よりも数倍小さかった。二時間もあれば早歩きで島を一周できる。時々、旭は思った。嵐の時には、大きな波や津波が島々を越えてのたうち回り、行く手の障害物に気づかずに進んでいくのだろうか。

島民の誰もラジオを持っていなかった。他の島民と同じように、旭も広い世界で起こる出来事を知るのはたいていかなりの時間が経ってからで、事件の反響が島民に届くのは大幅に遅れてからだった。そして八日前の波は、島で過ごした三十年の生活をたった一時間で簡単に押し流してしまった。それも突然やってきて、海峡を越えて旭を志発島に運び、その波からずっと解放されないままだ。将校が約束した日本行きの貨物船が、翌日も、翌々日も、それから二日経っても三日経っても志発島に来なかったにもかかわらず、まだ波から解放されないことを旭はわかっていたし、感じていた……。そして、旭以外の誰も強制送還のことを考えていなかったが、毎日家を出て、普通の生活を続ける島を数時間歩き回り、状況が変わったことの兆候を探したが、見つからなかった。つまり、ここに住み続けなければならないということだった。

村からほど近い海岸で漁師たちが獲物の魚を入れる箱を見つけた。この木箱は捨て置かれ、島を脱出した人たちのものに違いない。幸運だった。旭がこれから自分で海に出ることができるからだ。木箱の中には櫓が入っていて、早速水の上で試してみることにした。

海に出て一時間から一時間半もすれば板と板の間の継ぎ目が膨らみ、すぐに浸水して沈んでしまうだろう。旭は熟練の漁師なのですぐにわかった。しかもその浸水は沖に出てから起こるのだ。

旭は一郎の納屋から、錆びて水漏れのする樽を箱の置いてある満潮近くの場所まで運んだ。樽を逆さにして、モミの木の切り株を入れ（松の木が望ましいが、志発島で松は育たない）、樽の周りに火を焚いた。樽を熱して木に熱が伝わる間に、旭は箱舟に小さな竜骨を作った。樽の底に開けた穴から樹脂が流れてくる。箱にタールを塗り乾燥させた。

海岸にいる時、旭は島の人たちの会話から、子どもがこの木箱に乗って海に出てしまったことがわかった。子どもたちが岸辺に置かれた木箱を見て、その中に入らないようにすることはできただろうか？旭はため息をついた。無理な話だった。ここ数日は太陽が出ずタールが思うように乾かなかったので、箱舟で海に出るのは早くても二、三日後だった。しかも、もし旭が島を散歩する間に海岸の木箱に気づかなかったとしても、いずれにせよ子どもたちは箱に乗っただろう……一時間か、もう少し時間が経っているかもしれない。旭は貨物船の船倉にいる何百人もの人々の顔を見た。この中のどこかに旭の言葉を岸辺で聞いた日本人の家族がいる。「頑丈でいい木箱ですね」この言葉を口にしたのは旭だった。

しかし、今の旭には、自分がその言葉を言ったのかどうかもわからなくなった。「子どもたちすでにあの波に押し流された。どこからともなくやってきて、旭を島に連れてきたあの波に。約九日間暮らした島。そして、その波がたった今旭を解放し、自分の道を進むよう後押ししたように思えた。

99

貨物船の甲板にカジンがやってきた。明らかに酔っぱらっている……。船の縁に立つフロロフを見つけて歩み寄っていく。そばで立ち止まると、船が揺れ、船のへりを掴むのがやっとだった。

「いつの間に飲んだくれたんだ？　おまえにはまだ仕事があるだろ！」フロロフが叱責した。

「仕事はできますよ……」カジンは緊張した笑みを浮かべて「仕事は見つけましたよ。戦時捕虜を乗せた船の通訳官ですよ！」と言い、「ぺっ」と船外に唾を吐いた。「中国語でも学べばよかった……アフリカのどこかの言葉でも……そうすれば今ここにいなかったのに、あんたの隣にね……」フロロフに顔を向けた。「少佐、あんたはここに立っている……でも子どもたちはあそこです」と言って海の方を差した。「船からうっかり海に落ちるのは怖くないかい？　よくあることですよね？」

フロロフはゆっくりとカジンに向き直り、「なんだと⁉　おまえは何を言ってるんだ⁉　私がお前をどうにでもできることをわかってるだろうな！」と言った。

カジンはにやにやしながら目を逸らし、「わかってますよ、わかってますとも……」手を振ってバランスを崩し、再び手すりをつかむ。音をたてて息を吐き、縁から離れ、ふらふらしながらその場を去っていった。

100

もし船に乗る男の誰かが、波の頂上に漂う霧の塊の中で舵を取る浩を見たとしたら、唇を動かす様子を見て、この日本人はひたすら祈っていると思っただろう。しかし、浩は祈ってはいなかった。息子に別れ際に言った言葉を繰り返していた。

「もしあの娘を見つけられるなら、俺が見つける。もし見つけられなくても、俺が見つけようとしたことをお前はわかっているだろう。自分が正しいと思うことをするんだ、これが男の人生でいちばん大切なことだ」

浩は息子との別れを惜しむかのように、この言葉を繰り返していた。その言葉は以前も息子に言ったことがあり、きちんと別れを告げることができた。そして、一緒に船に乗るふたりの男、グリゴーリーとニコライには、その機会がもうないかもしれない。子どもたちに何のお別れも言えないなんて。そのために浩はここにいる。

101

カジンが去った後、フロロフは何度も振り返った。後ろから聞こえる足音や、後ろにいる人物のシルエットの動きが視界に入って反応したのだ。なぜかカジンはすぐに戻ってくると確信していた。カジンは戻って謝るべきだ。いや！　許しを乞うべきだ、酔っぱらいの愚か者（カジンは必ず自分をそう呼ぶだろうし、あるいはそれに近い言葉を使うだろう）を許してください、と！　そうすべきだった！

しかし、カジンはいなかった。それがフロロフは気になった。酔っぱらいの通訳がそばにいないことで、内務人民委員部の幹部であるフロロフの生活がどうにかなりそうな気がしたからだ。カジンのことは想定外だった！　とはいえ計画はすべて実行された。貨物船が目的地の港に到着したら任務の完了を報告する。そして今から……。

予定していたことがすべて終わった今、フロロフは違和感を覚えた。計画に関する老チェキストの言葉を再び思い出した。けれども、すべてを計画し、酔っぱらいの戯言まで予見することは不可能だ！

102

勇夫は思った。カーチャは正しくもあり間違ってもいた。問題は、カーチャの理解は単純明快で、表面的だったということだ。サムライは主君への義務を果たしたので名誉を汚されていない。娘が亡くなったと思っても仕え続けるべきだった。娘を失って悲しいとはいえ、疑いもなく自殺してしまう男というのは……。しかし、勇夫は武士のことをほとんど知らず、この死に対する奇妙な態度を理解できなかった。しかも、勇夫が思い出そうとした言葉は……自分が知っている厳つい戦士のこととは何の関係もなさそうだった。目を閉じると、四方八方から聞こえてくる他人の言葉に邪魔をされて思い出せない。

船倉にいる人たちの顔は見えないが、不明瞭ならなり音が頭の中に霧のように染み込んできて、思い出そうとするものをすべて溶かしてしまう。……霧には触手のような長い指がある。勇夫は寒さに震えた。

103

船が錨を上げて動き始めた瞬間から、雷録音機の中の「声」はふたつのフレーズや旋律を繰り返していたが、グレブはそれが何の声なのか判断できなかった。その信号の繰り返しで眠たくなったが、眠りは訪れず、眠ることはできないとはっきりわかった。繰り返される信号が徐々に大きくなり、相当大きくなったからだ。この二十四時間の間に信号がどこから来るのか、あらゆる可能性を考えたものの、どれも説明がつかなかった。貨物船が停泊している間は信号がほとんど聞き取れず、三時間前も同じように微弱だった。軍の送信機は別の周波数で運用されており、丸二日間グレブが悩んだ問いに対する答えはなかった。

信号が鳴り、うとうとしていたグレブは目を覚ました。大陸から電報が届いたのだ。電報の宛先はフロロフで、これできれいさっぱり眠気が取れた。電報は長く、目的地の港で日本人強制収容者をどういう順番で移送するかという内容で「緊急」と記されていた。すなわち、少佐の執務室（船長室と同じく電話機が装備されていたが、他の船室では壁に取り付けられた一方通行の拡声器が使用されていた）に電話をしなければならない。

104

フロロフはもう一度振り返り、甲板を歩く水兵のひとりに目をやった。あくびをしながら手のひらで口を覆っている。ここ数日の疲れがたまっているのだろう。航海の前の一週間で、日本人を強制送還するための中継地を調整しなければならなかったのである。

戦争が終わり、日常生活にいい加減さ、責任感のなさ、そしてある種の無気力さが戻ってきた。一年前ならフロロフの報告書のひとつひとつが、するべきことをせずに、好き勝手にできると考える人々を破滅に向かわせるよう働いた。しかし今では、上級士官の報告書にも関わらず、一兵卒の報告書を扱うように打てど響かずだった。

さらに悪いことに（経験豊富な捕食者の直感で感じていた）、はっきりとはわからなかったが（表立って危険を示すものはなかった）、自分の行動が上司を苛立たせているのではないかとさえ感じていた。そして期待されていた「国家安全保障上級少佐」への昇進に予期せず失敗したフロロフは、自分の直感が間違っていなかったことに気付き、日本人を強制送還する任務を半ば執拗にせがんだ。今なら、こうした任務は戦場に出ない弱虫がやる娯楽だと考え、できるだけうまく断っただろう。

何かが変わった。自分ではっきりと理解できなかった。つまり危険を伴う可能性があった。フロロフはしばらくの間、影に隠れて身を潜め、勝者となって戻ると決意した。

そして、この組織の気ぜわしさに疲れ果てても、その間、なぜ自分がこの通りすがりの事件を引き受けざるを得なかったのかを一瞬たりとも忘れたことはなかった。誰にも何も邪魔されないように、完璧に仕上げた党の仕事を持って部署に戻る、と。

そうだ！　フロロフは何が問題なのか、なぜ後ろを向いてカジンの帰りを待っているのかを理解していた。カジンなんてクソくらえだ！　しかし、カジンが子どもたちについて言ったことで、フロロフの心は動揺した。子どもたちが見つからなければ、誰かが「貨物船の出発を遅らせるのを拒否したのは、フロロフだ」と糾弾する報告書を書くかもしれない。フロロフには言い分があった。いや、なぜ言い訳をしなければならないのか⁉　理由があり、鉄壁の主張がある。島に到着するとすぐに、フロロフは出発時刻と目的地の正確な到着時刻を指導部に確認した。貨物船が時間通りに到着すれば、何百人もの人々が運命の石臼ですりつぶされてしまうようなメカニズムが動き出す。

そしてフロロフは、日本の捕虜……、捕虜ではなく、日本の強制送還者のために自分の身を危険にさらすのは嫌だった！　それに、「捕虜」でいいじゃないか。何の違いがある!?

しかしいずれにせよ、フロロフは偶然に頼って、物事の成り行きに任せることが嫌いだった。フロロフについて密告書を書くことができるのは、何がどのように起こったのかを知っている人物だけだ。警備司令官とカジンのふたりだった。司令官に違反行為者のリストを見せた時、それを読んだ司令官は、他人の子どもやフロロフの行動に興味を失い、わが身を案ずる恐怖しかなかったはずだ。

そしてカジンは……。カジンはどうなんだ？　カジンのことはいますぐすべてをはっきりさせる。もちろん、カジンが泥酔して眠っていなければ、の話だが。

フロロフは甲板をゆっくりと歩きながら、カジンの船室に入ってタバコを吸い、正気に戻って恐怖で震える通訳官と向かい合って座る様子を想像した。これまで何人もこうした命知らずを見てきた……。

「クソッ！」

突然の突風で帽子が飛び、フロロフは奇跡的に空中の帽子を掴んだが、滑って膝を打ち、鈍い痛みがはしった。フロロフはゆっくりと立ち上がり、慎重に一歩、また一歩と歩みを進めていくが、膝の痛みは消えなかった。フロロフはドアの把手に手をかけ、乗客の船室が並ぶ通路に入った。

105

グレブは電話に手を伸ばし、フロロフがいま執務室にいて、甲板で探さずに済むことを強く願った。

雷検知器が鳴った。受話器を取ろうとしたグレブの手は、雷の発生時間を記入するペンに伸びた……ハンマーの音……。いや、実際には叩く音は聞こえず、ハンマーがフラスコの表面を叩くのが見えただけだった。また、念のため木槌に布を貼り付けて、壊れやすいフラスコが割れないようにした。電磁波の作用で密着した鉄粉に電流を流し、ベルとハンマーを作動させ、金属粉を揺らすことで装置を元の状態に戻す。「人間のようだ」とグレブは金属粉を見ながら思った。何らかの波によって、つかの間だけでもひとつにまとまる。しかし、そこで比較は終わってしまった。金属粉は密着して信号を出すが、人間は？　誰に向かって信号を送るのか？　危険や死の恐怖のほかに、何が人々をひとつにさせるのか？

とはいえ、グレブはその比較が気に入った。グレブが生き物だと思うラジオの部品が生きた回路につながり、手の届くところにあるものを動かす装置になったのだ。グレブはニヤリと笑った。この考えを誰にも話さないほうが賢明だ。そうでなければ、精神病院は保証されたことになる。もっとも、ここには一緒に航海をして島に来た通訳の男がいるが、彼ならこの話をしてもいいと思った。通訳官は昼食を食べながら話してくれた。日本人は不死の魂を信じているだけでなく……。

グレブは、通訳官がこの宗教をどのような言葉で呼んだのか覚えていなかったが、信じられずにとても驚いた、ということは覚えている。それは、木や石にも魂があるということだった……。いや、通訳は「魂」と言ったのではなく、別の言葉を使ったのだが、それは周りのすべてのものが生きているという意味でもあった。

グレブは首を振ってまた笑った。

おそらく日本人なら、もしグレブが雷検知器で聞いた奇妙な電波のことを話しても、驚きもしないだろう。グレブは日本語を知らないので、自分から日本人に尋ねることができなかった。いずれにせよ通訳と話をして馬鹿にされなければ、彼の助けを借りて日本人の誰かに話してみようか？

106

船室のベッドに座ったカジンは、しばらく床の一点を見つめていた。フロロフに会った後、少しの間甲板を歩き回り、船尾の日陰で立ち止まって吐いた。カジンはホッとして戻ったが、船室のドアを閉めながら、取り返しのつかないミスを犯したことに気がついた。帰国したらフロロフは一枚の報告書と一本の電話でカジンを潰すだろう。もしかしたら、貨物船の舷梯で逮捕されるかもしれない。カジンは、ごく単純な過失でも人が失踪するケースをたくさん知っていて、その理由を理解していない人も多かった。

うんざりした。カジンはこの出来事に嫌気がさしていたが、変えようと思っても変えられない、そうでないか？　それなら、カジンがしたことにどんな意味があるのか？

カジンは舷窓に目をやった……。

波から飛び散った水滴は、まるでいくつもの対極の磁石に引き寄せられたかのように、様々な方向に向かってガラスを流れ落ちていく。水滴はガラスの上ではなく、乳白色の霧の上を痕跡を残さずに流れるかのようだ……。目に雪が降りかかり、目をつぶってしまうような吹雪、さらに迷子になって消えてしまうことの恐怖……。カジンが父親に、父親がどこかに行ってしまい自分を迎えに来ないこと、すれ違って会えず怖かったことを話したとき、父親は考えた末に、雪の中で息子が見えなくても、上から見ればいいのだとカジンに言った。高所から子どもを見ることができ、天候に左右されないのは、親だけだ。だからひとりで歩くときは、父が見ていることを忘れてはいけない。親子はただすれ違っただけだ。だから、決して何も恐れることはない、と。

それからは本当に怖くなくなった！　吹雪の中をひとりで歩くときだけでなく、恐れが消えたのだ！　人生の最悪の瞬間、カジンは自分の身に何が起こるかを考えずに、父親のことを考えると、恐怖が消えた。まるで自分が存在していないかのように、自分のことを忘れてしまうのだ。何もかも忘れてしまう……。クソっ！　今は自分のことを考えている場合ではない。妻と子ども、ナージャとワレルカを救わなければならないのだ。カジンは、自分が逮捕された場合、家族がどのような生活を強いられるのかをよく知っていた。立ち上がってフロロフに謝り、聞かれたことはすべて話し、家族の生活を悪夢に変えないようにしなければ！

薄い壁の向こう、フロロフの執務室で電話が鳴った。三回、四回と短く鳴って終わる……つまり、少佐は部屋にいて電話に出たということだ。

立ち上がったカジンはすぐに顔を洗い、鏡に映った自分を見てむくんだその姿に歪んだ笑みを浮かべ、ふらふらとした足取りで廊下に出た。

数歩進むと、フロロフの部屋のドアが少し開いていた。少佐の声が聞こえないのは、すでに電話に出て話し終えたのだろう。フロロフの執務室のドアが開いて揺れていた。端正で衒学的な制服男らしくなく、不思議な感じがした。なぜかカジンは不安になった。少し躊躇し、ドアを開けたまま、おそるおそるノックした。答えはなかった。

「同志少佐！」返事はなかった。どうやらフロロフは、出て行くときにドアを閉めなかったようだ。そして、風に吹かれながら少佐の前で恥をかくことを鮮明に想像していたカジンは、すべてが変わってしまうことに気づき、いつものように未来を推測しないようにした。

107

グレブは電話を切り、電報を手にして立ち上がった（フロロフは返事をせず、甲板に走って行ってしまった）。空いた手でイヤホンを片方の耳に「機械的に」装着すると、聞こえた音に衝撃を受けた。

108

カジンはドアを閉めようと手を伸ばしたものの、動きを止めた。開け放たれたドアの向こうに、壁に掛かった大きな鏡が見えた。その鏡に、閉じ紐付きの大きなファイルが三つ映っている。島民の個人情報ファイルだ。カジンは周囲を見渡した。もう一方の手でドアを押さえながら、もう一度ドアをノックした。

静寂。カジンはゆっくりと部屋に入っていった。

「私はノックしました、ノックしましたよ……」

109

フロロフの部屋には誰もいなかった。カジンは急いでファイルの束に向かい、その中から「ヒロウチヤマ」と書かれたファイルの紐をひと思いに解いた。立ち上って、ファイルを結び、ドアに向かおうとして立ち止まった。ファイルを見る。再び腰を下ろす。ファイルの束の紐を解き、必死で書類を探す。十秒、十五秒……。「タケウチ イチロウ」と書かれた束を取り出した。

カジンは再び束の紐を結んで立ち上がり、ファイルをコートの裾に素早く隠した。ドアに向かい廊下を見る。素早く廊下に出て慎重にドアを閉めた。手袋をした手をチラッと見て、ニヤリと笑いながらさっさと廊下を歩いていく。

痕跡は何も残していない。もし部屋を出るときに手袋をしていなかったら、今頃どこかに指紋を残していただろう。港で深刻な調査があったとしても、これでカジンは無罪だ。フロロフが道中にこのファイルの束を点検するとは思えない。頭の中はすでに他のことでいっぱいだろう。例えば、子どもたちの死の責任を誰にどのような形で負わせるか。もし誰かが、日本人が操縦する許可をすぐに与えていれば、子どもたちを救うことができたのに。貴重な時間を失ったと糾弾する密告書を書いたらどうだろう。そして、すべての出来事を目撃した主要人物は、まさにカジンだった。

110

医師の診察を受けた後（平凡な打撲だとわかり安心した）、フロロフは足を引きずりながらカジンの部屋に向かった。扉の鍵は開いていた。中を覗いてみると、カジンはいなかった。「甲板のどこかでゲロを吐いてるな」とフロロフは思った。それから自分の部屋に戻った。甲板を後にしたフロロフは、まず通訳と話をしてから、島から持ち出した資料を見て作業をしようと考えた。フロロフは、警備司令部から持ってきたファイルを見ようとした。しかし今は膝に痛みを抱えているため、道中ではそのようなことはできないと考えた。ただ、一日が早く終わって、その日に起こったことも起こらなかったこともすべて過去のものにしてしまいたかった。

茫然としながら執務室のドアの取っ手を掴んで立ち止まると、無線電報を振って廊下を走ってくる無線士が見えた。電報を手渡しながら、無線士が何か話したが、フロロフはすでに後ろ手にドアを閉めていた。ドアが閉まった瞬間によろめいた無線士は、安堵の息を吐いてドアから離れ、走り出さんばかりに廊下を早足で歩いていった。

グレブは雷検知器に接続されたヘッドフォンから不協和音のような音をしばらく聞いた。すぐにそれがいくつかのメロディーであることに気づいた。声は同時に聞こえ、互いに共鳴せず、それぞれ異なることをしつこく繰り返している。グレブは理解できなかった。なぜすぐに戻ってヘッドフォンをつけ、理解できないものを聴き続けることがそれほど重要だったのか。ただ、以前は朗唱のような、演説のような、孤独なメロディーのようだったこの信号が、今や交響楽になっていることを確認することしかできなかった。それもどこかの時点で終わるはずだったが……。

その後は？

グレブは岸に戻ったら、技術者や科学者といった専門家を探して、今回の航海で聞いたことを伝えようと考えた。もしかしたら、それは昔からよく知られたことで、グレブはバカにされるかもしれない。しかし、それはあり得ない。電波とその長距離伝送は、グレブが実際に知る唯一の分野だが、精通した分野である。

カジンと話す時間もあるだろうし、あとのことは、船が港に着いて怒涛の雑務が過ぎてから自由な

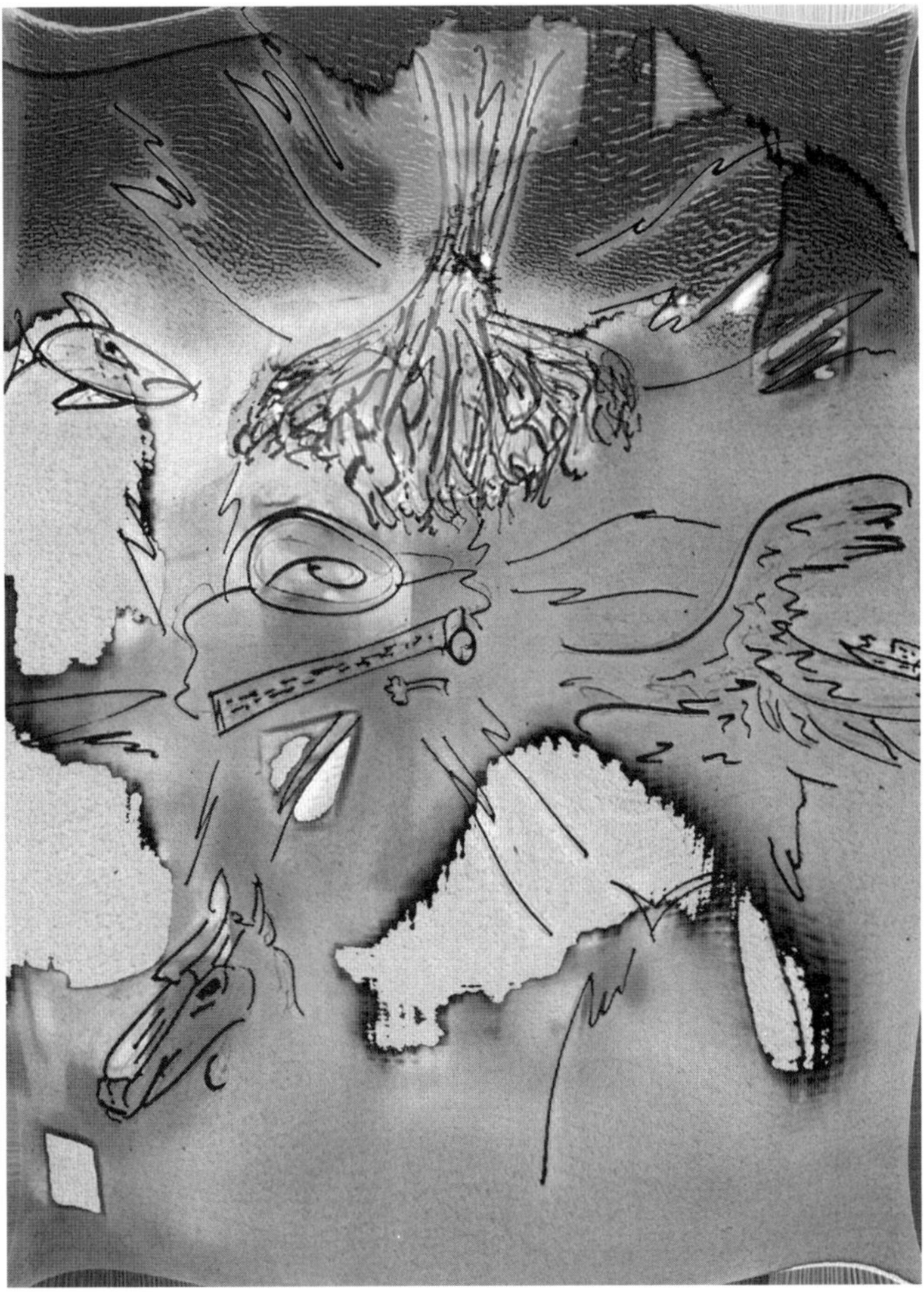

時間でやればいい。

111

ニコライは船の舳先に立つステパンに近づく。

「今から岸に戻ろうと伝えてくれ……」と、浩を見てうなずきながら言った。「龍に舟を借りよう。俺に残してくれたんだ。それにモーターをつけよう。隣のヴィクトルがモーターを持っている……。今夜浩を北海道に連れて行く。浩を降ろして……」一息ついて「その日の夜に戻ってくる」

「国境警備員がいるんだ、ニコライ！　通れないよ」ステパンが言う。

「一番大事なのはここを通過することだ。何かあれば、アメリカ人にどこから来て何をしているのかを説明するよ……。こんなこと、俺たちの国の人間には絶対に何も説明できないんだからな」ニコライが言う。

「お前がそうするなら、この船に乗っていけばいい！　俺のものじゃないからな！　浩の船だ」と、ステパンは浩を見て少しうなずいた。「国境警備隊の連中は、遠慮なく撃ってくるぞ。撃ってから事態を解明するんだ。特に夜中はな！　通過できないよ！」

「それなら通過しないさ……俺には、子どものいない生活なんて何の意味もないんだから」

112

甲板に出ると、カジンはすぐに船尾の方を向いた。乗組員の誰かに出くわす可能性はほぼなかった。今になって、思わずふたつのファイルを取ってしまったことに気がついた。浩と一郎の個人情報ファイルだ。一郎には浩をはじめとする数人の日本人島民に関する糾弾文を書かせた。それは、形式的には警備司令官の部下であっても、実際にはサハリンの上官にしか従わない内務人民委員部の中尉に宛てられたものだ。

まったく異なるふたり。ひとりは他人の子どもを探すために自ら生存者リストから自分を消した。一方、もうひとりは……。とはいえ、カジンは自分が一郎の書類を取った理由をよくわかっていた。その日はずっとこの男のことを考えていた。そして、一郎とカジンが似ていることに気がついた。

ふたりとも、恐怖や苦痛から確実に解放され、平和と幸福だけが欲しいと考え、その思いが勝った。結局のところ、今も後にも痛みや恐怖を感じないように……。

一郎は島に新しくできたソヴィエト政権下で何かのささいな落ち度で捕まった。どうやら、一郎は志発島から北海道に逃げた誰かを手助けしたようだ。一郎自身は一緒に逃げる危険を冒さなかった。その弱さに屈して情報屋になることを約束し、最初は静かな入り江と思われた沼地にどんどん沈んでいった。一郎は、司令官に糾弾した浩たちには無関心だった。ただ、その場で辛い思いをしたくなかっただけだった。

カジンも同じだった。出張を願い出た一番の理由は本を書くことではなかった。カジンが働いていた研究所で、同僚であり友人でもあるセルゲイの個人的な事件を糾弾する党員集会が開かれることになっていた。告発は深刻で、おそらく決議も用意されていたはずだ。党員証を机に置き「共産党の離党を要求する表現」、それから……。「傍らの敵が見えていない、セルゲイはふさわしくない、厳しい罰しかない、党員の粛清が必要だ」、と立ち上がって言わなければならないのだ。

第一課の同僚から出張の申し出があり、断る勇気がないとセルゲイに言った。するとセルゲイはカジンがこの茶番劇に参加しなくて済むことが嬉しい、と答えた……。そして少し間を置いて、カジンが戻ったら、また会えることを願っているとセルゲイは言った……。セルゲイの声からは、それが確信できないことが明らかだった。

しかし、セルゲイはカジンが聞くのを恐れていた言葉を口にしなかった。この日セルゲイはかつてないほど友人の支えを必要としていて、カジンが集会で立ち上がって、すべてがとんでもない嘘で、セルゲイには何の罪もないと言って欲しい、と……。しかしこの言葉は、どこか後方、過去のものとなって宙に浮いたままで、カジンは恐怖とともに、どこに引きずられているかわからない無言の何かに屈してしまった。そして今、カジンは一郎という男を恐怖から解放した。自分自身も解放されるかもしれない……たとえ少しの間だけでも。

カジンは手すりの前で立ち止まり、もう一度周囲を見渡した。しゃがみ込んで懐からファイルを取り出し、その手を鉄格子の間に滑り込ませた。ファイルは風に吹かれて後ろの島の方へ飛んでいってしまい、しばらくすると見えなくなった。

カジンはこの二十四時間の間、一度もメモをとっていないことに気づいた。自分の本を書くために一行も。ただ、まだ書かれてはいないものの、最後のページまで考え抜かれたカジンの本は、これから違うものになるだろう。この本に出てくる島の住民は、ここの住民とは違う人々だ。

カジンは立ち上がって周囲を見回し、タバコケースを取り出してから風に背を向けマッチに火をつけた。塩気を含み湿った冷たい空気の流れに背を向けて、苦く熱いタバコの煙をふかすのを楽しんだ。

カジンの目と鼻の先を船員が通り過ぎていった。船員は、巨大なレンチが突き出た鉄の箱を持っている。甲板を照らすサーチライトの光に照らされて、海軍の上着の濡れたボタンが輝いていた。カジンは、その上着の水分を含んだ生地と、その男が風に揺れる様子をほとんど体で感じることができた。

カジンはニヤリと笑った。島を出た直後の生活には、細部が戻ってきた。本を書くためにできるだけ多くの詳細やささいなことを記憶し、記録しようとした島の生活の細部。

まあ、それはそれでいいのかもしれない……カジンは、日本人のファイルを思い出した。そして、どこかに遺体安置所のタグに似た自分のファイルもあるはずだ。カジンの本当の姿が記録されているはずの大きな「本」。もしかすると今日、その中にカジンが書いたセリフが現れたかもしれない。

113

子どもたちを乗せた箱は少し前進して、波に揺れていた。その場所は、木材を筏流しで運ぶ場所のちょうど反対側だった。新しい村の住民たちはロープで丸太を岸まで引っ張り、地面に積み上げて、そこから目的地まで分割して運んだ。その先は丸太を海岸に沿って流すことはできないからだ。ヴィクトルが工事用の移動宿舎の中でクララの前でグリゴーリーに言わせなかったことは、まさにこのことだった。皆が希望を失わないように。

一陣の風が一瞬霧を破ると、子どもたちは水面に突き出た巨大な岩に波がぶち当たるのを目の当たりにした。それは海岸ではなかった。大きく永遠に続くと思われた流れは、ある大地震で崩れた岩の残骸を迂回していた。さらに大海原に去りつつ、流れは迂回していたが、向かってくる波は箱舟をそのまま死へと差し向けていた。

カーチャは目を閉じた。「私たち、ぶつかって死んでしまうわ……ママ、ごめんね！　パパ！　サムライは娘が生きていることを知らなかった。盗賊が娘をどこかに隠したんだ、サムライの娘を！　サムライは地面に座り込んで切腹……自害した。そして娘が来て、それから……。だからあなたはその人形を私に作ってくれる暇はなかったのね、勇夫！」カーチャは涙をこらえて泣いた。『私が粘土で作るわね……必ず作るから！』

114

ステパンは、霧の中をじっと見つめていた。船から五～七メートル以内の視界は完全に遮られている。霧はすでにちぎれちぎれの様子ではなく、視界全体をすっかり覆っている。海から流れくる灰色の流氷の塊の中に、かつて隙間があったところにだけ、黒い斑点が浮かんでいるように見える。しかしこの薄い霧の膜は、すっぽりと地上を覆う夜の暗闇を隠すことはできない。

まさにこうした暗い場所でステパンは再び何かを目にした。それはとても小さく、ほとんど見えない明るい点……消えては現れる。再び水面の低い位置に出てきて、また上昇する！　白い上着!?　ステパンが点を見失う。頭の中で点がちらつく。夢で見た月のように……。

ステパンは役立たずの双眼鏡を目から離し、再び暗闇の中を覗き込んだ。「そこ！　そこだ！　そこに何かいる!!」ステパンが叫ぶ「見えるぞ！　あそこに見える！」手で前を差すと、すぐにニコライが駆け寄ってくる。

「かせ！　それをよこせ！」

ステパンは双眼鏡を手渡し、浩に近づいて方向を示す。ニコライは水の上に浮かぶまばらな霧の中を覗き込む。

「何も見えないぞ……。何にも見えん、ステパン！」

ステパンは二歩の跳躍でニコライに跳び寄り、ニコライの手から双眼鏡を奪い、左、上、右と観る。双眼鏡を目から離し、ニコライの目に当てた。

「ここを見ろ！　もっと右だ！　岸に近いところ！　白い斑点が見えるだろ！　あの子たちだ！　子どもたちだ、ニコライ！　あやうく通り過ごすところだった!!」

「うん、ああ、そうだ！　お前の目はさすがだな、ステパン！」

「役に立った！　俺の目が役に立った、スナイパーの目が！　もうしっかり見えるぞ！　あそこにあの子たちがいる！　すぐそこだ！」

115

船倉の床が一定のリズムで振動し、望まぬ乗船を強いられた人々は、自分たちを目的地に運んでゆく巨大でのろまな船体の、機械の緊張を感じた。

喜美子と子どもたちは最後に乗船した家族のひとつだったので、船倉の壁際の場所がすべて埋まっているのを見てがっかりし、ほぼ中央の開いたスペースに腰を下ろすしかなかった。しかし、貨物船が出発したとたんに喜美子は気づいた。船倉の中央部よりも壁際のほうが揺れを強く感じるので、船酔いが軽くて済むかもしれないと思った。甲板から縄梯子で船倉に降りると、すでに強烈な吐しゃ物の匂いが鼻をついたからだ。

喜美子は娘を膝に乗せ頭を撫でた。そばに子どもたちがいる。つまり、人生は続いていくということだ。右側には、頭を垂れ膝を抱えて座る勇夫がいる。

母の視線を感じて勇夫は喜美子を見たが、再びうつむいた。

「もし本物の船に乗っていれば、溺れなかったのに」と顔を上げずにいう。

「あの子たちを救えるとすれば、父さんしかいないわ。あなたに約束したでしょう」

「でもどうやって僕たちはそれを知るのさ?」

「時が経ってから、お前があの子を見つけなさい……もし望むならね。大人の男になってここに来ればいい、そして見つけなさい」顔を上げた息子と視線が合う。

「人生にはそういうこともあるのよ。戦争は終わったわ」

「もし戦争が終わったのなら、どうして父さんはすぐにカーチャを助けて、僕たちと一緒に船に乗れなかったの?」

喜美子は沈黙し、戦争のことで何か言いたいと思っていた勇夫は、その瞬間、頭の中で他人の声のような、不思議な声を聞いた「もし戦争がなかったら、カーチャもいなかった」……。

それは事実だった。もし戦争がなかったら、カーチャの家族はアルタイから島に移ることはなかったし、勇夫も少女に会うことはなかっただろう。カーチャの存在すら知らなかった。

母の前で自分の言ったことが急に恥ずかしくなった。父が皆と一緒に船に乗らなかったのは、勇夫自身のせいだったのだから！　あの時、家の中で船で海に出るかどうかを決めた時の父親の目を思い出した。なぜなら、箱舟には単に息子の友達が乗っているのではなく、まさにカーチャがいることを父は知っていたからだ！　もしカーチャが乗っていなかったとしても、父は子どもたちを助けるために残っただろう。しかし、カーチャは乗っていた。父は、息子がこの女の子を好きで、とても好きで、どうしようもないことを知っていた。そして、母親もそれを知っていて、夫が貨物船に乗らなかった理由を知っていたが、息子には何も言わなかったのだ。

身体がカッと熱くなった。まるで、何か大切なこと、とても大切なことに突然気がついて、その大切なことが何かの言葉になろうとしている、あるいは今まさに何かが起ころうとしているかのように……。

しかし、思いついたのは別の言葉だった。せかせかしているが、はっきりとわかりやすい言葉。この瞬間まで、勇夫の頭の中で辛抱強くその順番を、空席を、空白を待っていたかのように……。サムライは生きるべきだったが、娘を愛していたし、その愛は義務よりも強かった。娘が死んだと思い、その後を追って逝ったのだ。勇夫は、これはカーチャと父に関係があると感じたが、頭の中でまた言葉がごちゃごちゃになった。カーチャは浩の娘ではなかったが、浩は勇夫のために行ってしまった……つまり、息子のところへ行ってしまったのだ。永遠に。

つまり、こういうことだ。父は家族と一緒に貨物船に乗る義務を感じていた。しかし、勇夫のために父は去っていった……。

そこには喜びと恐ろしさが同居するような力があった……。なんだかとても単純で、同時に驚きもある。そして、それは耐えがたいものだった……。

116

船が箱舟に近づき、男たちは長い柄の先にフックがついた鳶口で引っ掛けようとするも、うまくいかない。何度も何度も挑戦する……。

強い波で船の側面に箱舟がぶつかり、押し返される。箱が大きく破損しているのがわかる。

「カーチャ！」ニコライが叫ぶ。

「パパ！　パパ！　助けに来てくれると思ってたわ！」

「近づくと危ないぞ！　沈んでしまう！　箱が！」浩が叫ぶ。

「さあ、どうやって引き寄せる？　どうしよう？」ニコライが言った。

117

〝これからもっとひどくなるわ〟

甲板と船倉を行き来する唯一の手段である縄梯子を見つめながら喜美子は思った。船倉には嘔吐物と尿が混じったような酸っぱい刺激臭が漂っていた。トイレは甲板にある。体力のある大人でも数メートルある縄梯子を上るのは大変だった。そして、船倉には老人や子どもも多く、乗船してまる一日以上経つ人も少なくなかった。

喜美子は周りにいる人たちを見回した。多くの人が、何か同じ瞑想でもしているかのように黙って目の前を見つめていた。子どもを寝かしつけている人もいる。子どもたちは大人と共に知らず知らずのうちに陥っていた興奮や緊張の蓄積を吐き出し、それをすべて大人たちにぶつけていた。

陽子もぐずった。出航してからずっと目をつぶって座っている勇夫に目をやりながら（起きているのは間違いないが、うとうとしているようだ）、喜美子は前の日に残った好物のビスケットを与えて陽子を落ち着かせようとしたが、おさまらなかった。その時、後ろに座る、他の小さな島から連れてこられた人たちの声が聞こえたので、喜美子はハッとした。皆、黙っているのではなく、話をしていたのだ。

「ロシア人がパンを火葬場で焼いたんだって……。禁止されているわけじゃないけどさ、米も小麦粉も、もう三ヶ月も入ってこなかったのにさ……」

「輸送禁止になったんだよ……」

「ご近所さんの話ではね、日本は飢えで大変だから、子どもたちを島に置いていくよう申し出たとか」

「犬たちが貨物船を泳いで追いかけて行ったそうだよ。犬は、どこで暮らすべきか、どこはダメか、よくわかっているんだ……」

喜美子は手のひらで耳をふさぎ、目をぎゅっとつむった。

一方、勇夫は眠っていなかった。

父がカーチャを助けに行った。勇夫はポンポン船に乗った父親がカーチャと他の子どもたちを見つけ、船に移す様子を何度も想像してみた。父親の船だ。しかし、つまづく度に次々と思い浮かぶ空想の絵を消した。何度も何度も、盗賊の親分の顔、海に住む伝説の怪物の顔が勇夫の目の前に現れたからである。

その顔を追い払うために、勇夫は言葉で考えなければならなかった。しかし、日本へ向かう貨物船の船倉で目を閉じて座る勇夫を取り巻くのは、もはや言葉ではなく、一定のうなり、あるいはささやき声だけだった。妹の声はますます大きくなり、勇夫の周りの空間全体を包み込んだ。

「お父さんと一緒に行きたい！　どうしてお父さんは乗らなかったの⁉」

喜美子の頬を涙が伝い、娘に見えないように拭った。

「いい加減にしなさい、陽子！　お父さんは後から来るって言ったでしょう……お前が大きくなったら来るって。お父さんは、陽子がどんな風に成長したか、必ず見に来るって」

117

子どもたちの箱舟に近づこうとする度に、失敗してしまう。木箱は勢いよく船の側面にぶつかり、ひっくり返りそうになりながら跳ね返る。浩は片手で舵を取り、もう片方の手で、船を真っ直ぐに進めて波に乗るというしぐさをステパンとニコライに示した。次々と押し寄せる波が箱を船よりも高く持ち上げていた。

ニコライがステパンに叫ぶ「甲板で木箱を受け止めるということか？」

「そのようだな……」ステパンは箱舟を見て「でもどうやって？」と言った。

ステパンは両手を広げて肩をすくめ、浩をちらりと見て、再び箱舟を見る。しかし浩の目線の先は、もはや彼らではなく、波に持ち上げられている箱舟だった。

その時、横殴りの風が吹いて甲板に激流が注いだ。浩は足を踏み外してしまった。舵を離すと甲板に転倒し、滑るように離れていく。ステパンが急いで舵を取る。盛り上がる波が子どもたちを乗せた木箱を運んでゆくのが見えた。

浩は立ち上がろうとするが、足を滑らせて再び転び、ステパンに向かって叫ぶ……。

「まっすぐだ！　波に乗れ！　まっすぐだ！　まっすぐ！」

ステパンはその叫び声を聞いて一瞬浩の方を向き、また背を向けた。迫り来る箱を見ると、波が自分たちの頭上に箱を高く持ち上げたのが見えた。

「まっすぐ……できる……今ならできる……」

118

ステパンは船をまっすぐにして波に乗った。最後の瞬間に再び両手の中で舵が揺れた……。しかしその瞬間、舵にすっと伸びてきた浩の手が進路をまっすぐに修正した!

子どもたちが乗る箱が甲板にまっすぐ滑り落ちた。木箱はバラバラになり、子どもたちは叫び声をあげながら投げ出され、四方八方に転げた。

イワンがニコライのそばに転げてきた。イワンを抱きとめ、少年と一緒に娘のところへ腹ばいになってすすむ。

ステパンはパーヴェルとワーリャを抱きしめた。グリゴーリーに駆け寄り、倒れそうになりながらも、娘を抱いて甲板を滑るニコライにぶつかった。

「カーチャ、カチューシャ、愛しい娘よ!」ニコライが言った。

ステパンは浩に向かって「船の向きを変えろ! 早く! 早く!」と叫んだ。「間に合うかもしれないぞ!」

浩は頭を振って、目を閉じた……。

119

嵐は静まらない。フロロフは、足下の床が少し浮きあがる度に右手で壁に触れながら、狭い廊下を歩いている。操舵室に入る。立ち止まり、自分の方を向いた若くて見栄えのいい操縦士から、横向きに立つ太くてのっそりした、白髪交じりの船長に視線を向けた。

「操縦士さん、気のせいかな、それとも我々は減速したのかな?」

「ここは難しい進路です、少佐。嵐もますます強まっていますし、我々の貨物船は過負荷状態にあります。一時間後にスピードアップします。そしてそのままホルムスク（真岡）まで行きます」

フロロフはじっと船長を見つめる。船長は今ようやくフロロフの方を向き、無言でうなずく。

「遅刻する権利はない。もし何かあれば君たちが自分で責任をとるんだな」フロロフはそう言って、出口のほうを向いて付け加えた「船長、部下に六時間後に私を起こすように言ってくれ……疲れているんだ。甲板でタバコを吸って、ひと休みするよ」

フロロフは操縦室から出だ。

「……我々が日本に向かわないことを、まだみんな知らないのでしょうか?」操縦士が言った。

「そうだ」

船長はそう答えて立ち上がりドアに向かうと、ドアの向こうで足音が離れていくのが聞こえる。

「本当に眠るんだよな。寝るんだな？」

船長はそう呟いて、操舵手に「十分後にもう一回ターンしろ」と言った。

「間に合うと思いますか？」

船長は肘掛け椅子のところに戻り、ゆっくりと腰を下ろす。

「わからんな……もし皆が、我々が北海道に行かないとわかっていたら……。ホルムスクの送還収容所に日本人を輸送することに、どんな秘密があるんだ？　なぜ言ってはいけなかったのか？」船長は不愉快な笑みを浮かべて続けた「もちろん信じられないさ！　だって、子どもたちが見つかったとして、助けた船は南に向かうだろう。でも我々の貨物船は南下しないんだ！　他に何ができるというのか？　監視員が私の双眼鏡を持って見ている。霧が晴れたら、見てみようじゃないか。もし見るべきものがあればね……なあわかるかい、私は眠るのが怖いんだ。あの箱が夢に出てきそうで。子どもたちもね」

操縦室の大きな窓には、船体に打ち付ける波の水滴が風に吹かれて落ちてくる。雨はいっこうに降らず、雷が島から十数キロ離れたところで閃いていた。しかし、操縦室には水しぶきの音も、汽笛や風の音も聞こえず、船倉の中で北海道への到着をいまかいまかと待ちわびる日本人の会話も聞こえなかった。操縦室は静まり返り、その沈黙の中で船長は自分の心臓の鼓動を聞いた。聞きたくなかった！　部屋に風が吹き込み、続いて言葉が飛び交い、唸り声や叫び声、うめき声や泣き声が聞こえてくれば、心臓がドキドキしなくて済むと思ったのだ。叫んでも泣いてもいい、ただ黙らないでくれ！

船長は操縦士が椅子から立ち上がり、こちらを見て何か話しかけているのに気づいた。しかし耳の中の雑音がその言葉をかき消してしまう……でも操縦手は何かを言っている……「船長！」

その時初めて、船長は操縦手が何を言ったのか理解した。「進路の右側に小さな船が見えます！　船長！」

「船？　船だと⁉」船長は即座に立ち上がって「あれだ！　見ろよ！　あいつ、間に合ったんだ！　間に合った！　でも、どうやってここに来たんだ？　クソッ！　機械を止めろ！」

操縦士がスピーカーフォンに駆けつける。

「機械を止めろ！」船長のほうを向いて「いったい、どうやってここまで来たんでしょう？　我々がホルムスクに向かっているると、どうしてわかったんでしょう？」

120

もちろん、ポンポン船に乗る者たちはそんなことを知る由もなかった。

知ったのは、ほんの四十分前だった。その時、浩はまだ目を閉じて茫然と立っていた。次々と押寄せる波が船を持ち上げても、浩は動かずにじっと立っているように見えた。その先にあるのは痛みと虚しさだけで、それは薄い膜となって浩を包んでいたからだ。

痛みからすぐさま虚しさが現れ、再び襲う虚しさは、浩を永遠に飲み込んでしまいそうだった。しかし今、その空虚さの中に何か別のものがあった……何かが浩に舵を切らせないようにしていた……。

浩は自分が何をすべきかわかっていた。

しかしその瞬間、目を閉じたままの浩は、目を開ける前に、船首が波から離れて舵を右に切ったのを全身で感じた。そして、浩を取り巻くすべてのものを包み込む薄い膜が海水のしぶきと共に突然はじけ、船室のドアが開く音とステパンの叫び声が聞こえた。

「さあ、がんばれ！　やるんだ！　やってみないと！　やるんだ！」

浩は子どもたちを見て……ステパンを見た。自分が何をしなければならないかわかっている……。この人たちは自分を見ている……彼らは待っている……そして、浩はゆっくりと舵をまわし、船を旋回させていく……。

ステパンは進む方向を指さして叫ぶ「追いかけよう！　あっちだ！　南へ！　でも追いつかないな……」振り返ると、ニコライの視線とぶつかった。

「おまえたちは降りろ、俺は浩と一緒に日本へ行く」浩の方を見ながらニコライが言う。

ステパンは浩の方を向いて言葉を切りながら叫んだ。

「俺たちは！　降りる！　岸辺に行く！　桟橋で降りる！　お前は、ニコライと一緒に」ニコライを指さして「この船で行け！」舵を指でつついて「貨物船を追うんだ！　南へ、北海道へ！」

浩は数秒間黙って、ステパン、そしてニコライをちらっと見た。ニコライはうなずき、まず自分を指し、次に浩を指した。しかし浩は少女を抱きしめるニコライの左腕を見ている。そして、虚しさが消えていく。

浩は首を振って、岸辺から離れた方向を指さして言った。

「そうじゃない……最初は……波に乗って、あっちへ……海へ……それから……」手で海岸のほうへ急旋回する場所を示して「こうだ。波でまっすぐに進めない。船が行けるところを行かないといけない」

そうして再び、最初は岸から離れ、それから岸の方へ曲がる場所を指し示した。

ステパンがうなずいて「わかったよ。言うとおりにするよ」と言い、ニコライに向かって「単にまっすぐ進んではだめだ。角度をつけて進むんだ。最初は海の方、ほぼ西に行く。それから桟橋がある東の方に曲がるんだ。それから、桟橋から浩と一緒に南下する。あとは何とでもなるさ」

121

船長が甲板に出ると、船首に沿って立つ乗組員たちが見えた。船の縁に歩み寄り、人の大きさ程の幅二本の光線が闇の中で揺れながら照らしている方向を見る。投光器の光線の中に、右方向から貨物船に向かって近づいてくる船が見えた。

船長のすぐそばに立つ監視員の声が聞こえては消えた。「大人四人、子ども四人。全員無事です！」という声が聞こえた。監視員は他に何と言っただろうか？　奇跡的に船が追いついたのか？　貨物船に追いつこうとしても、彼らは厳密には南下して北海道に向かっていたはずだった。一方、貨物船は北西のホルムスクに向かっていて、そこで送還者を降ろし、別の船で日本に送るはずではないのか？

しかし、なぜか船は行く手を横切った……。

船長の後ろでフロロフの声が響いた。

「ちょうどいい具合にスピードを落としてくれましたね、船長……」

船長は、背後に立つフロロフに顔を向けた。

「私がここの進路を知らないとでも思っているのかね？　あなたたちのことをどうするかは後で考えます」

フロロフはそう言ってオーバーコートの前を重ね合わせ、船長の傍を歩いてゆく。

「少佐、日本人をどうしますか？」船長が尋ねた。

フロロフは立ち止まり、船首近くに集まって興奮している乗組員たちの方を見た。そして、船長の方に振り向かずに言った。

「船縁に引き上げろ。他の人たちと一緒に船倉へ」

122

少し進むと、後ろからカジンの声が聞こえてきた。

「少佐！　同志フロロフ！」

フロロフは振り向きもせずに立ち止まった。カジンが目の前に現れるのを待つ。

「お詫び申し上げます」カジンは肩をすくめた。「酔っぱらってしまって、ばかです。申し訳ありませんでした。私にはあんなことを言う権利はありませんでした……そんなことを考える権利も……私にはなかったんです！」

フロロフがカジンをじっと見ていると、通訳が目を伏せた。

「どうしようもない悪党のように振る舞ってしまい……」カジンは頭を振る「何が起こったのか分かりません」

「行け、寝ろ」フロロフはかすかにうなずきながら「おまえの子どもたちは無事だ」

フロロフが手を少し横に振る動作をすると、カジンはすんなりと身を引いて少佐を通した。

半時間ほど前には憎らしく思い、つい先ほどまでその前でひれ伏そうとした男を目線で追いながら、カジンは思わず感謝の念を感じた。「おまえの子どもたちは無事だ」とフロロフが言った。カジンにとっては、奇跡的に救出された四人の子どもたちに加え、自分の子ども、ワレルカとナージャのことでもあったからだ。

123

勇夫はかすかに開いた瞼を通して、喜美子が陽子を寝かしつける姿を見つめた。勇夫は今、自分たち以外の人を見ることができなかった。つまり、いつも家にいる時と同じように。陽子は普段どおり少しごねてから眠りにつくだろう。勇夫も眠りたかった……いや、眠りたいのではなく、周りの誰も何も見たくなかった。座っていると落ち着かず、横になったり、何かに寄りかかったりしたかった……。


「ウチヤマ・ヒロが帰ってきたぞ！」

勇夫は膝の上に置いた手のひらにゆっくりと顔を伏せる「なぜあの人たちは静かにしていられないのか？……なぜ叫んでいるのか？　誰が戻ってきたのか？」。何も聞きたくない……。

「浩が子どもたちを見つけたんだ！」

勇夫はしゃんと背筋を伸ばした。きょろきょろとあたりと見まわし、声のする方向をみるとカジンの姿を見とめた。カジンは縄梯子を数歩降りたところで、揺れる梯子にしっかりつかまりながら誰かを探して左右を見回している。

勇夫の背後から、何人かの声がほぼ同時に聞こえてきた。

「帰ってきたんだ！」

「浩が戻ってきた！」

勇夫は飛び上がった。困惑した表情で微笑んでいる喜美子と、少年を見つけて思わず腕を伸ばしたカジンに目をやる。

縄梯子に駆け寄った。

自分に向かってくる少年を見て、カジンは甲板に上がり始めた。そして数時間前に警備司令部の玄関口に立っていたときの、何百人もの視線とドアが閉まる音をふと思い出した。甲板に上がると勇夫を通し、ハッチに寄り掛かって船倉に座る人々に目をやった。その中のひとりには、ホルムスクに到着する前に必ず言葉をかけてやらないといけない。これ以上何も怖がる必要はないと言ってあげなければ！　そして、慎重にハッチを下ろしてを閉めた。

コートの襟を立て、ポケットに手を入れ、船縁に群がる乗組員に目をやると、カジンはふと原稿のことを思い出し、本を「過去形」か「現在形」だけで書き換えられるだろうかと考えた。もちろんできる。しかし、人生には過去と現在が複雑に交錯していて、それを切り離すのは非常に難しく、不可能だろう。しかも、それは本当に必要なことだろうか？

124

もし今、誰かが船室のドアの前でフロロフに会ったら、とても驚いただろう。少佐の顔には解き放たれたような仏の笑みが浮かんでいたからだ。それは今、誰かが目の前に来ても消えることはない。

フロロフは満足だった。すべてがこれ以上ないほど思い通りになった。強制送還者を乗せた貨物船はホルムスクに時間通りに着き、行方不明の子どもたちも見つかった。まさにこのふたつがフロロフを悩ませていたことだったからだ。

また良い点としては、日本人の管理不行き届きを理由にいつでも司令官に重い処分を下せること、北海道の諜報員がひとり増えたことだった。そしてカジンは……カジンなんてくそくらえだった。眼鏡の男はこの旅をありのままに思い出すたびに身震いするだろう。カジンはもう危険ではなかった。つまり、ほんの三十分前までは不完全と思われていたフロロフの計画はうまくいったのだ。フロロフは執務室に入り、内側から鍵を回してドアを閉めた。計画は完璧だった。貨物船の鋼鉄製の機械装置が働くように遂行された。その安定した音が、防音対策が施された船内で最も快適な船室であるフロロフの部屋にまで届く。もしフロロフが今の立場でもっと哲学的な考えを持った別の人だったら、貨物船の動く仕組みは、人間が投げ入れる燃料で転がる運命の車輪だと想像しただろう。そして、魂のない機械は命じられた方向にひたすら動き続ける。

しかし、貨物船は時計の仕組みのように連結された歯車のひとつに過ぎず、その中で回転する人には見えないが、目に見える運命の仕組みがすべてではないことを心のどこかで知っている人には見える。もし強く求め、辛抱強く待ち、懸命に願えば、どこかの小さな歯車が震えながら答えを出し、その答えを別の歯車に伝え、さらに別の歯車に伝わって、人間の運命の歯車に戻って何かを変えていく……。少数の人々の運命が、貨物船の鋼鉄製のピストンやスクリュー・プロペラのように、盲目的な機械装置の燃料になることはない。フロロフ少佐は今、その貨物船の船室で落ち着いて六時間眠り、自分が正しかったことを確信して再び目を覚ます。

ポンポン船は波を避けながら貨物船の風の当たらない側に近づいていった。浩はすでに船縁に降ろされたタラップを上っている。はたから見ると、とても疲れているように見えたが、実際のところ浩はまったく疲れを感じていなかった。桟橋で家族に別れを告げてから最後の数時間は、ほとんど何も感じなかった。浩は家族にただ別れを告げただけではなく、自分の人生を形づくるすべてのもの、つまり、喜びや愛、記憶や希望、生きることへの欲望や死ぬことへの恐怖を家族共々置き去りにしたのだ。自分の人生のすべてを捨ててしまったので、打ちひしがれ、死を覚悟した。

そして今、貨物船に乗り込み、次々に話しかけられたり握手をしたり、肩を叩かれたりしながら進むと、まるで夢のような無感覚から抜け出したかのようだった。信じられない思いだった。

浩は不意に立ち止まり、振り返って再び船縁に向かって歩き、船員が舷梯を外す様子を見た。縁に近づき船を見下ろす。

船の上からロシア人たちが手を振っている。

浩が応えて手を振る……。

船の上の男たちは何かを叫ぼうとするが、貨物船が汽笛を次々と鳴らし、男たちの声をかき消した。

「貨物船の縁から離れないと！　スピードを落として行こう！」

126

ポンポン船に乗る者たちは手を振るのをやめた。ステパンがエンジンをかけ、貨物船の脇に立つ人々をちらりと見た。ステパンには、何かが変わったように思えた。さらに高いところを見ると、空が……とハッとした。

風は相変わらず空を覆う雲を吹き飛ばしていたが、今はすべてがどこか高いところ、とても高いところにある。そしてこの一年間、ステパンにのしかかっていた重く湿った覆いがなくなっていた。ステパンが目をぎゅっと閉じると、太陽のまばゆい円盤が見えた。子どもの頃、晴れた日の午後に森の中で草の上に寝そべると遠くの青空に見えたのと同じように。そして空は再び高く、太陽がある……立ち止まることもできる……。「ふうーっ」と深い息を吐いた。もうどこにも逃げなくていい。

肩に手が置かれた。ステパンが振り向くと、近づいてきたのはグリゴーリーだった。「子どもたちはずっと叫んでいたんだって。でも、何の音も聞こえなかったな。風に吹き飛ばされたのかな?」と肩をすくめて言った。

ステパンも肩をすくめて「たぶんね。俺はな、他にわからないことがあるんだ。俺が見たのは一体何だろう? 白い点を見たんだ。波の上にあった。こんなふうに上がったり下がったり、上がったり下がったり……。最初は月かと思ったんだ。だって、俺たちは波に揺られてたんだし! それから思ったんだ、もしかすると、波の中に見えたのが白い上着だったらどうだろう？って。それでわかったんだ！　もし俺に白い点が見えなかったら……俺たちは子どもたちのそばを通ったとしても、……通り過ぎていただろう」

グリゴーリーはベンチに座っている子どもたちのほうを向いた。その後ろにはニコライが立っていて、子どもの肩にかけた男性用ジャケットを直している。

「そうなんだよ！」ステパンがニヤリとする「あの子たちの誰も白い服を着てないし、白いものもなかった。俺はあそこで何を見たんだ？」

「パーヴェルが言うには、カモメがずっと真上を飛んでたんだとさ……。ほとんど水面に降りたかと思えば飛び立って……上に下にと飛んで、それからいなくなったって言うんだ」グリゴーリーが言った。

127

足元で甲板が揺れると、浩は防波板の冷たい縁を強く握ってバランスをとったが、かわりに体温が少し奪われた。その時、ふたりの子どもの腕が後ろから自分を包んでいるのを感じた。勇夫！　少年は父親の右腕から滑り抜け、左手でぎゅっと強く父につかまりながら、防波板にもたれてポンポン船を見下ろし、右手を振っている。船に乗った少女の小さな姿がそれに気づき、手を振り返すのを浩は見た。

息子は父親にさらに強くつかまり、船上の少女から目を離さなかった。浩は、息子が海に浮かぶ自分たちの島を船のように考えていたことを思い出し、島が大きな地球の一部でしかなく、地球とつながっていることにとても驚いた。なぜ今になってそれを思い出したのだろう？

嵐はおさまらず、貨物船の船体が風や波を防いでも、ポンポン船はかなり揺れていた。浩には、この船が水をすくう大きな両手に似ていて、人々がそこに避難しているように思えた。

「いい船だ」

浩は心の中でそう言ったのだろうか？　それとも声に出して言ったのだろうか。浩は周りを見渡して、聞こえても何を言っているのかわからないことを確認し、ゆっくりとロシア語で「ハローシャヤ ロートカ（いい船だ）」と繰り返した。

貨物船が動き出す……

ポンポン船は向きを変えて海岸の方向に向かう。勇夫は手を振り続けるカーチャを見て、数時間前にカーチャが砂の上に描いて見せた絵を思い出した。大きな船に乗った男の子、小さな船に乗った女の子、そして昇る太陽……。

北海道根室、現代

128

日本人の老人が十歳ぐらいの少年と一緒に家から出て、数歩歩いたところで振り向く。玄関に立ち微笑む老いた妻を見て軽くうなずき、車に向かって歩いていく。夜中にまた目が覚めてしまい、長い間眠れなかった。夜に小さな地震が起こった。暗闇の中、かろうじて感じられる程度の揺れが誰にも邪魔されないように忍び寄りながら、ごつごつした島の大地に広がり静かになった。

北海道に住む人々は昼間の微弱な揺れにはすっかり慣れていて、夜中なら熟睡していれば気づかず、左右に寝返りを打つだけだった。しかし、老人はほとんど気づかないような揺れを夜中でも感じ、たいてい目が覚めて眠れなくなる。

今日もそうだった。老人は次に何が起こるかを知っていて、洪水のように押し寄せてくる混沌とした記憶に対処する方法はひとつしかなかった。妻を起こさないよう慎重に布団から出て、窓に歩み寄った。

幸運だった。空には雲がなく、星の光が何兆もの小さな粒子となって地球に降り注いでいた。光はあっても、星そのものはとっくにどこか別の場所に行ってしまったか、消えてしまっている。星が消えても、どうせ人々はそのことを知るよしもない。星の光は見えるし、生活の一部になっているからだ。過去にあったことが今も自分の人生にあるというのは、驚きであり、理解し難かった。過去は現在の中に生きていて、どちらか一方を区別して切り離すことはできない。

老人が星を見ていると、頭の中で鳴っていた過去の声が、最初は丁寧に譲り合うように断続的になり、やがて静かになり、止んだ……そして、静かに穏やかな光となって溢れ出してきた。

ミニバンの滑らかなエンジン音に混じって、

乱暴なクラクションを鳴らす車の音も聞こえる。そのミニバンに乗って、老人と少年は海に向かって進んでいく。今日は孫を連れてどこに行くのか、妻に聞かれなかった。もちろん、花咲港だ。

ある日、老人は孫をお気に入りの場所、納沙布岬の灯台に連れていったことがある。十九世紀に建てられたこの灯台は、海辺から二十七キロメートル離れたところでもその光が見えること、スコットランド出身のイギリス人技師リチャード・ヘンリー・ブラントンが建てたことを孫に教えた。ブラントンは日本で二十六基の灯台を設計したため、「日本の灯台の父」と言われている。しばらく経ってから、老人が再び孫を灯台に誘った時、「灯台はかっこいいね。宇宙基地で打ち上げられる前のロケットみたい。でも灯台の写真はもうたくさん撮ったし、おじいちゃんの話も全部覚えちゃったから、花咲港に行って船に乗ろうよ……」と孫が言った。おそらくそれが正しかった。灯台は岸で船を待ち、岸辺への道しるべだ。しかし少年は岸辺で誰かを待つのではなく、自分で海に出たくて仕方ないのだ！

助手席の孫が突然、前のめりに体を倒したので、老人は自動的にブレーキペダルに足をかけ、握りしめた手がとっさにハンドルを切ろうとした……。そして、止まった。老人は、孫がフロントガラス越しにどこかを見ているのがわかった。

老人の視線に気付いた少年は、前方の上空を指さした。

「見て！」

二百メートルほど先の低空で、道路と垂直にパラグライダーが飛んでいる……。モーターパラグライダーが背負うプロペラがまるでスローモーションのように回転している。老人は何年も前から数多くのパラグライダーを目にして、そのたびに魅了されてきた。人間が鳥のように飛べるようになった！　いつかはそうなるだろうと思っていた。人には、地球上に存在する他の生物と共生しているように見えるだけだ。生き物が住む島や大陸は、本当は陸地ではなく水の上にそびえ立つ巨大な樹冠で、その根はどこか深くまで続いている。だから、人も鳥のようにたやすく自由に木から木へ飛べるようになれるはずだ。老人は、自分の「発見」を誰にも語らなかった。誰にも。遠い子ども時代に出会ったひとりの少女と、今隣に座っている孫を除いては。ふたりは勇夫を無条件に信じていた。そして、この小さなふたりに認められたことで満足だった。

老人が孫のように小さかった頃、すでに人は空を飛んでいた。しかし、ほとんどが人を殺すために飛んでいた。悪はいつも先に利益を得る。人が地球上で生きていくためには、愛よりも悪や憎しみが重要であるように思えるからだ。しかし、それは違う。時が来れば、愛は人々にとってより強く重要なものだとわかるだろう。

勇夫は離れていくパラグライダーを見つめた。

129

桟橋にミニバンが停車する。

老人は孫と一緒に車から降りて、長さ十メートルほどの小さな船に近づき、その中に入った。船室に入った老人は持参した袋から食べ物を取り出し、小さな冷蔵庫に入れ、テーブルの上にも置いた。

甲板から孫の声が聞こえてくる。

「おじいちゃん！　これはおじいちゃんが僕に持ってきてくれた船なの？」

老人は一瞬動きを止め、肩をすくめて甲板に出た。

外に出ると、孫が手にしていたのは船室とモーターの付いたポンポン船の模型だった。

「どこで見つけたんだい？」

孫は船尾の方を指差し「あそこにあったよ」と言った。

老人は模型を手に取り眺め、何かを思い出したように考え込んでいる……。

振り向くと、隣に停まっている同じような小さな船の上に男がうずくまっている。

「晴さん、この子に模型を持って来てくれたのはお前さんかい？」

「いや、勇夫さん……ヨーロッパ系の男性が来たんですよ……ロシア人みたいだったよ。誰の船かって聞かれて、お前のだって言ったんだよ。で、今日は孫と一緒にここにくるよって言っといた。そしたら、これをお前の孫にって置いていったんだ」

「どこへ行ったかわかるか？」勇夫が尋ねた。

晴は手で方向を示した「あっちだ」。自分が指差した方向を見つめる勇夫に気づいて、「ずいぶん前だよ、去ってから二時間くらい経つよ」

「おじいちゃん、模型の下に手紙があったよ！」

勇夫は孫のほうにさっと顔を向け、歩み寄っていく。

一枚の紙を手に取り読んだ。

（日本語で書かれている）


かつて、一九四七年にあなたのお父様がこのような船に乗って、嵐の中でロシアの子どもたちを救ってくれました。その中に私の母もいました。亡くなる間際に、母から「ヒロかイサオを探してほしい」と言われました。船はもうありませんが、記録が残っていたのです。母がその船の写真を持っていたので、あなた方のために同じ船の模型を作りました。


孫はすでに船から降りて岸に上がり、薄手のサンダルを脱いで足首が隠れるくらいのところまで水に入っている。片手にポンポン船の模型、もう片方の手にリモコンを持っている。手にした船の模型と波打つ海面を怪訝そうに見ながら、さらに数歩進んで立ち止まり、模型を水につけた。水面で安定した様子を見て、頭を上げて祖父を見た。

「いい船だね！」

勇夫は孫にうなずく。

「晴さん、他にはなにも言ってなかったか？　そのロシア人は？」

「また戻ってくるって言ってたよ」

晴は勇夫の背後を指さし、長い海岸通りの方向を見ながら言った。もう片方の手を額に当てて日よけがわりにしている。振り返った勇夫は、その方向を見た。

そして今、そこに点が見えた。人が歩いてくる。勇夫は船室へ足早に向かい、小さなテーブルの引き出しを開け、そこから何かを取り出して戻ってくる。甲板に出て立ち止まり、手を開くと手のひらに乗る可憐な少女の姿をした木彫りの人形を見つめた。

130

勇夫は船から桟橋に移動し、岸辺沿いの道に向かって歩きながら、横を向いて点（人）を見つめた。点が徐々に大きくなる。

勇夫は手を上げて軽く手を振った。それに応えて人が手を上げる姿がはっきりと見える。

勇夫は、波に揺れる小さな木の船を見つめる孫をちらりと見て、リモコンのボタンを押すのをためらっている様子を確認しながら、男の方へ歩いて行った。最初はゆっくりと、そして徐々に歩みを速めた。

131

アンドレイは海岸通りを歩きながら、ウスリータイガでダニに刺されて命を落としそうになったこと、道路に出て車に轢かれるのを待ったライチョウのスープを飲んで命拾いをしたことを再び思い出していた。ライチョウは自らの死が迫るのがわかっていた。つまり、車に乗る男性を救うために。

なぜアンドレイはこの鳥のスープを作って欲しいと言ったのか？　もしかしたら、記憶のどこかに母の話が残っていたのかもしれない。母は、嵐の中で自分と友達を救ってくれたのは人だけでない、突然現れたカモメもそうだった、と話していた。子どもたちの乗った箱舟のすぐ近くを低空飛行して助けてくれた、と。

大人たちの助け船が来るまで、カモメは子どもたちの上を飛んでいた。助けに来た大人のひとりが後に語ったところによると、最初、霧の中に白い点が見え、子どもの誰かが着ている服と間違えたという。

母親は鳥に助けられた。そして、ライチョウが道に現れ、アンドレイのために止まってくれた。

妻も医師も、「そんなことはあり得ない」「こんな時はどんなスープも効かない」と断言した。しかし、誰もアンドレイの回復と鳥の不思議な行動を説明できず、アンドレイは自分の意見を貫いた。

アンドレイは肉食をやめ、肉料理を提供されるたびに、あの道を思い出した。森の中の空き地とささやき声。その言葉の意味はわからないものの、車の前にライチョウを誘ったのは、きっと同じ言葉だったのだろう。そしてアンドレイの奇跡的な回復は、母の最期に交わした約束に関係があると確信した。それは、母の遠い子ども時代に南クリル諸島（南千島）の志発島で母を含む数人の子どもたちを救った男を見つけることだった。なぜなら、瀕死のアンドレイは健康な人には聞こえないようなささやき声を聞いたからだ。それは穏やかな優しい声で、少女カーチャが少年勇夫の耳元で別れ際に言った言葉を繰り返した。「もし、皆を見つけて解放しても、世界で一番愛する娘を見つけられないとわかっていても、それでも探しに行ったかしら?」少年の答えは「行ったよ」だった。

ソ連時代は、アンドレイが根室を訪れるのは不可能だった。しかし時代は変わり、人々は自由に外国に行けるようになった。こうしてアンドレイは、浩本人(母は名前しか覚えていない)を見つけると約束し、もし浩が存命でなくても、その子孫を見つけると誓った。

もう少しで、浩の息子に会える。この人を探して何度か北海道を訪れた。彼は母親に「大陸や島は、水の中に深く根を張った大木だ」と言ったことを覚えているだろうか。その樹冠の中に人も動物も鳥も、あらゆる生き物が暮らしている、と。

アンドレイは確信していた。母はきっと、まばゆいほどの青い空のどこかで見てくれている。立ち止まることなく、顔を空に向けてぎゅっと目を閉じ、数歩歩いてから前を向いて目を開けた……。滑らかで柔らかい陽の光に慣れるように瞬きをした。今日という日が、いまここにある。しかし、愛する人や心寄せる人たちが行ってしまった上空を見るたびに、この日差しのようにアンドレイの心を燃え上がらせた。あれは何だったのだろう? 地上で叶えられなかった夢への憂いだろうか? 始めたことを継続しやり遂げるべきところを、そうしない人たちへの恨みだろうか? あるいは、いちど心に決めたことが必ず実現するようにという切望だろうか?

132

ふたりは互いに向かい合って歩み進んだ。

かつて母親を救ってくれた日本人を父に持つ人物が歩いてくる。アンドレイは、勇夫の父親が感じていたものの誰にも説明できなかったこと、つまり、誰であっても何であっても、善だけ、悪だけということはないということを理解した。そして今、男はたとえ成功の見込みがなくても、自分が必要だと思うことをやってみるべきだと理解した。人が強く切望すれば、その願いが少しでも、ほんの一瞬でも目に見える世界よりはるかに大きく神秘的なものの一部になった瞬間に、きっと聞き届けられるに違いない。

ほかの者たちもそうだった。生まれてくる子どもの父親に桟橋の上で最後の愛の言葉を叫んだ女性や、一対のイヤリングをプレゼントしたロシア人女性……。このイヤリングは、勇夫が老人になるまで何年も見てきた。最初は母親、次に妹のものになった……。海に浮かぶ小さな島で共に暮らした多くの人々のことを、私たちはもう何も知ることができない。しかし確かなことは、何があっても人々は互いに向かい合って歩み寄るということだ。

元島民たちの記憶とその子孫の声

ガリーナ・ニキーチチナ・ラーピナさん（一九三八年生まれ）の体験

1985年、ガリーナ（左）アンドレイ（中央）リュドミーラ（右）

「箱舟」に乗って遭難したロシアの子どもは四人だった。そのうち三人が兄弟姉妹で、アンドレイの母親リュドミーラ、その姉のガリーナ（愛称ガーリャ）、兄のゲンナージー（愛称ゲーナ）だった。現在、ガリーナさんがウラジオストクから北に四十五キロ離れたアルチョームという町でご存命だとわかり、当時のことを証言していただいた。

家族で志発島へ移住

私たち家族は、戦争の間はずっとウスリースクに住んでいました。

父親の名はニキータ・トロフィーモヴィッチ・ラクーノフ（アルタイ地方ビイスク市出身）、母親はヴァレンティナ・ダニーロヴナ・ラクーノヴァ（イルクーツク州ボダイボ市出身）です。私は三人兄妹で、兄のゲンナージー、妹のリュドミーラ、そして私です。

第二次世界大戦で父親はドイツの前線から負傷して帰還しました。銃弾を受け傷を負い、松葉づえをついて歩き、耳がほぼ聞こえなくなっていました。ウスリースクには障害者が就ける仕事や職場がなかったため、一九四六年に南クリル諸島（北方四島）で仕事の募集があった時に父が応募をしました。そうして家族で移住したのです。

石炭を運ぶ貨物船の船倉に乗って国後島に渡航しました。到着したのは雪の降る冬で、二月か三月だったと思います。まず国後島で大きなバラックに入居し、そのあとすぐに渡航者全員がそれぞれの島に移送されました。父が選んだのは志発島でした。

日本人は海岸沿いに暮らしていて、馬や牛を沢山飼い、すばらしい畑がありました。ミルクやじゃがいもは支給されました。最初はまる一週間、ある日本人家族が住む家に同居した覚えがあります。その後、桟橋のところからそう遠くないところ、蟹缶詰工場のすぐ近くに住むことになりました。住まいは残された日本人の家でした。

新しい住居建設はすぐには始まらず、志発島で暮らした三年間は日本人の家に住みました。志発島に行ったロシア人家族はぜんぶで二十世帯だったので、皆が空き家に入れました。

ロシア人入植者が来るまでに多くの日本人島民が島を去ったようでしたが、子どもの多い大家族や

1976 年、リュドミーラ（左下）とガリーナ（右下）家族

ゲンナージー（左）と父（右）、撮影年不詳

逃げることのできなかった家族が残っていました。日本人はロシア人入植者と一緒に蟹缶詰工場で働き始めました。きつい仕事だったので、働いていたのは男性だけだったと思います。

海辺の至るところで白い貝（ホタテ貝）がたくさん獲れたのを覚えています。それで「白い島」と記憶しています。その貝も煮て加工されていました。

学校は日本人とは時間が分けられていました。夏の間は日本人が学び、ロシア人は冬に学校に行ったように思います。先生が少ないのでクラスが分けられていた。ロシア人は女性教師がひとりいるだけでした。

日本人の子どもたちとは散歩をしたり一緒に遊びました。海に入ったり、普通の子どもの遊びです。ロシア人の女の子が亡くなったことがありました。毒のある野草を食べてしまったのです。その野草には黄色い根っこがついていたのでニンジンに似ていると思い食べたようです。食べるものが少なく、いつもお腹が空いていたので、皆食べられそうなものは何でも食べました。

日本人の畑にキレィな花が咲いていて、とってもいいと言われたので花を摘んで帰ったことがあります。

海に流された日のこと

あの日は、日本人が荷物を持って桟橋付近に集まっていたので、日本人の引き揚げの日であったと思います。

学校の帰りに海のほうへ行き、海岸沿いを歩きました。少し経って歩くのがしんどくなったところ、箱が置いてあったので、その中に入りました。それは、釣りの時に漁師が魚を入れる箱でした。当時、船を没収された日本人が箱に乗って釣りをしていたんです。船が没収された後は箱に乗って夜中に北海道に向かって脱走した日本人もいました。

箱舟に乗っていたのは四人の子どもと小さな犬一匹です。妹のリュドミーラ、兄のゲンナージー、近所の友達スヴェトラーナ・モズジェリーナ、我が家の愛犬、そして私でした。木箱は大きく、四人と一匹が入るには十分でした。

箱舟に乗ると、長い棒を使って押し、浜辺から離れて浮き始めました。最初はゲーナがロープで岸辺から引っ張っていましたが、しばらくしてゲーナ自身も乗りました。それから風が吹いてきたため、沖に流されていったのです。

後で親から聞いた話ですが、私たちが流されてゆくのを日本の子どもたちが目撃したようで、蟹缶詰工場に駆け込んでロシア人の子どもたちが沖に流されたことを伝えてくれたそうです。

ロシア人の大人が小舟に乗って捜索に出たものの、濃い霧が出て風も強くなりました。遠くのほうに自分たちを探しに来たロシア人の舟が見えたのです。私たちは思い切り叫びましたが、大人たちは聞こえなかったのか、気づかずに岸辺に戻ってしまいました。ロシア人は舟をうまく操縦できなかったと後からわかりました。箱が波でひどく揺れて、とても恐ろしかったです。

ロシア人の大人が子どもを見つけられず戻ったところ、ある日本人が「僕が見つけてやるよ！」と言って自分の船に乗って海に出てくれた、と聞きました。カモメが上空を飛んでいて、風が強まり雨が降ってきました。凍えるほど寒くて、怖くてたまりませんでした。しばらくすると日本人が操縦するエンジン付きの船が現れて、そこにはロシア人の大人も乗っていました。大人たちがなんとかして箱舟を船に引き上げて乗せてくれました。浜辺には人々がずらりと並んで待っていて、皆がとても喜んでくれたのを覚えています。

以前はこの日本人の名前を覚えていましたが、もう忘れてしまいました。この事件が起こるまで、この日本人とは面識がありませんでした。大人の日本人だけれど、老人ではありません。二十代か三十代ぐらいだったように思います。

この日本人はその日の引き揚げ船には乗らなかったと思います。というのも、その後でこの日本人が家に遊びに来た記憶があります。この人がその後どのように島を出たのかは、わかりません。

色丹島　15歳頃のリュドミーラ

この事件の後、私の家にロシア人の警察が来て家族全員が尋問されました。なんと、子どもたちが「日本に」渡ろうと企てたのではないか、としつこく聞かれてとても怖かったです。でももちろんそんなはずはなく、一通りの尋問の後、警察は帰りました。

ずっと後になって、国後島に住む知り合いの音楽教師オリガ・ヤンシャが、父親がまだ生きていた時に父から聞き取りをして、家族の話を本に書こうとしていました。残念ながら実現せず彼女は亡くなってしまいました。

一九四九年に父親が色丹島に転勤することになり、家族で移り住みました。

色丹島では、父は大陸から運ばれた食糧の倉庫番として働きました。

両親との会話から、あの時に助けてくれた日本人が南クリルにお墓詣りに来た、と言っていたのを覚えています。「あの子どもたちは元気にしているか」と尋ねられたと聞きました。何年のことだったかはっきり覚えていません。ソ連時代だったことは確かです。歯舞諸島や色丹島の墓参が一九六四年に実現したとのことですから、その頃だったのかもしれませんね。正確にはいつだったのかわかりません。色丹島に住んでいた時の話で、この日本人がその後志発島にも行ったのかどうかもわかりません。

私たち家族はこの日本人のことをいつも思い出し、子どもたちにも語って聞かせました。そして、いつしかこの物語が私たち家族だけでなく、たくさんの人々の財産になったのです。私たち家族が持つ記憶がもっと沢山の人に知られ、人々が互いに思いやり助け合うよう、大切なことを理解する手助けになることを願っています。

（インタビュー：二〇二二年八月／聞き手：樫本真奈美）

（注）志発島に最後の引き揚げ船が来たのは一九四八年八月で、一九四六年から三年間で計三回の引き揚げ船が出た。

遭難事件に関するインターネット掲示板の書き込み

二〇一七年四月一日付けで、Ostrov65という北方領土関連のロシア語サイトの掲示板に興味深い書き込みがある。「ゲンナージー」という人物がこの遭難事件の思い出を書き記している。

このゲンナージーが誰なのかは明らかになっていないが、一九九二年四月に始まったソ連崩壊後のビザなし交流第一陣で根室に訪れたゲンナージー・ソコロフさんの可能性がある。ソコロフ氏は両親、兄と共に一九四六年に志発島に移住し、箱舟で遭難した子どもたちの近所に暮らしていた。

尚、本文の「工場がある村」は西前相泊であり、工場は日魯蟹缶詰工場のことである。

クリル諸島で仕事の募集があった。この話は別の機会に譲ろう。志発島に一九四六年八月に到着した。私たち家族は工場がある村に住むよう割り当てられた。島には少なくとも三つの村があり、そこには一軒家や小さな集合住宅があって、日本人家族が住んでいた。工場がある村では日本人の家族が暮らしており、我々は入植者だった。私たち家族はソ連軍が占領する前に島を去った日本人の家に住むことになった。こうした空き家はたくさんあり、居心地はよくなかったものの、私たちは工場の近くに住みたかったからだ。工場の近くには呑み屋や食堂があった。配給制度がまだ残っており、日本人には砂糖や小麦、油など生もの以外の食糧が配られていた。日本人は黒パンに馴染めなかったので、一緒にコッペパンのような白いパンを小麦粉で焼いた。日本人はロシア人と一緒に漁師として働いたり、缶詰工場の冷蔵庫や作業所で一緒に働いた。工場のある村にはロシア人の学校があり、シンバシ村に日本人の学校があった。日本人が出て行った後、シンバシ村に国境警備隊が駐屯した。それまで国境警備隊は工場がある村の隣村に陣取っていた。当時のことはたくさん書くことがある。

一九四七年に事件が起きた。ロシアの四人の子どもたち、うち三人がコプィロフ家の子どもで、ガーリャとゲーナ、三人目の名前は忘れてしまった。そしてポロンスカヤという姓の女の子で名前は覚えていない。十二歳から十五歳ぐらいの年の子たちで、島を散策していた。島の住居はすべて海岸に沿って建っていた。島では、水上の移動手段として小規模な箱を使うことが日本人に許可されていた。箱の排水量は二百キログラム程である。家に帰る時、子どもたちは疲れたため、その箱に乗って村まで流れ着こうと思いついたようだ。ある日本人の女の子が一部始終を見て止めようとしたが、ロシア人の子どもたちは耳を貸さずに箱に乗り込み、岸辺から出発してしまった。岸から三十メートルほど離れると、長い棒が海底に届かなくなり、方向も見失ってしまった。岸から海のほうに風が吹き、子どもたちは海に流されはじめた。ゲーナが箱舟から海に飛び込み、箱を岸の方へ引っ張って泳いだが、女の子たちも箱から出ようとしたので、ゲーナは再び箱の中に戻った。子どもたちは風で大海原へ流されていった。天気が悪化した。風が強まり、霧のせいで見える範囲はせいぜい百メートル程度だった。箱に波がはげしくぶつかり始めた。帽子や手で懸命に水をかき出した。

私たちの住む村にその日本人の女の子が急いで駆けて来て、起こったことを伝えてくれた。捜索に向かったのはモーター付きの船だった。しかし、約二時間海を探しまわってから成果もなく戻ってきた。暴風雨警報により船は次々と港に戻っていた。実は子どもたちから百メートルほど離れたそばを通っていたのだ。船のエンジン音で子どもたちが助けを呼ぶ叫び声は聞こえなかった。最後に船着き場に戻った船は、タキハラという日本人船長が船頭をとる船だった。このタキハラに事件のことを伝えると、何も言わずにすぐさま日本人の女の子に箱舟が出た場所を詳しく聞き出し、海に捜索に出た。タキハラは箱舟が出発した場所まで近寄り、風下を重点的に探すよう進路を定めたのだ。およそ一時間後、百メートルほど先に子どもたちの乗った箱を船縁で押し寄せてくるタキハラの船が見えた。ずぶ濡れになって凍える子どもたちを岸辺で待つ親たちに届けたのだった。タキハラ船長の卓越した海の知識が、操縦不能の箱に乗って沖に六キロメートル以上流されたロシア人の子どもたちを救ったのだ。

出展　https://ostrov65.ru/sakhalin/yuzhno-kuril'　sky-rayon/ostrov-Zelyonyi/

志発島　元島民の木村芳勝さん（一九三四年生まれ）の体験

終戦前の島での暮らし

終戦の時、私は十一歳でした。当時の正式な住所は、北海道花咲郡歯舞村大字瑤瑁村字志発島西前相泊です。私の父は青森県西津軽郡の出身で北海道の七飯町に渡り、東の方に流れて志発島に定着したようです。

私の家は十三人家族で、私は十一人兄弟の九番目ですが、三人が島で亡くなりました。

志発島の海はとても奇麗で、コンブ、ホタテ、サケ、マス、カニなど、沢山の魚や海藻が採れます。

島に電気はなく、我が家では五つのランプを使っていました。一般家庭では水も井戸からツルベで汲み上げていました。その水汲みが大変で、まず炊事用、その次に風呂用を汲み、動物がいればその分多くなります。だから子どもでも家の仕事を手伝わねばならず、それが終わるとコンブの仕事を手伝いました。学校が終わると急いで帰ったものです。

島のほとんどの家がコンブを採って生計を立てていました。家業はコンブ漁のほかに豆腐屋も営んでいました。秋から冬に変わる頃、十月中旬を過ぎると昼間から真夜中までコンブ切りに忙しい毎日です。獲ったコンブを外に干し、夕方には集めてムシロをかけます。朝にそのムシロを外すのが私たち子どもの仕事でした。冬の間はそのコンブを少しずつ切って使ったり、お金が必要な時は売りました。豆腐作りも朝早く起きて手伝いをさせられました。父親はできた豆腐を朝のうちに売りに歩きました。

家のすぐ前が海なので、網に重りをつけて海に沈めておけば、サケでもマスでもタラでもたくさん獲れました。家で食べる魚はそれで十分でした。

ホタテ、サケ、カニを加工する缶詰工場が島に三つもあり、五月頃から十一月頃まで女工さんたちが日本全国から大勢出稼ぎに来たので、冬を除けば大変賑やかでした。

移動手段は徒歩か、道産子（北海道で飼育される日本在来馬）や馬車ですが、自転車も何台かありました。相泊地区は駅逓や郵便局などの公共施設がありました。

島での遊びは、夏は川や海で泳いだり、小魚を掬ったり釣りをしたりして遊びました。冬はスキーやそり滑り、流氷に乗って遊んだりもしました。潮の流れが変わると氷が沖に流されてしまうこともあるので、注意を払って遊びました。沼に氷が張るとスケートをしましたが、私は五男なので、兄たちのようにちゃんとしたスケート靴を買ってもらえず、竹で作ったスケートを親が長靴にくりつけて、それで滑ったのを覚えています。

私が通った学校は複式学級で、一年生と二年生でひとクラス、三年生と四年生でひとクラス、といった具合でした。校長先生とふたりの先生だけでした。

学校にいる間に雪が降って家に帰れなくなることがありました。そういう時は途中の家に泊めても

（写真：山田淳子）

らい、晩ごはんと朝ごはんを食べさせてくれました。翌朝は、お弁当におにぎりを持たせてくれて学校に行きました。学校が終わると走ってそのおばさんのところにお礼を言いに行きました。走って我が家に帰り母に報告すると、母はちゃんと知っていました。子ども心に、なぜもう知っているのか、不思議に思ったものです。後から思えば、小さな島ですから、何かあったらお互いに子どもの面倒を見るという親同士の了解があったのでしょう。そのおかげか、島の子どもたちは大きな怪我も病気もなく健やかに育ったと思い、親のありがたみに感謝しています。

十一月を過ぎると流氷がぼつぼつ来始めます。二月には海は流氷で埋め尽くされてしまいます。風が強い日は氷と氷がぶつかってキュッ、キュッと音が鳴ります。

春が来ると、氷のところどころに隙間ができるので、私たち子どもは腕をまくって水の中にある石の下に手を入れます。「ゴッコ」という腹に吸盤を持つ魚を獲るためです。吸い物にして食べると美味しいのです。水が冷たいので手が真っ赤になりました。

志発島にはカラスが一羽もいませんでした。島には木が一本も生えていなかったので、巣を作れなかったのでしょう。

十月九日と十日は金毘羅神社のお祭りでした。九日が宵宮祭りで十日が本祭りでした。お祭りの最中は日魯缶詰工場の女工さん達が出歩き、夜店も出ました。大相撲大会や獅子舞もあり、大変な賑わいでした。また、神社の入り口にはコマイヌさんが二匹、じっと沖を見つめて見守っていました。

戦時中は、火薬の原料になる塩化カリや外用薬になるヨウドを増産、常温で釜の縁に付く塩化カリウムを結晶させ、結晶後に残った液に六十六度の強硫酸と二酸化マンガンを加えて蒸留すると紫色の美しい気体が発生し、これを冷却して粗製ヨードを作り火薬の原料にします。ですから、ジカが終わるとあちこちの家から煙がもくもくと出ていました。

終戦の日、私の家に日本の兵隊さんや近所の大人の人たちがラジオを聴きにきました。そして、ラジオを聴いていた兵隊や大人たちが泣いていました。それを見た私はどうして泣いているのかわかりませんでしたが、後で日本が戦争に負けたことがわかりました。

ソ連兵が上陸した時の状況

ソ連兵が上陸した時の様子は、私は直接見ていません。ソ連軍は私が住む西前の海岸から上陸したようでした。昭和二十年の九月二日から四日だったと覚えています。沖に黒い大きな船が停泊していましたが、その船がアメリカの船なのかソ連の船なのか見てもわかりませんでした。ソ連軍が島に上陸すると聞き、三、四日間、親と一緒に昼間は防空壕に隠れ、夜は家に入って過ごしたのを覚えています。何しろ、当時は様々なデマが飛び交ったため、島の日本人は皆殺しにされるというものでしたから。

少し経ってから、昼間に家にいると私の家にロシア人の兵士が三人やって来ました。大きな声で何かを喋っているのですが、言葉がわからないので黙っていると、そのうちのふたりが靴を履いたまま家に上がってきました。ひとりは外を見張っている様子でした。私のそばに来て、手振りで「立て」という仕草をしたので立ち上ると、部屋の戸を開けるよう指示されたので開けました。また、押し入れ戸も明けるよう言われそのようにすると、ライフル銃で蒲団を全部突きました。

家の三部屋をすべて調べたらまた茶の間に戻り、今度は身振りで腕時計を要求してきました。父が家の神棚にあった兄たちの腕時計二個を差し出すと、ニヤリと笑って受け取りました。兵隊にやった兄たちのものでした。万年筆も要求されましたが、うちには万年筆はなかったので、ない、と断りました。そして外の兵士を呼ぶと、その兵士は仏壇の阿弥陀様を盗り、母がしていた指輪も盗っていきました。光っているものは何でも盗って行きました。

ロシア人が上陸してからの島の生活

ソ連兵が上陸してからは私たちの生活もガラッと変わりました。しばらくは毎日のようにソ連兵がやって来て大声でしゃべり散らし、何を言っているのかわからないままに土足で家に上がり込んでは家の中を見て歩きました。ライフル銃を背負うのも日本兵と違って逆さまでした。銃身も短く、銃身の中程に丸い物がついていました。それは、マンドリンという自動小銃で、銃身に付いていた丸い物の中に弾丸が百二十発入る、と後から知りました。

また、島民は将来の生活の不安から、夜になるとソ連兵の監視の隙を狙って島から脱出する人もいましたが、私の家族は十人もいたので脱出することができませんでした。また、ソ連兵が上陸したのが私が住む西前の海岸だったこともあり、逃げづらい状況にあったことも後から知りました。

ソ連兵の監視も日に日に厳しくなり、学校も占領され、島民が使っていた船の多くが鉄砲で穴をあけられたので、魚を獲ることもできなくなりました。野菜を作ることはできました。

ソ連兵が上陸したのが九月二日～五日にかけてですが、三週間ぐらい過ぎてから家族が来ました。もちろん子どももいて、特に女の子はブロンドの髪に青い目、真っ白な肌をして背が高くスタイルが抜群によかったです。ものすごく可愛いくてお人形さんのようでした。

ソ連軍上陸後しばらくしてから学校が再開されましたが、生徒が少なくなったので、西前と東前が合同で運動会を行ったり、互いに行き来することになって移動が大変でした。大畑繁義先生をよく覚えています。

ジャガイモを畑に植えていたのですが、立派に育ったじゃがいもを収穫し、小さなイモはタネイモとして残しておかないといけません。しかし、ロシア人の子どもたちが我が家の畑にやって来て、収穫後の小さいイモを掘り返して盗っていくのです。ある日、女の子が畑でイモを掘っているところを目撃した私が「ダメ、ダメ！」と獲ってはいけないことを示すと、その子は泣いて帰りました。すると今度は馬に乗ったロシア人兵士が一緒に来て、私に拳銃を向けました。私はその頃には本気で撃たないことはわかっていたので、両手を挙げれば済むことをわかっていました。ロシア人兵士は拳銃を降ろさず、何か子どもたちに言っていました。おそらく、急いでとって帰れ、ということを言っていたんでしょう。

パンやチョコレートを持って来るようになって、小さいじゃがいもではなく「ボリショイ（大きな）じゃがいもをくれ、と言うので、大きいのをあげました。

そうこうしながら、お互いに食べ物を交換するようになったのです。

黒パンをもらった時もありました。酸っぱいので、最初は腐っているのではないか、または酢が入っているのではないか、と私たち日本人は驚きました。しかも、時間が経つとパサパサして食べる時にボロボロ落ちます。ロシアの兵士たちは、上官は白いパンを食べ、下級兵士は黒パンを食べていました。

タバコも、上官はちゃんとした紙巻きたばこを吸っていましたが、下級兵士はマホルカといって、自分の手で新聞紙に葉を巻いて吸っていました。日本人は「朝日」という半分がタバコで半分が吸い口のタバコを吸っていましたけどね。

ソ連の子どもたちとは言葉が通じませんでしたが、気にせず日本人もロシア人も子どもたちは一緒になって遊びました。年齢もだいたい同じぐらいだったと思います。山で小鳥の巣を見つけたり、海で泳いだりしました。日本人は川のそばで泳ぐんです。川の水は山から流れてくるので真水です。お菓子を入れる一斗缶で川の水を入れてお湯を沸かすのです。帰る時にそれで身体を拭いて身体の海水の塩気をとりました。

簡単な単語は耳で覚えました。「こんにちは」は「ズドラーストゥヴィチェ」、「じゃがいも」は「カルトーシカ」、あと数の数え方も覚えましたよ。「いち、に、さん……」は「アジン、ドゥヴァ、トゥリー……」だね。

ある時、山で遊んでいたらロシア人の男の子が毒セリを食べて死んでしまった事がありました。食べるのに気づいて「食べちゃダメだ！」と懸命に伝えましたが、言葉が通じずに食べ続けてしまったのです。その後亡くなったことがわかり、とてもかわいそうでした。

父が米で濁り酒（どぶろく）を作っていたのですが、ある日、ソ連兵にあげると、そのお礼に、と馬に米を二俵吊るして米俵を運んできました。当時、ソ連は日本軍が備蓄していた米を没収しましたが、当時のロシア人は米を食べる習慣がなかったようです。当時は食べるものも節約し、米にイモやカボチャを混ぜて食べていたので、白米が食べられて嬉しかったのを覚えています。そうなると、父のどぶろく作りにも気合いが入ります。ロシア人のほうも「もっとよく絞って」という仕草をして、父にもっと濁りの少ない酒を造るよう要求していました。父がぎゅっと絞ると「ハラショー！」と言って喜んでいました。根室に行った時、白米の配給はほんの少ししかありませんでした。結果的に島のほうが白米をしっかり食べられることになったのです。

最後の強制引き揚げの時には、ロシア人の家にお別れの挨拶を兼ねて遊びに行きました。

ソ連の強制引き揚げ命令

昭和二十二年の九月下旬から昭和二十四年にかけて引き揚げが行われました。日本人は島から退去させられることになり、引揚げ船が出るというので、歯舞諸島の他の島からも志発島の西前に島民が集められました。

志発島では昭和二十二年八月頃から日本人は西前の相泊に集められました。私の家は部屋が三つあり比較的大きかったため、何家族かで住みました。

私たち家族は同年十月、ソ連の引き揚げ船に乗りました。それは貨物船でした。

引き揚げの正確な日時は事前に知らされず、当日の出航数時間前に知らされるのです。持ち物は二個と決められ、急いで身支度をしました。

貨物船は少し沖合に停泊していたため、桟橋から中継ぎの舟に乗って行きました。貨物船のそばまで行くと、貨物船から大きなもっこが下ろされ、その上に荷物を乗せて自分たちも乗りました。もっこは硬い縄で編んであるため、吊り上げられると手足が擦れてとても痛かったです。しかも、貨物船ですから地上から二十メートルぐらい吊り上げられるので、恐ろしくて声も出ませんでした。

こうして一家族ずつ乗船しました。

志発島を出発して十日間位で到着した港が樺太でした。なぜか樺太の港沖で一週間位停泊したのですが、その期間が大変でした。十月の樺太は風が強く波も高く船は大揺れでした。それに、船で出される食事が粗末でとても食べられませんでした。私の母もまともに食べず船酔いで吐くばかりだったので、すっかり身体が衰弱してしまいました。

船で亡くなった人もいました。何人も海に捨てられるのを見ました。

そうこうしているうちに真岡の港に上陸することができました。行った先はどうやら女学校の建物のようで、一家族に与えられた場所はおよそ一坪の狭さでした。特に我が家は八人家族だったため、皆が一緒に寝ることはできませんでした。代わる代わる横になって寝て、後は寒い廊下で立ったまま寝るという始末です。私と弟はいつも廊下にいました。

また、トイレが宿舎から離れているので、特に夜は大変でした。暗いし寒いので妹たちがかわいそうでした。トイレといっても大きな穴が掘ってあるところに踏板が置かれているだけです。その板についた汚物が凍って、滑って穴に落ちてしまう子どももいました。穴はとても深く、落ちてしまうと助けられませんでした。一応、トイレの周囲は板で囲われていましたが、誰かがその板を剥がして暖をとるために燃やしたため、むき出しのトイレになりました。

志発島を出てからは一度も風呂に入らなかったのでシラミが沸いて大変でした。日中はよくシラミ取りをしました。ある日一度だけ風呂に入る機会がありました。何百人も入るのでゆっくり入れませんでしたが、それでも久しぶりだったのでさっぱりして気分がよくなりました。

日本の引き揚げ船に乗船

樺太に日本からの引き揚げ船が私たちを迎えに来ました。

船名は高倉山丸でした。船内では操舵室、機関室を除いて、それぞれの船室に入ることができました。機関室の上の部屋に入るとエンジンの熱で暖かく心地いいのですが、シラミも活発に動くので参りました。何しろシラミは全身を這いまわっていたのですから。

日本の船に乗って初めて出された食事が塩おにぎりとワカメの味噌汁で、日本の食べ物はこんなに美味しいのか、と感動したのをよく覚えています。

函館に到着してから二、三日は船内に泊まりました。上陸してすぐに建物に入りＤＤＴを全身にかけられたので、皆が白装束を着たようになりました。父がリンゴを買ってくれました。そのリンゴの美味しかったこと！

この島のシンボルの大きなホタテ貝（写真：山田淳子）

墓参のビザなし渡航で拾ってきた志発島の石（写真：山田淳子）

それから何日かして根室行きの列車に乗りました。列車の中は満員で私たち子どもは床に紙を敷いて座りました。翌日の夕方には根室に着き、駅には兄や姉が迎えに来てくれて嬉しくてたまりませんでした。私の母は船酔いと嘔吐で衰弱していたので兄が背に負ぶって家に帰りました。志発島を出てから約二か月、やっとの思いで根室にたどり着きましたが、母はすぐに入院しました。翌年の四月九日に病院で亡くなりました。

墓参について

志発島の墓参にはこれまで七、八回行っていると思います。志発島にはいわゆるお墓はなく、火葬のあとはお寺にある骨堂に遺骨を収めるという形でした。墓参はいつも五月になると始まります。今年（二〇二二年）は行けなくなり、とても残念です。息子と一緒に行く予定だったんです。もう、どうしたって行けないんじゃないかな……。悔しいね。

（インタビュー日時：二〇二二年六月八日／聞き手：樫本真奈美）

曾祖母、祖父の島、「シボツトウ」と私の血を巡る旅

山田淳子

記憶の中の祖父は怖い人で私は祖父のことをほとんど知らない。

「おじいちゃんは北方領土にいた」

もう何年も前、小学生くらいのころに父から聞いていたこと。

私の祖父は北方領土にいたらしい。

ずっとそのことが気になっていた。


知らない祖父のことを紐解くことは私の先祖のルーツを辿ること、それは私が何者なのかを知る作業のために必要なことだった。まず思いついたことは父の従兄弟に会うことだった。

二〇一八年九月、私は父の従兄弟である山田光夫に会いに釧路に向かった。父曰く「光夫は島のことを知っているはずだ。あいつは島で生まれている」ということで、私は光夫さんに会うことが島を知る第一歩だと思うに至る。光夫さんに初めてあったときに、私は北方領土のことを教えてほしい、おじいちゃんのことが知りたいと言った。光夫さんは嬉しそうだった。そして私は光夫さんに質問した。

「おじいちゃんは北方領土のどの島にいたんですか？」

最初、「しぼつ」と光夫さんが答えてくれた時、私は何のことかわからなかった。「は？なにそれ？」と聞き返した。そう、「しぼつ」が何か知らなかったのである。歴史の教科書で北方領土は四島と習う。私にもその程度の知識しかなかったのだ。「択捉、国後、歯舞、色丹」それが私の知っている情報で「しぼつ」なんて知らない。光夫さんは歯舞群島について教えてくれた。その中の一番大きな島が志発島だった。光夫さんが生まれ、私の祖父が暮らした島である。その島に昭和二十年十一月までいたことを光夫さんから教えてもらった。祖父がどこにいたか知った瞬間である。そして光夫さんの記憶の中で咲いている「ホテイアツモリソウ」という紫の花のこと、島に咲き誇っていたこと。光夫さんの故郷の記憶である。

次に二〇一八年の年末に祖父の姿を知るために祖父が生まれたときのことを父が知りうる限りで聞いた。

「うちの親は自分の父親のことを知らない。俺のばあちゃんが子どもを育てるために北方領土に行ったんだと思う」

私はその言葉を聞いて非常に興味を持った。そして新たに曾祖父のこと、そして祖父を育てた曾祖母のことから調べることにした。それを調べるためには除籍謄本が必要だったので役場に行き、入手した。

私の曾祖父、山田善次郎は明治六（一八七三）年九月三十日に富山県下新川郡飯野村大字芦崎村（現・

入善町）幻に生まれた。戸籍からわかることは明治三十六（一九〇三）年一月六日に分家して戸籍主になったことと、明治四十三（一九一〇）年八月十二日午前五時に亡くなり曾祖母が届け出を出したことだった。祖父が明治四十三年十一月二十一日に生まれているので父が言っていることが正しいことが裏付けられた。そして祖父は五人兄弟で兄が二人、姉が二人いたらしい。そのうちの長女の嫁ぎ先は「一島」といい、志発島の居住者地図でも見ることができる。そして祖父の兄である「山田武」の名前も確認ができた。ともに志発島の北浦に家があったことがわかる。志発島は大きく「西前」と「東前」にわかれていて、北浦は「西前」に属する。地図の中に私の一族が浮かび上がってくる。確かに私の一族は島にいたのだ。光夫さんが話していた島の記憶、缶詰工場が近くにあって家の裏手に防空壕があり、ソ連兵が来たときにその防空壕に隠れたこと、ソ連兵が来たことで島を脱出するために防空壕に大事なものを埋めてきたこと、脱出の夜のこと、地図の上で想像をめぐらすことができる。きっと祖父も相泊から海に出て漁師として生活していたに違いない。うちにはエンジン付きの船があり、その船で島を脱出したという。

島を脱出して以降、私の家の人間で島に帰ったものは誰もいない。光夫さんも島に帰る、島に行くつもりはないという。ただ、一つだけ望んでいること、それは「自分の故郷の島のことを今の若い人達にもっと知ってほしい」ということである。私は光夫さんの話を聞いたとき、写真を撮ることを決めた。

私はこれまでに志発島で暮らしていた人々、十余名に会っている。その中でも現在の入善町芦崎で暮らす人々、私の親戚が多いが、その人たちから島での生活のことを聞くことができた。そして中には祖父の写真をくれた人もいる。私が元島民に会うことはその人々のバラバラな記憶の断片を私の中でつなげていく作業である。私の一族はみな、志発島から船で脱出しているので引揚船に乗った人はほとんどいない。だから私の親戚たちは基本的に一九四七年に起こったという、ロシア人の子どもたちの舟のものがたりを知らない。私の遠い親戚で一九四七年秋に志発島から貨物船で樺太の真岡まで行き、引揚船、高倉山丸に乗って函館に帰還した人がひとりいる。私は一九四七年秋の引揚というのが「ロシア人の子どもの舟の救出劇」と時系列が一致していると思うに至り、その人にロシア人の子どもたちの救出の話を聞いたことがあるか確認したが、その人は知らないと答えた。小さかったので覚えているのは秋に貨物船に乗り、真岡から函館に着いたというその記憶だけで函館に到着するまでにどれくらいかかったのかももう記憶にはないという。親だったら何かわかったかもしれないがもう亡くなって何十年にもなるから聞けないねとその人は言った。この事実からも島のことを知る人が減ってきている現実を改めて感じている。

私の四島への訪問は二〇一九年六月に一度だけ、色丹島へ行っている。島の風景は港すぐのところに最新鋭の水産加工工場が建設されていたが、島内の道は舗装されておらず、どこか懐かしい空気を感じ、日本人が眠っている斜古丹墓地は現地のロシア人によって定期的に清掃されているようでとて

出典　志発島居住者地図（千島歯舞諸島居住者連盟）

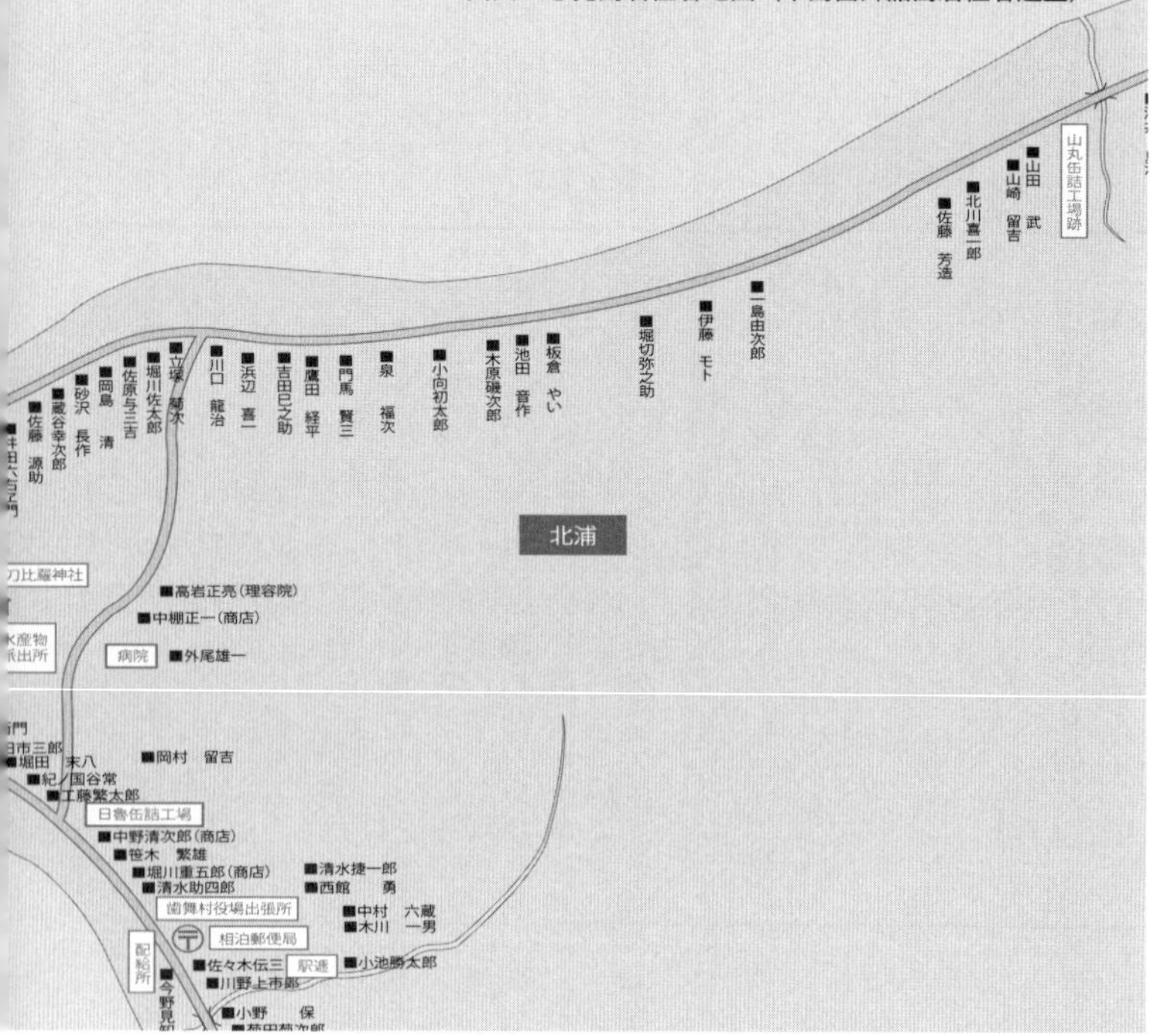

もきれいだった。

島に行く前、私はロシア語を話すことはできないので何か別の方法でコミュニケーションが取れないか考えていた。そして私は会話ができない代わりに写真を撮ろうと思い、インスタントフィルムカメラを持参したのである。撮影してすぐにその写真を渡すことができるインスタントフィルムカメラの効能を利用し、そのカメラで撮影して写真を渡すことで何とかコミュニケーションが取れないかと思うに至ったのである。それは成功し、私は一人のロシア人

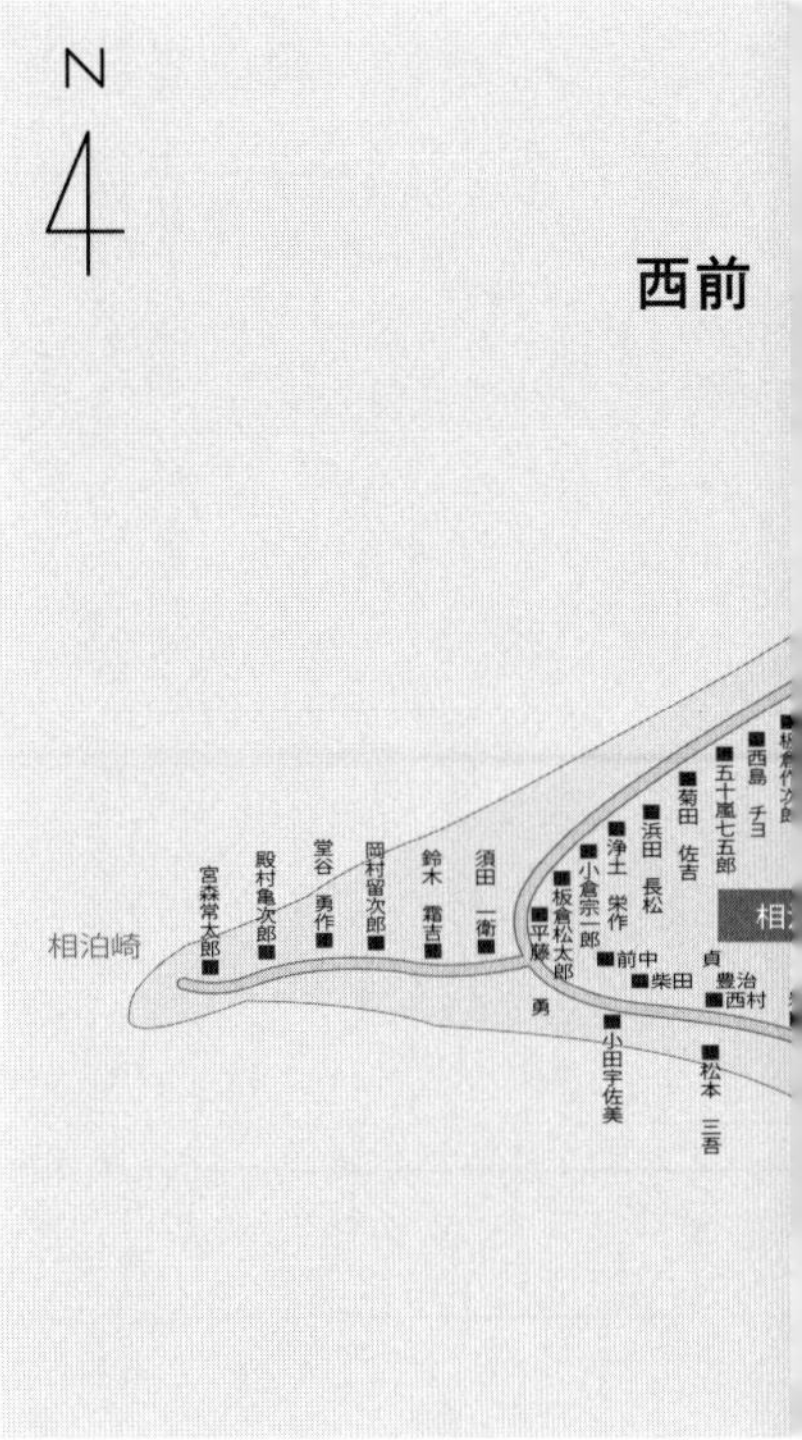

少年と少しだけ仲良くなり、数枚の写真を撮らせてもらった。その写真は今も私の手元にある。色丹島から物質的なものを持ち帰ることはできなかったが思い出を持ち帰ることができた。

　人には歩んできた人生がある。祖父は戦後、海を離れていた時期があり、富山で和菓子職人として働いていたらしい。だがその生活は長くは続かず、祖父は再び海に還り、漁師として人生を終えた。漁師に戻った祖父は、春から秋にかけて釧路で漁労長として玉丸という船に乗っていたそうだ。玉丸の漁労長を辞したあとは芦崎に戻り、小さな船を買って地引網で漁をしていたらしい。きっと漁師という職業が祖父にとって天職であったのだろう。祖父は一九九四年八月二十一日に亡くなったが、彼の人生の中で島にどのような思い出があったのだろうか。今となってはそれを知る術はない。

　私は根室に行くと必ず納沙布岬を訪ねる。天気がよいと貝殻灯台の先、志発島が見えることがある。その距離は納沙布から約三十キロである。飛び交う海鳥や海の魚は自由に往来できるが、私の眼前に広がる島はとても遠くに感じる。島を故郷とする人々にとって海に存在する目には見えない境界線が故郷に帰ることを阻み、八十年の時が経過しようとしている。二〇二四年一月に入善町芦崎に住んでいた志発島元島民である父の従兄弟が九十四歳で亡くなった。私は彼に島の話を聞くことができなかった。いつか聞くことができるだろう、いつか会えるだろうと思って会いに行かなかった後悔をこれ以上したくはない。元島民たちにとって残されている時間はあまりにも短い。

私の先祖の島へ私はまだ行ったことがない。今、志発島にはロシア人は定住していないという。島でホテイアツモリソウだけは変わらずに咲いているのだろうか？いつかその花々を見るとき、私と曽祖母、祖父は記憶の中で完全につながる。光夫さんの目に焼き付いている花々はきっと祖父も見た光景である。私はその景色をこの目に焼き付けて、海の波音を聞き、島の風を感じたいと願っている。

山田淳子
一九八二年富山県生まれ。写真家・北方領土歯舞群島志発島元島民三世。二〇一九年より自身のルーツである北方領土元島民のポートレイトを撮影、定期的に写真展を開催している。

解説

樫本真奈美

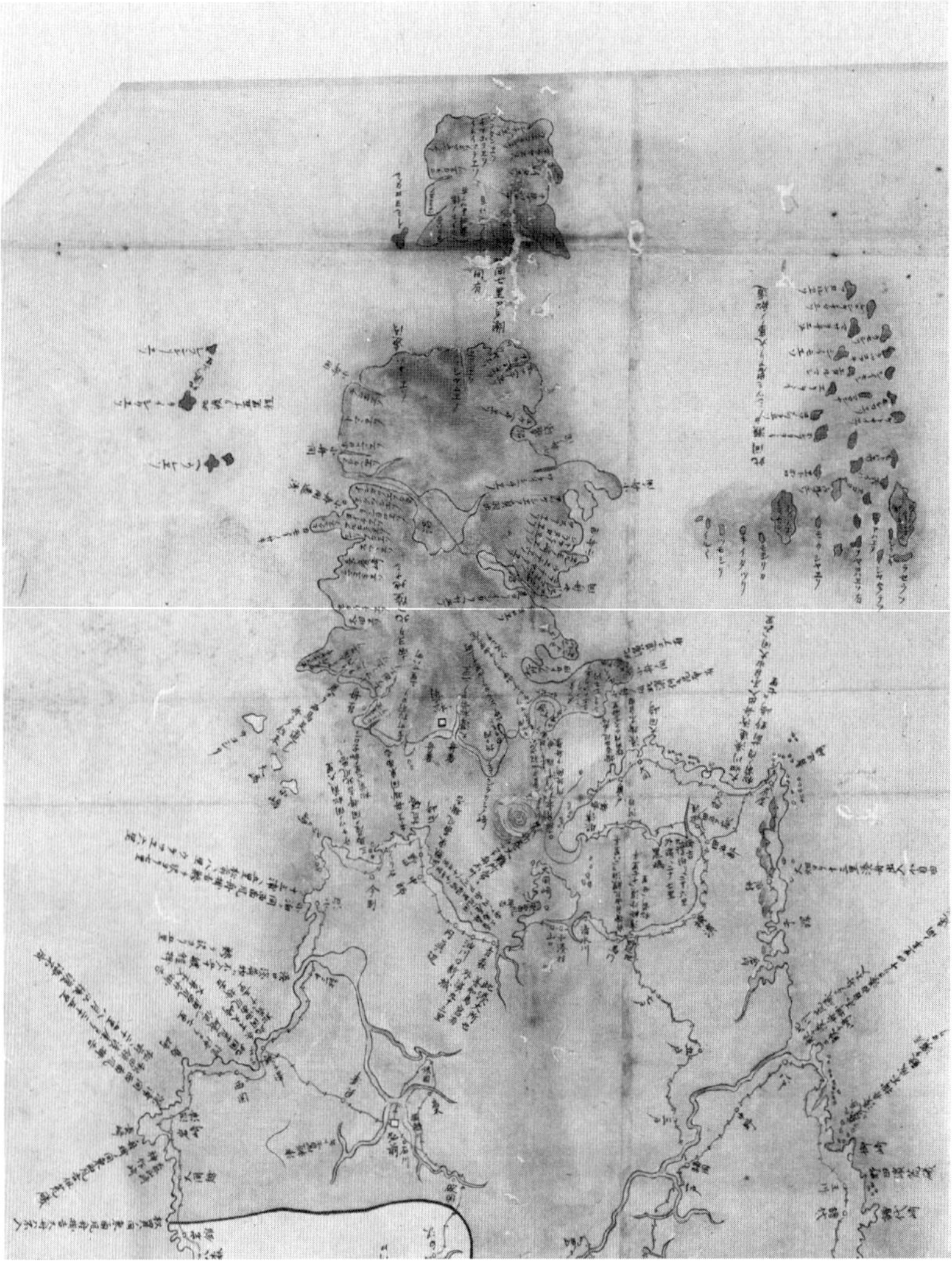

正保国絵図（所蔵：国立歴史民俗博物館）

日本とロシア、千島列島と北方四島をめぐって

日本で千島列島や北方四島が描かれた最も古い地図は、一六四四年（正保《しょうほう》元年）に松前藩主が幕府に献上した「正保国絵図」（前頁）である。これは江戸幕府が諸大名に命じて国単位で作らせた国絵図で、これに基づいて日本の全体図が作成された。当時の北海道に日本人（和人）が暮らしていた地域は主に渡島半島あたりの狭い地域だったためか、北海道および千島の地図は正確さに相当欠けるものの、「くなしり」「えとろほ」「うるふ」などの島名が見られる。

ロシアが千島列島への進出を始めたのは一七一〇年代からで、クロテンやラッコといった毛皮を求めて探索、確保することが目的だった。

ロシア側の地図で北方領土がはじめて描かれるのは一七三九年（元文四年）に作成された地図で、デンマーク生まれのシュパンベルグ（?—一七六一）がロシアのベーリング探検隊に参加、カムチャッカと日本を結ぶ航路を発見したことにより千島の地図を作製した。シュパンベルグは一七二〇年にロシア海軍士官となり、第二次探検で日本への北方航路探索の責任者となった人物だ。

この遠征に先立って、ある日本人漂流民の存在があった。十七世紀末にコサック隊長のアトラソフがカムチャッカを探索中に遭遇した日本人の「伝兵衛《でんべえ》」である。伝兵衛は現在の大阪谷町出身で、一六九五年に海路で江戸に向かう途中で嵐に見舞われ遭難、カムチャッカに漂着した漂流民だった。

アトラソフと共に首都サンクト・ペテルブルグに渡った伝兵衛は、一七〇二年にピョートル大帝に謁見している。日本への関心を深めたピョートル大帝は将来を見据えて日本語学校を開設、伝兵衛を初代日本語教師とした。また、海軍大佐ベーリングに東方の探検を命じたのだった。

千島列島を徐々に南下したベーリング探検隊は、一七三八年から一七四二年にかけて日本近海を探索、現在の宮崎県沖まで到達した。同隊の船は房州（千葉県）の天津村に来航し、上陸して地元の漁師や仙台藩の役人と交流した。「元文の黒船」と言われるこのロシア船来航は日ロ直接交渉の発端になった。

日本とロシア両国の間で正式な交渉によってはじめて国境線が定められたのは、一八五五年の日露和親条約（択捉島と得撫島《うるっぷ》の間）である。その後、一八七五年（明治八年）の樺太千島交換条約によって北千島諸島が日本領土になり、一九〇五年の日露講和条約（ポーツマス条約）で樺太の南半分を獲得した。つまり第二次世界大戦までは、両国による交渉の結果として平和裏に国境を画定させてきた。

こうした正式な条約が結ばれる前から、松前藩と江戸幕府の政策によって十八世紀末には北方四島への日本人の流入が始まっていた。そのきっかけは一七五四年（宝暦四年）、松前藩が国後島に「商場《あきないば》」を開いたことに始まる。商場とはアイヌとの交易場だった。蝦夷地を支配した松前藩は、江戸時代の農業技術ではその寒冷な土地柄から米の収穫が望めなかったため、幕府が松前藩に対してアイヌとの交易独占権を認め（一六〇四年、家康から松前慶広に発給された朱印状）、藩はサケ、コンブ、ニシン、毛皮などの交易品で収入を得た。この「商場」の経営は当初、自営船や雇用船といった交易船を現地に派遣し直接行っていたが、しだいに商人の請負経営（場所請負制）に移行し、それとともに商場はアイヌとの交易から漁業経営へと変化していった。

国後島で漁業経営が行われるようになったのは一七七〇年代で、飛驒屋久兵衛が場所請負人となった。山林の国、飛驒（現在の岐阜県下呂町）に生まれた創業者の武川久兵衛から四代にわたって財を成した木材商で、松前藩と契約を結びエゾマツの造材を請け負った。国後では豊富な海の資源に着目し、アイヌを使ってサケやニシンを獲り肥料の〆粕を生産した。しかし、生産高と利益追求のあまりアイヌを酷使したため、国後島とメナシ（現羅臼町）のアイヌが反乱を起こし、飛驒屋の支配人や番人をはじめ七十人余りが殺害される事件が起こった（クナシリ・メナシの戦い）。三代目の頃からロシアの進出に神経を尖らせるようになる。

ロシア人の蝦夷地来航と北方四島

ロシア人が蝦夷地に初めて出現したのは一七七八年（安永七年）で、東蝦夷地のノッカマップ（根室半島）に来航、翌年には厚岸《あっけし》にロシア船がやってきた。千島列島を南下しながらアイヌとの交易拡大を図ってきたロシアが遂に蝦夷地に到達し、松前藩に対して交易を要求したが、このとき松前藩は鎖国を理由に断っている。

松前藩はロシアの南下を知りつつも、大事になるのを恐れしばらく幕府に報告をしなかったが、仙台藩の藩医工藤平助が長崎でロシアの千島南下を知り、『赤蝦夷風説考』（一七八二年）を書いて警鐘を鳴らした。蝦夷地の実情が幕府の知るところとなる。

一七九二（寛政四）年、ロシアから初めての公式遣日使節アダム・ラクスマンが女帝エカテリーナ二世の国書を携えて根室に来航した。同じ船には、伊勢国の廻船の船頭で、遭難してロシアに漂着、約十年の歳月をロシア帝国で過ごした大黒屋光太夫と他二名の船員も同乗し帰国している。

一七九四年、ロシアが得撫島に五十八人の開拓民を送り、基地を作って占拠した。幕府がロシアに備えるための本格的な対策に乗り出すのはこの頃からである。

幕府がアイヌの酷使につながるとして場所請負制を廃止したのは一七九九年（寛政十一年）で、東蝦夷と北方四島を直轄に移し直接経営をした。これによって国後の漁業規模は拡大し、漁場も六カ所から十四カ所に増設され漁量は大幅に増大した。

幕府の東蝦夷地と北方四島直轄とともに、田沼意次が最上徳内、近藤重蔵（対ロシア政策を松前藩だけに任せず蝦夷地幕化論を強く唱えた人物）らを派遣して本格的な北方調査に乗り出した。最上と近藤は国後島から択捉島にかけて調査を行った際に、タンネモイに「大日本恵登呂府」と記した標柱を建てて帰った。

近藤は戸籍調査を行い、全島を七郷二十五村に分け、アイヌの人別帳（戸籍）を作成するとともにアイヌを手厚く保護することで風俗の日本人化を目指したが、これにはアイヌがロシア支配に組み込まれないようにする狙いがあった。

また、近藤は海の豪商といわれた兵庫県淡路島の高田屋嘉兵衛に依頼して択捉島・国後島の間の航路を開拓させた。高田屋嘉平は関西で大工を雇い、食料品や生活用品などの物資を調達、辰悦丸と四艘の船で択捉島に渡って十七ヵ所の漁場を開いた。アイヌに魚網や漁具を提供して漁業にも従事させている。

一八〇四年（文化初年）には色丹島にも番人が派遣され、番屋も建てられて和人の漁業がおこなわれるようになった。しかし後述するロシア船の択捉島襲撃事件の翌年、住民たちは根室場所に移され、ここは出稼ぎ場になった。

ラクスマン根室来航の後、一八〇四年（文化元年）に皇帝アレクサンドル一世の親書とラクスマンが入手した信牌（江戸幕府発行の長崎への入港許可証）を携え、ニコライ・レザノフが通商を求めて長崎に来航した。この時、石巻若宮丸漂流民の津太夫一行を伴っていた。しかし、半年以上上陸を許可されなかったうえに長崎奉行所から通商を拒否されている。レザノフは帰国後、日本を開国させるには武力行使しかないと考え、部下のフヴォストフに命じて一八〇六年から一八〇七年にかけて樺太、利尻島、択捉島を襲撃し、略奪や放火を行った。

幕府は一八〇六年にロシア船に対して食糧等を支給して帰国させる「ロシア船撫恤令」を出し穏便な対応を行っていたが、この襲撃を受けて蝦夷地沿岸の警備強化のために奥羽諸藩に出兵を命じた。一八〇七年十二月には、ロシア船は厳重に追い払うとする「ロシア船打払令」を出し、一転して強硬姿勢をとった。

そうした状況下で発生したのがゴローニン事件であった。

一八一一年、千島列島の測量任務にあたったゴローニン海軍大尉が食糧を求めて国後島に上陸したが、松前藩に捕えられ、函館・松前に監禁された。副館長のリコルドはゴローニンを救出するために国後島の付近を航海していた高田屋嘉平の船を拿捕し、カムチャッカ半島に連行して事情を探った。すると嘉兵衛はゴローニンが捕縛されたのは、フヴォストフが暴虐の限りを尽くしたからで、日本政府に対して蛮行事件の謝罪文書を提出すれば、ゴローニンたちは釈放されるだろうと説得した。

一八一三年、リコルドは、蝦夷地襲撃に関する謝罪の文書を提出し幕府の説得に成功、ゴローニンは無事に釈放された。謝罪があれば平和裏に解決するという江戸幕府の真意を見事に見抜いた高田屋嘉平のアドバイスが功を奏したのだった。ゴローニンは帰国後に『日本幽囚記』を書き、ロシア人が書いた初めての日本人論として貴重な資料となった。

リコルドは国境画定と国交の樹立を希望したが、国交樹立を幕府は拒否、国境の画定には乗り出したものの、幕府が送った高橋重賢が択捉島に到着した時にはロシア船が帰国しており、両国による正式な国境の画定はプチャーチン来航まで持ち越されることになった。

プチャーチン来航、日露和親条約　北方四島の管轄

一八五四年十二月、ロシア海軍中将プチャーチンがディアナ号で下田に入港した。通商条約の締結

と千島、樺太の国境を定めることが目的だった。幕府全権の川路聖謨《かわじとしあきら》、筒井政憲らが下田に派遣され交渉にあたったが、交渉を開始してまもなく安政東海地震が発生、津波によりディアナ号が大破したうえに乗組員に死傷者が出た。プチャーチン一行は伊豆の戸田村に向かい住民らの手厚い保護を受けた。また、ロシア船の設計図をもとに日本の船大工も協力して約三ヵ月の突貫工事の末に代用の船を完成させ、友好の印として「ヘダ号」と名付けられた。

一八五五年二月、日露和親条約が結ばれ、日本とロシア両国間で択捉島と得撫島の間の国境が確認された。樺太には国境を定めず、従来通り両国民の雑居地とした。

前年のペリー来航と日米和親条約の影響もあり、幕府は外国に対する国境警備を強化する。蝦夷地を再直轄し、財政難もあって閉鎖していた函館奉行所を復活させた。松前藩福山領の他の土地は仙台藩、秋田藩、盛岡藩、津軽藩の警備地となった。

一八六九年（明治二年）、明治新政府は蝦夷地を北海道と改称、開拓使を設置して十一国八十六郡に分けた。北方四島は「千島国」と名付けられ、分領して諸藩が支配することになった。

択捉島の三つの郡、紗那郡、択捉郡、振別郡《ふしべつ》は、仙台藩、彦根藩、佐賀藩がそれぞれ支配した。国後島（国後郡）は秋田藩が支配した。

一八七一年（明治四年）、廃藩置県によって分領統治が廃止され、翌年の明治五年に開拓使根室支庁に統括される。これに伴い、北海道の主な経済システムであった場所請負制度は廃止され、特定漁業者が独占していた漁場に永住・一時滞在の区別なく漁業者の自由な参入が進んでいった。漁師や雑役夫の雇用も増加した。

一八七四年（明治七年）に「屯田兵制度」が始まり、北海道への開拓移住者が増加した。本州から北海道に渡った人のうち、開拓生活よりも漁業に活路を求めてさらに北方四島へ移住した例も多く、一八九三年にはその移住は四千百人を超えた。

一八七五年（明治八年）、樺太千島交換条約が結ばれ北千島諸島が日本領土になり、ロシアに対し樺太全島を放棄する。

一八八〇年、択捉島、国後島に役場が開設され、一九二四年（大正十三年）の北海道二級町村制施行に伴い、警察、学校、病院、寺社などの諸施設ができた。

一九〇五年、日露戦争で日本が日本海海戦でロシアに勝利した後、戦争終結のために日露講和条約（ポーツマス条約）が締結され、日本はロシアから樺太の北緯五十度以南の部分を譲り受けた。

第二次世界大戦とソ連軍の千島列島侵攻

一九四三年十一月、ルーズベルト（米）、チャーチル（英）、スターリン（ソ連）の三国首脳がイランのテヘランで会談した。主題は連合国側の作戦調整（第二戦線問題）だったが、スターリンとルーズベルトの間で、ドイツ降伏後にソ連が日本との戦争に参戦することが内密に約束された。一九四五年二月、三国の首脳は再びクリミヤ半島のヤルタで会談し、スターリンは非公式会談でこの対日参戦の見返りとして南樺太の「返還」と千島列島の「引き渡し」を口頭で要求、ルーズベルトが承諾したとされる。スターリンが作成したこの「ヤルタ密約」の原案にチャーチルも署名、一九四六年二月に米国務省が公開するまで秘密にされた。

一九四五年四月五日、ソ連は「日ソ中立条約」の不延長を通告し、対日参戦の準備を開始する。五月には兵力や物資を極東に輸送し始めている。日ソ中立条約は五年満期でその失効には一年前の通告が規定されていたので、当時はまだ一年の有効期限があり、正式に失効したのは一九四六年四月二十五日である。

八月六日、広島に原爆が投下されたことで日本がソ連参戦前に降伏することを恐れたスターリンは参戦の日程を早め、ソ連は予定より二日早く対日宣戦布告をした。八月九日未明、モンゴル、ウラジオストク、ハバロフスク三方面からソ連と満州の国境を越えて、ソ連極東軍約百五十七万人の兵が侵攻を開始した。その当時すでに関東軍は主要兵力を南方に転身させており、満州には本土から新たに招集した補充兵が配備されていたが戦力の低下でソ連軍に応戦することは不可能だった。八月十一日、樺太では約三万五千人のソ連兵が北緯五十度の国境を越え侵攻を開始、同月二十五日には南樺太の豊原や大泊を占領した。

日本は八月十四日にポツダム宣言を受諾、十五日に昭和天皇により終戦の詔書が国民に向けて放送された。翌日八月十六日、関東軍司令部は全部隊に停戦命令を出したが、十八日早朝、カムチャッカ半島最南端のロパトカ岬の砲台からソ連軍が警告なしに砲撃を開始、占守島《シュムシュ》北端の竹田浜に上陸作戦を強行した。北海道・南樺太・千島列島を作戦地域とした第五方面軍司令官、樋口季一朗中将は自衛のための徹底抗戦を命じ、ソ連の上陸部隊に大きな損害を与えた。占守島での戦闘は二十三日に停戦協定が成立し、日本軍は武装解除された。

北千島（幌筵島《パラムシル》、占守島、阿頼度島《アライド》）には日魯漁業株式会社（現在のマルハニチロ株式会社）の缶詰工場があり、女性工員約五百人を含む出稼ぎ労働者や海軍施設の建設を請け負った作業員など、約二千人の民間人が当時在島していた。女性工員は全員、師団司令部が独航船に分乗のうえ北海道に脱出させた。個別に脱出する者もいたが、約千六百人の民間人が島に残された。

ソ連の第二極東方面軍はその後南下し、日本軍は抵抗せず降伏したため、一九四五年八月二十五日から中部千島諸島の磨勘留島《マカンル》から得撫島を三十日までに速やかに占領した。

これとは別に、樺太から発進したソ連軍の別部隊が八月二十八日に択捉島に上陸、九月五日までに国後島、色丹島、歯舞群島を占領した。この部隊の一部は当初、釧路と留萌を結んだ線の北東部、つまり北海道の北半分を占領する予定だったが、米大統領トルーマンがこの野望を拒否したこと、また、先に記述した占守島の抵抗で計画に狂いが生じたこともあり、ソ連は北海道占領を断念したといわれる。

千島列島に配備されていた日本軍将兵は、降伏後すぐにソ連軍の捕虜となりシベリアに移送され非人道的な強制労働に従事させられた。その数は約五万人といわれる。この「シベリア抑留」は、すべての捕虜は速やかに郷里に帰還させると規定された「ポツダム宣言」に違反しており、当時満州で武装解除した日本軍を含めると総勢六十万人近くの日本人が戦時捕虜となった。日本への引揚げは終戦後十一年経った一九五六年に完了するが、六万人あまりが祖国の地を踏むことなく命を落としている。

終戦当時、北方四島に暮らす民間の定住者は一万七千人おり、北海道に比較的近い国後、色丹、歯舞群島の住民の半数以上は、終戦から三ヶ月の間にソ連軍に見つからないように所有するポンポン船や櫓漕ぎ舟を使って自力で脱出した。択捉島からは脱出困難だったため、約四千人の島民がソ連軍占領下の島に留まった。

一九四六年十二月、連合軍司令部とソ連代表との間で「ソ連地区引揚げに関する米ソ協定」が調印され、北方四島を含め千島列島の引揚げ希望者全員がソ連側の貨物船で樺太の真岡にいったん移送され、その後日本の引揚げ船によって順次函館に送還された。この引揚げ船が出るまでにソ連本土から一般のロシア人の入植がはじまり、日本人とロシア人の「共生」期間がうまれた。

約三年間で数回にわけての強制退去で、終了したのは一九四九年だった。樺太、千島の引揚げは計五回実施されたが、千島列島からの引揚げは第三次から第五次の計三回行われた。第三次（一九四七年四〜十二月）五四五六人、第四次（一九四八年五〜十二月）四千百三人、第五次（一九四九年六〜七月）二十七人。（『元島民が語る　われらの北方四島―戦後編―』二百九十四頁）

歯舞群島最大の島、志発島

歯舞群島の中で最大の面積（約五十八平方キロメートル）を有する志発島は、一九四五年八月の終戦時に二千二百四十九人（三百七十四世帯）の住民が暮らし、二百二十五頭の馬がいた。島の北西部は「西前」、東北部は「東前」とよばれ、それぞれの中心部に神社、学校、郵便局などがあり集落を形成していた。

歯舞群島周辺では「バフラ昆布（おに昆布）」という大型の昆布が豊富にとれるため、志発島の住民の多くは主に昆布漁で生計を立てていた。近海ではサケ、マス、タラ、カジカ、チカ、カレイなどの魚類の他、ホタテ、タラバガニ、エビといった豊かな水産資源に恵まれているので、島には大規模な缶詰工場が三カ所あり、北浦のエビ缶詰工場、西浦泊の日魯缶詰工場、相泊のタラバガニ缶詰工場（「丸三組缶詰工場」）が操業していた。マルサン缶詰工場は真冬を除く期間と産卵期を除いて年中操業していたため、全国から多くの女工が出稼ぎに来て非常に賑わった。志発島のホタテは現在の二倍以上の大きさがあり高級品だった。相泊で加工され出荷されていた。

旅館・料理店が四軒、商店が六軒、遊郭や他の島にはない無線（一九四三年設置）もあった。

島全体が湿地帯で沼が多く、各家庭に井戸があったため飲料水には困らなかった。月に二回、根室から四時間をかけて定期船が周航し、米や味噌、醤油、衣類、郵便物などを運んでいた。

浜に打ち上げられた昆布はよい肥料になるため、拾って畑にまくことで肥えた土ができ、「トマト、キュウリ、ナス以外でとれない野菜はない」と言われるほどだった。

毎年春先は「草競馬」を楽しんだ。昭和のはじめから戦争が本格化する一九三二年頃まで続いていた伝統行事だった。普段は運搬用に使っている馬に乗り二十〜三十頭以上の出走馬で競い合い、落馬を繰り返す人を見ては観客は大笑いした。優勝者には鍋や日用品が贈られた。

志発島・西浦泊 青年稲荷神社大祭の余興部

志発島・丸三組缶詰工場

子どもたちは昆布漁の最盛期には昆布を干す仕事など、家業の手伝いをするのが当たり前だった。小川でシシャモのつかみ取りをしたり、桟橋からカジカやカレイ、「ゴッコ（ホテイウオ）」と呼ばれる吸盤を持つ魚を釣ったり、エビすくいをしたりするのも遊びのうちだった。冬は凍った沼でスケート滑りができ、大きな流氷から流氷へと飛び回る「流氷遊び」も定番の遊びだった。

最後に、志発島のものではないが、択捉島・留別でマスの選別に使われた箱の写真を掲載する。当時使われていた魚箱は大きく丈夫な造りのため、こうした箱に乗ってロシア人の子ども達が漂流したものと思われる。

志発島・相泊 志発島缶詰工場

魚箱 択捉島・留別でのマスの選別に使われた箱

北方四島関連年表

一六四四年	松前藩が千島列島、北方四島が描かれた「正保国絵図」を江戸幕府に献上
一七三九年	ロシアのベーリング探検隊、シュパンベルグが千島列島の地図を作製
一七五四年	松前藩が国後島にアイヌとの交易場「商場（あきないば）」を開く
一七七八年	蝦夷地、ノッカマップ（根室半島）にロシア船が初来航、松前藩に交易を求める
一七九二年	ロシア初の公式遣日使節ラクスマンが根室に来航
一七九四年	ロシア、得撫島に五十八人の開拓民を送る
一七九八年	近藤重蔵、最上徳内が択捉島の丹根萌（タンネモイ）に「大日本恵登呂府」の標柱を建てる
一七九九年	淡路島の海商、高田屋嘉平が択捉島・国後島の間に航路を開拓
一八〇四年	第二次遣日使節レザノフが長崎に来航
一八〇六年	レザノフの部下フヴォストフが樺太、利尻島、択捉島を襲撃
一八一一年	国後島に上陸したゴローニン海軍大尉を松前藩が捕える
一八一二年	高田屋嘉平がロシア船に捕えられ、カムチャッカ半島に抑留
一八一三年	高田屋嘉平のアドバイスにより、ロシア側が先の襲撃事件を幕府に謝罪、高田屋嘉平とゴローニンの釈放交換が成立し両国の紛争が解決
一八五四年	プチャーチンが下田に入港　安政東海地震で被災、伊豆の戸田村で代用船「ヘダ号」を建造
一八五五年	日露和親条約（日露通好条約）　択捉島と得撫島の間に国境を確認　樺太は両国の雑居地に
一八六九年	明治政府が蝦夷地を北海道と改称、北方四島を「千島国」と名付ける
	択捉島、国後島を四つの郡に分け、択捉島に開拓使出張所を設置
一八七五年	樺太千島交換条約　北千島諸島が日本領となり、樺太全島はロシア領に
一九〇五年	ポーツマス条約　北緯五十度以南の南樺太が日本領になる

一九四五年

二月十一日　ヤルタ密約協定

八月九日　ソ連軍の北方領土侵攻

八月十四日　日本　ポツダム宣言受諾

八月二十八日　ソ連軍、択捉島上陸

九月一日　ソ連軍、国後島・色丹島上陸

九月三日　ソ連軍、歯舞群島上陸

ソ連軍、九月五日までに北方四島占領

九月十二日　ソ連国境警備隊入島、取締り強化　自力脱出困難

九月十七日　ソ連の占領民政機関「南サハリン・クリル列島住民管理局」が成立

一九四六年二月　南サハリン州民政局設置　「南サハリン州の設置に関するソ連邦最高会議幹部会令」発令によりソ連による領有宣言（一九四五年九月二十日にさかのぼって設置）日本の樺太庁消滅　北方四島のソ連編入　日本円廃止

一九四六年四月　ロシア人移住政策が本格化、民間人の入島開始　日本の税法廃止

一九四六年十二月　米ソ引揚協定成立、北方四島の日本人の引揚げ開始

一九四七年七月　北方四島の日本人第一陣が函館到着

九月　多楽島の残留島民が引揚げのために志発島へ移される

一九四八年十月　北方四島から最後の引揚げ

一九五六年十月　日ソ共同宣言に署名　平和条約の締結後に歯舞群島および色丹島を日本に引き渡すことで合意

一九六三年　貝殻島周辺におけるコンブ漁の民間協定が結ばれる

一九七三年十月　田中・ブレジネフ会談　北方領土問題の交渉継続で合意

一九八一年一月　「北方領土の日」制定（二月七日）

一九九二年　ビザなし交流事業開始

主要参考文献

黒岩幸子「日本領時代の北千島における日本人社会について――『北門の鎖鑰』の実像」岩手県立大学言語文化教育研究センター『言語と文化』七巻一―十一頁、二〇〇五年
黒岩幸子「南千島における日本人社会の興隆と消滅のプロセス―『北方領土』の日本時代―」岩手県立大学『総合政策』七巻二号二百四十七―二百六十一頁、二〇〇六年
海保嶺夫『幕藩制国家と北海道』三一書房、一九七八年
秋草俊幸『千島列島をめぐる日本とロシア』北海道大学出版会、二〇一四年
富田武『日ソ戦争1945年8月――棄てられた兵士と居留民』みすず書房、二〇二〇年
富田武『日ソ戦争　南樺太・千島の攻防　領土問題の起源を考える』みすず書房、二〇二二年
長谷川毅『暗闘　スターリン、トルーマンと日本降伏（上下）』中公文庫、二〇一一年
『元島民が語る　われらの北方四島（全7冊）』千島歯舞諸島居住者連盟、一九九一年
『四島を追われて　元島民の手記』根室市総務部国際交流課、一九九六年
北海道根室高等学校地理研究部『北方領土高校生が聞いた202話』日本教育新聞社出版局、一九九一年

訳者あとがき

本書はロシア人脚本家マイケル・ヤング（ペンネーム）による書き下ろし小説である。ヤングは、亡き友人アンドレイ・ラクーノフ〔映像クリエイター、ウラジオストク国際映画祭の上映責任者、二〇二〇年没〕の家族にまつわる出来事をもとにこの作品を書いた。

舞台は志発島《しぼつとう》、歯舞群島を構成する島の中で最大の面積を有する島である。

第二次世界大戦で日本がポツダム宣言を受諾した後、ソ連軍が日ソ中立条約を破って千島列島を占拠した。一九四五年二月、米英ソ三国の首脳会談において、ソ連の対日参戦の条件にソ連への南樺太の「返還」と千島列島の「引き渡し」を決めるヤルタ密約があったことなど、当時の一般庶民が知る由もない。北方四島には同年八月二十八日にソ連軍が択捉島に上陸、それから国後島、色丹島、歯舞群島に順次侵攻した。九月二日に米戦艦ミズーリ号で降伏文書の調印式が行われたが、その後の九月五日に北方四島のすべてが占領された。

翌年の春から一般のロシア人の入植が始まる。当時、ソ連政府は仕事と住居を保証することで千島列島への移住者を募集した。

一九四六年の「ソ連地区引揚げに関する米ソ協定」によって、北方四島に暮らす日本人は順次樺太経由で函館に送還された。約三年間で数回にわけての強制退去だった。

アンドレイの母親リュドミーラは子どもの頃、まさにこの時期に志発島に移り住んだ。

一九四七年に島から日本人が強制送還される日、リュドミーラは姉ガリーナと兄ゲンナージー、そして近所の友人と四人で「箱舟」に乗り沖に流されてしまった。天候が悪化し、ロシア人が救出を試みるもうまくいかなかったところを、ある日本人漁師に救出されたという。日本の島民は当時、引き揚げ船を逃すと日本に二度と行けないと言われていた。アンドレイは「命を救ってくれたあの日本人とその子孫を探して欲しい」という母親の遺言を守り、ソ連崩壊後にビザなし交流に何度か参加して「ヒロ」という名前の日本人を探そうと試みたそうだ。残念ながら、聞きなれない日本人の名前を正確に覚えていなかったのか、「ヒロ」という名の人物、それらしき人の手がかりは見つけられなかったという。

(実際、この名前ではないようだ)

大陸から新たに入植したロシア人は海の知識に乏しく船の操縦も不慣れだったため、引き揚げを待つ日本人と「共生」する間に漁の技術を学んだ。歯舞群島は北海道に近いこともあり、ソ連軍進駐を恐れて持ち船で北海道に逃げた島民も多かった。島に残った日本人が所有していた船はすべて没収され、逃げないように銃で撃たれ穴を空けられた船も多かったという。ロシア人は日本人漁師と二人一組のペアになって操縦を習得した。日本人に対しては、魚を入れる木箱を舟の代わりにして釣りをしたり、移動することは許されたという。先に触れた「箱舟」とはまさにこの木箱のことで、子どもたちはこの箱舟に乗って沖に流されたのだった。

『舟』はアンドレイが母親から伝え聞いた救出劇が物語の核になっている。

一九四七年、日本人強制送還の日。ロシア人との「共生」生活も約一年が経った頃、島の沖に見慣れぬ貨物船がやってくる。ベテラン漁師の浩は息子の勇夫と一緒にいつも通り海に出て魚を釣るが、ふたりが乗る船はエンジン付きのポンポン船ではなく「箱舟」だった。浩は船の操縦と漁のやり方をロシア人に教えるうちに、互いに信頼関係を築いてゆく。他、日本の船職人のもとで船作りを学ぶニコライ、その娘のカーチャと勇夫の恋心、誠とヴェーラの秘密の逢瀬、強制送還の任務を担った内務人民委員部の冷徹なフロロフ、ソ連当局と日本人の狭間で苦悩する日本語通訳のカジン、引き揚げ船に「もっこ」で吊られて乗せられる日本人、ロシアの子どもたちの遭難、決死の救出劇……。大陸から入植したロシア人と故郷を追われる日本人、それぞれが織りなす人間ドラマには単純な二項対立をはるかに超えた魅力がある。

作者ヤングによると、友人アンドレイが亡くなったそのひと月後に偶然インターネット上で私のことが目にとまり、すぐにメールを寄こしたという。「アンドレイがあの世から手助けしてくれた」と感じたらしい。

いっぽう私は、「僕の原稿を翻訳してくれませんか?」と突然の連絡を受け、終戦直後の千島列島の出来事と聞いた時、自分なりの運命を感じていた。

二〇〇三年から一年間、サンクトペテルブルグに留学をした。私にとってこの時のロシア留学は、「マリーナ」というふたりの女性なしには語ることができない。ひとりは、ロシアを代表する詩人マリーナ・

ツヴェターエワ（一八九二―一九四一）。ほぼ衝動的にロシア留学を決めたのは、無謀にもこの天才詩人を原書で読み、卒業論文を書きたいと思いたったからだった。もうひとりのマリーナはペテルブルグの画家で、いわゆる「ペレストロイカ世代」に属する友人だった。二十歳前後の青春時代に国の崩壊を経験した人たちはとにかくたくましい。彼女のおかげで様々な出会いがあり、私の留学生活はとても豊かになった。

マリーナの家のリビングには日本のお椀や重箱が大事に飾られていた。不思議そうに見つめる私に、「うちのおばあちゃんは子どもの頃にサハリンで暮らしたことがあるのよ。その時、日本人の家族と仲良くなったんだって」と説明してくれた。そのおばあさんがいる部屋のドアはいつも閉まっていたので姿を拝見したことはなく、高齢でほぼ寝たきりだと聞いていた。

正直に言うと、私はこの時、この「サハリンで暮らした」という言葉の意味、いや、重みをよく理解していなかった。当時のロシアは空前の和食ブーム。ペテルブルグで最も高価なレストランは和食「サクラ」で、庶民には手の届かない場所だった。料理好きのマリーナにも和食を作って欲しいとたびたびせがまれたので、日本文化に関心があるんだな、という程度にしか受け止めていなかったのだ。

今思い出しても、自らの無知を恥じるしかなく、情けない。決定的な出来事はその後起こった。

年末年始はこのお宅に招かれ、年越しをすることになった。大晦日の夕方に家族や親しい友人達で集まり、元日の朝まで大騒ぎをするのがロシア流の年越しだ。宴もたけなわ、盛り上がっているところに「うちのおばあちゃんがね、日本人がいると聞いて会いたいと言っているの。いいかしら？」と告げられると、ご家族に手を引かれておばあさんがゆっくりと歩いてこられた。

私の顔を見るなり、開口いちばん「おはよう」「おいしい」「うま」「ありがとう」といった日本語の単語（この四つははっきりと覚えている）を何度も懸命に繰り返したのだ。文章になっていなくとも、おばあさんの気持ちが十分に伝わってきた。皺だらけの顔がほころび、目には涙が浮かんでいた。それからおばあさんはロシア語でこう言った。

「わたしのお父さんは軍人だったのよ。ペテルブルグからサハリンの日本人の家に引っ越して、しばらく同じ屋根の下で日本人家族と暮らしたの。日本人の子どもたちといつも一緒に遊んだのよ。日本人が去る日の前日の夜は、大きな広間で日本人家族とわたしたち家族みんなで一緒に手を繋いで寝たわ。そして、別れの当日はお互いにこれ以上ないくらいに泣いて泣いて、一生分の涙を流したんじゃないかしら。二度と会えないとわかっていたから……。」

言いようのない感動に包まれ、私も涙が溢れた。

それから終戦直後の千島列島、南樺太の史実を知るたびに、もっとこのおばあさんに話を聞いておけばよかった、と何度も後悔した。立場を越えて人と人が互いに寄せる信頼、友情。両者が手を取り合うまで、どれほどの感情を乗りこえただろう。

また、一九九二年に始まったビザなし交流で初めて根室を訪れたロシア人が乗った船が「マリーナ・ツヴェターエワ号」だったと知った時は、とても驚いた。何かの縁を感じ、この物語を日本の読者に必ず届ける、その思いをより強くしたのだった。

本書には物語『舟』のほかに、付録として三つの元島民の証言を収録した。

まず、アンドレイの叔母さんにあたるガリーナ・ラーピナ（一九三八年生まれ）の証言である。「箱舟」で遭難し九死に一生を得たひとりだ。今はウラジオストクから北に四十五キロ離れたアルチョームという町の病院に入院されていることがわかり、幸運にも当時のお話を伺うことができた。残念ながら救った日本人の名前は覚えておられなかったが、志発島に移住した時の様子や遭難した時のことを語ってくださった。時の経過とともに記憶が薄れ、曖昧な点もあるが、ありのままの証言を記すことに努めた。アンドレイの妹にあたる女性が叔母さんに電話でも話が聞けるようにしてくださったうえに、貴重な家族写真も提供してくださったのでとても感謝している。

次に、この家族と同じ時期に志発島に移住し、「箱舟救出事件」のことを書き記したロシア人男性の証言である。正確にはインターネットの掲示板の書き込みだが、第三者の客観的な証言としてとても貴重であり、「タキハラ」という日本人漁師が救ったと書かれている。海を知り尽くしたタキハラさんが風向きや潮の流れを考慮して見事に救出したらしい。当時の入植したロシア人から見れば神業に見えただろう。いっぽう、この漁師にとってはそう難しいことではなかったのかもしれない。だから周囲や子孫に語り継ぐこともなかった……。日本側に証言者が見つからないのはこうした事情だったのかもしれないと推測している。

尚、歯舞群島の元島民名簿の中に「タキハラ」という苗字の人はおらず、類似する苗字の方々の中にもこの話を聞いたことのある人は見つかっていない。

そして最後に、子ども時代を志発島で過ごし、ロシア人との「共生」、引き揚げの記憶を持つ根室在住の木村芳勝さん（一九三四年生まれ）の証言だ。この「箱舟救出事件」に関する記憶は残念ながら「親から聞いたことがある」という程度だったが、ソ連軍上陸時の様子、家にソ連の軍人が初めて来た時のこと、徐々にロシア人と打ち解け助け合ったこと、ロシア人の子どもたちと一緒に遊んだことなど、貴重なお話を聞かせていただいた。

木村さんとガリーナさんには共通するエピソードがある。野草を食べて亡くなってしまったロシア人の子どもの話だ。木村さんは「男の子」、ガリーナさんは「女の子」と性別に関する記憶に相違はあるものの、おそらく同じ子どものことだろう。おふたりとも痛ましい記憶として居たたまれない様子で話しておられ、木村さん一家とガリーナさん一家は缶詰工場の近くに暮らしていたため、子どもの頃は皆で一緒に遊んだ可能性は大いにある。

また、志発島元住民三世にあたる富山県出身の写真家、山田淳子さんに思いを寄せていただいた。山田さんは元島民の人物写真を撮影することで次世代に北方領土の記憶を繋ごうと努力されている。こうした活動が広く知られるよう望んでいる。

二〇二二年二月のロシアによるウクライナ侵攻はこの企画を進めるうえで重くのしかかった。ロシア側で映像化することを前提にすすめてきたが、二月二十四日以降、反戦デモに参加したスポンサーが拘束されたり、ロシア政府や行政の支援も立ち切れとなった。ロシアでは出版、映画界でも日々検閲が厳しくなり、「クリル諸島」にまつわる作品に関わることを恐れて協力者が離れていったことにヤングは苦悩した。挿絵を描いてくれたイラストレーターも、昨年十月から始まった部分的動員に翻弄されたひとりである。

また、「箱舟」に乗っていた生き証人がいるとわかった時、すぐにでもガリーナさんに会いに飛んで行きたかったが、日本からウラジオストクに行く直行便がなくなったため、『2時間で逢える日本―ウラジオストク』（晧星社、二〇二〇年）のはずが、六十時間もかかる場所になってしまった。「非友好国」というレッテルの洗礼をさっそく浴びる羽目になったのも残念でならない。

ウクライナへの軍事侵攻を受けて日本政府が制裁を科したことに対する反発として、ロシア政府がビザなし交流などの両国の合意を破棄したことや、根室の夏の風物詩で地元の漁業従事者にとって死活問題となる「棹前こんぶ漁」の操業条件交渉が遅れたことなど、不穏な報道や元島民の方々の悲痛な声を目の当たりにした時、これまで日ロ双方の地元の自治体と民間が協力して行ってきた地道な「対話」の努力の尊さを改めて感じた。これこそが、日本が抱える領土問題のうち北方領土が特殊である点であり、日ロ両国は領土問題の存在を認め、少なくとも「話し合い」を行ってきた。首脳会談の交渉内容に対しては様々な意見はあるだろう。しかし、係争地の双方の住民同士が「いがみ合っていない」ことは稀なことであり、解決の可能性を信じて互いに信頼関係を築こうと尽力されてきた地元の皆さん、全国におられる元島民とその子孫の皆さんの努力の賜物であることは間違いない。心からの敬意を表したい。

本書の作成にあたり、根室市役所の谷内紀夫さんが元島民の方々に話を聞いて「タキハラ」さんを探す手助けをしてくださった。貴重な資料も提供していただき、根室市や日ロ双方の政府がこれまで行ってきた墓参事業やビザなし交流に関しても詳細に教えていただいた。親切なご尽力に心からの感謝を申し上げます。毎日新聞の本間浩昭記者は資料提供のほか、根室で定点観測を続けておられる独自の視点で鋭いご意見やアドバイスをしてくださった。尊敬と感謝の気持ちでいっぱいです。ありがとうございました。

ガリーナさんの言葉にあるように、この物語が語り継がれることで「たくさんの人々の財産」となり、たがいに思いやり助け合う気持ちのよすがとなることを願うばかりである。

二〇二四年六月　樫本真奈美

マイケル・ヤング

2008年まで、ノヴォシビルスク（ロシア）のテレビ局で番組のプロデューサー、ディレクター、編集者として勤務。2009年から脚本家、映画プロデューサーとして活躍。過去にアーマンド・アサンテ、ピーター・オトゥール、マイケル・マドセン、ケイリー・タガワ・ヒロユキといった有名俳優が出演する作品を手がける。

編・訳　樫本真奈美（かしもと・まなみ）

神戸市外国語大学ロシア学科博士課程満期修了、現在は同志社大学講師。著書に『ロシアの物語空間』（共著、水声社、2017年）、訳書『ロシアからブロードウェイへ オスカー俳優ユル・ブリンナー家の旅路』（群像社、2023年）、編訳書『2時間で逢える日本 ― ウラジオストク』（皓星社、2020年）がある。

舟　北方領土で起きた日本人とロシア人の物語

2024年6月30日　初版第1刷発行

著　者　マイケル・ヤング

編・訳　樫本真奈美

発行所　株式会社 皓星社
発行者　晴山生菜
〒101-0051 東京都千代田区神田神保町3-10
宝栄ビル6階
電話：03-6272-9330　FAX：03-6272-9921
URL https://www.libro-koseisha.co.jp/
E-mail：book-order@libro-koseisha.co.jp

装幀　藤巻 亮一
表紙デザイン協力　オレグ・ルブスキー　Oleg Lubske
印刷製本　精文堂印刷株式会社

ISBN 978-4-7744-0831-6 C0098

関連書籍

2時間で逢える日本――ウラジオストク

―日本語版―

発売：皓星社

日本とロシアの教師、翻訳通訳者、ジャーナリスト、学生、経営者など総勢約60名がお互いの文化や身をもって体験したことを書き記した。両国の友情、平和、相互理解を目指す共通の思いがそれぞれの著者の言葉で紡がれ、「民間外交」ともいえる形でまとまった。

ゾーヤ・モルグン（監修）
オリガ・マリツェヴァ（編集）
樫本真奈美（日本語版編集）
発行人：西川洋

ISBN9784774407296　A5判型 並製 404ページ
定価1000円+税　2020年9月刊行

日ロそれぞれの著者が結びついて完成した、対岸をつなぐ架け橋の一冊。